हिन्द पॉकेट बुक्स

सफलता का रहस्य

स्वेट मार्डेन प्रख्यात अमेरिकी लेखक थे। इन्होंने जीवन में सफलता प्राप्त कैसे करें इस बारे में कई किताबें लिखी हैं। इनका जन्म 11 जून 1848, को न्यू हैम्पशायर, संयुक्त राज्य अमेरिका में हुआ और मृत्यु 10 मार्च 1924, को लॉस एंजिल्स, कैलीफोर्निया में हुई। इनकी पुस्तकें सारी दुनिया में बेहद लोकप्रिय हैं।

सफलता का रहस्य

The Conquest of Worry & Be Good to Yourself
का हिन्दी रूपान्तरण

स्वेट मार्डेन

हिन्द पॉकेट बुक्स

यूएसए | कैनेडा | यूके | आयरलैंड | ऑस्ट्रेलिया
न्यू ज़ीलैंड | भारत | साउथ अफ्रीका | चीन | सिंगापुर

हिन्द पॉकेट बुक्स, पेंगुइन रैंडम हाउस ग्रुप ऑफ़ कम्पनीज़ का हिस्सा है,
जिसका पता global.penguinrandomhouse.com पर मिलेगा

पेंगुइन रैंडम हाउस इंडिया प्रा. लि.,
चौथी मंजिल, कैपिटल टावर -1, एम जी रोड,
गुड़गांव 122 002, हरियाणा, भारत

पेंगुइन
रैंडम हाउस
इंडिया

प्रथम संस्करण हिन्द पॉकेट बुक्स द्वारा 1999 में प्रकाशित
यह संस्करण हिन्द पॉकेट बुक्स में पेंगुइन रैंडम हाउस द्वारा 2022 में प्रकाशित

10 9 8 7 6 5 4 3 2

इस पुस्तक में व्यक्त विचार लेखक के अपने हैं, जिनका यथासंभव तथ्यात्मक
सत्यापन किया गया है, और इस संबंध में प्रकाशक एवं सहयोगी
प्रकाशक किसी भी रूप में उत्तरदायी नहीं हैं।

ISBN 9789353493981
मुद्रकः रेप्रो इंडिया लिमिटेड

www.penguin.co.in

This is a legitimate digitally printed version of the book and therefore might not have certain extra finishing on the cover.

क्रम

भाग-1

भाग – 2

भाग - 1

मनुष्य का शत्रु

एक जापानी कहानी है कि एक आदमी को एक भयंकर दानव हर वक्त तंग करता था। दानव के मारे उसका जीना दूभर था। आखिर आदमी ने उससे कहा, "तुम मुझे क्यों सताते हो? मैंने तुम्हारा क्या बिगाड़ा है?" दानव ने उत्तर दिया, "महाशय, मुझ पर इलज़ाम मत धरो। अपनी परेशानी के लिए तुम खुद ज़िम्मेदार हो। मैं जो कुछ हूं, तुम्हारा बनाया हुआ हूं। मुझे यह रूप तुम्हीं ने दिया है।"

जरा सोचिए कि यह दानव कौन है? युद्ध या अकाल कदाचित् नहीं। यह दानव है भय, जो मनुष्य के अपने भीतर से उपजता है।

यों तो मनुष्य संसार का सर्वश्रेष्ठ प्राणी है। वह प्राकृतिक शक्तियों को अपने वश में करता चला जा रहा है। पर वह अपने ही भीतर से पैदा होने वाले इस भय नामक दानव के हाथों परेशान है। यह ऐसा शत्रु है, जो उसकी सारी शक्ति धूल में मिला देता है। भूख, रोग, दरिद्रता और असफलता आदि का भय उसे हर वक्त परेशान रखता है। हर एक इंसान को यह चिन्ता खाए जाती है कि समाज, जाति और बिरादरी में वह अपनी मान-प्रतिष्ठा न खो बैठे। कल्पना जब इस चिंता में तरह-तरह के रंग भरती है तो यह भयंकर दानव का रूप धारण कर लेती है और मनुष्य एक पागल की तरह चिल्ला उठता है।

अजीब बात है कि संसार का सर्वश्रेष्ठ प्राणी इस दानव के हाथों यों पराजित हो जाए! इससे भी अजीब बात यह है कि हम महसूस

ही नहीं कर पाते कि हमारे अपने विचार इस भयंकर दानव का रूप धारण करके हमें डराते हैं। हमारे अपने मन के बाहर इसका कोई अस्तित्व नहीं है।

यह सच है कि प्रत्येक व्यक्ति अपने भय खुद पैदा करता है और यह भी सच है कि अगर वह चाहे तो अपने विचारों को वश में करके भय से मुक्त भी हो सकता है। दूसरे लोग हमें डराने के कितने ही प्रयत्न करें, लेकिन अगर हम खुद उनके प्रयत्नों से प्रभावित नहीं होते, तो वे हमें डरा नहीं सकते। इसी प्रकार परिस्थितियां भी हमें भयभीत नहीं कर सकतीं, बशर्ते की हम घबराएं नहीं। परिस्थितियां दस्तक देती रहें, मगर हम अपने मन का दरवाजा न खोलें और उन्हें भीतर न आने दें; और अब हम दरवाजा खोलें तो हमारा मन इतना स्वस्थ और बलिष्ठ हो कि हम जिस चीज को चाहें भीतर आने दें और जिसको न चाहें बाहर ही रोक दें। कोई भी ऐसी चीज़ भीतर घुसने न पाए, जो भय उत्पन्न करती हो। हम सिर्फ़ उसी चीज़ को भीतर आने की इज़ाज़त दें जो एकाग्रता, पूर्णता और उल्लास लाने वाली हो। जीवन का आनन्द इसी में है कि हम अपने मन को ऐसे विचारों से मुक्त रखें, जो स्वाधीनता और प्रगति में विघ्न डालते हैं।

मान लीजिए कि आपको आज से तीन महीने बाद किसी महत्त्वपूर्ण अवसर पर भाषण देना है। अगर आप भीरु प्रकृति के भावुक व्यक्ति हैं, तो इस बारे में आप अभी से सोचना शुरू कर देंगे और अनजाने ही आप पर एक-एक क्षण भारी गुजरेगा। आप हफ्ते और फिर दिन गिनना शुरू कर देंगे। आपकी हालत उस कैदी जैसी हो जाएगी, जिसे मृत्युदण्ड मिला है और फांसी का दिन निश्चित हो चुका है। आप दिन-रात इसी चिंता में घुलते रहेंगे। आंखों की नींद उड़ जाएगी और भूख मर जाएगी। आपको खयाल रह-रहकर सताएगा कि भाषण अच्छा

नहीं वन पड़ा, मित्र मजाक उड़ा रहे हैं और आप सगे-सम्बन्धियों की नजरों में गिर गए हैं। यों काल्पनिक असफलता तथा अपमान का भयंकर दुःख आप एक लम्बे समय तक व्यर्थ भोगते रहते हैं, जो वास्तव में शायद बिलकुल ही भोगना न पड़े।

यह सब क्यों? सिर्फ इसीलिए न कि आपने अपने मन में भय को स्थान दिया। इसके विपरीत अगर आप साहस का मार्ग अपनाएं और सफलता की कल्पना करें तो दिन-दिन आत्मविश्वास बढ़ेगा और हर क्षण सुख में बीतेगा।

सफलता, समृद्धि और ख्याति का भी एक निश्चित नियम है। यह नियम गणित के नियम की तरह अटल है। वे तभी प्राप्त होती हैं, जब इस नियम का पालन किया जाए। जो व्यक्ति असफलता की बात सोचता है, सफलता उसके बस का रोग नहीं है। सफल चिन्तन को ही सफलता का वरदान प्राप्त है।

कौन बता सकता है कि भय ने कितनी महत्त्वाकांक्षाओं और कितने सुन्दर सपनों की हत्या की है? कौन बता सकता है कि कितने आदमी भय के कारण बौने बनकर रह गए! अगर उन्होंने जरा भी साहस से काम लिया होता तो उनके नाम महान व्यक्तियों की सूची में लिखे जाते।

भय अज्ञानता से उत्पन्न होता है। आदिमानव का ज्ञान बहुत थोड़ा था। वह प्राकृतिक शक्तियों को समझता नहीं था; इसीलिए बादल की कड़क और बिजली की चमक से डर जाता था। प्राचीन रोमनों पर भय इतना हावी था कि उन्होंने भय का मंदिर बनवाया है। और प्राचीन भारतीयों ने भी भय को रुद्र देवता का नाम दिया है। हम सिर्फ इसीलिए डरते हैं कि अपने भीतर की अतुल शक्तियों को समझ नहीं पाते।

भय का मुख्य कारण यह है कि हम अपने को एक अलग इकाई–एक किंचित् व्यक्ति–समझ बैठते हैं, जिसे विधाता ने

लड़ने के लिए संसार में भेजा है। दरअसल हम विश्व-शक्ति का एक अंश हैं। अर्जुन जब कौरवों की विशाल सेना देखकर डर गया था तो कृष्ण ने उसे यही तो समझाया था कि आत्मा अमर है, वह न मरती है न गलती है; एक के बाद दूसरा जन्म धारण करती रहती है। हमारी यह आत्मा विश्वात्मा, अर्थात् परमात्मा का ही एक अंश मानकर चलें तो असफलता का सवाल ही पैदा नहीं होता। 'हम विधाता का अंश हैं; यह एहसास ही भय का नाश करता है। इस एहसास के मन में आते ही हमारे भीतर अतुल शक्ति आ जाती है। फिर न गरीबी सताती है और न रोग की चिन्ता रहती है। हमारा आत्मविश्वास और साहस इतना बढ़ जाता है कि हम हर विपरीत स्थिति का सामना करने में अपने को समर्थ पाते हैं।

अगर एक नौजवान को, जो थोड़ी पूंजी के साथ कोई बड़ा कारोबार शुरू करना चाहता है, यह बता दिया जाए कि रिज़र्व बैंक ऑफ इंडिया उसकी हर तरह सहायता करेगा, वह जरूरत पड़ने पर जितना रुपया चाहे ले सकता है, तो उसका थोड़ी पूंजी का भय दूर हो जाएगा; उसकी रातों की नींद हराम करने वाली चिंता मिट जाएगी और वह अपने कारोबार के सम्बन्ध में दृढ़ निश्चय और आत्मविश्वास के साथ बात कर सकेगा।

दरअसल हम सब एक अतुल भंडार से सम्बन्धित हैं। हमारे पास शक्ति का इतना बड़ा खजाना है कि जितना हम उसमें से खर्च करेंगे, वह उतना ही और बढ़ेगा।

यह एहसास कि हम सर्वशक्तिमान परमात्मा का, विश्व-जीवन का, महान सत्य का एक अंश हैं, सारे भय का नाश कर देता है। किसी संकट से जूझने में समर्थ न होने की भावना का नाम ही भय है। अगर हमें यह विश्वास हो कि कोई भी स्थिति उत्पन्न हो जाए, हम उससे निपट

लेंगे, तो भय समाप्त हो जाता है। तब हम उस नौजवान जैसे होंगे, जिसे यह मालूम है कि उसके कारोबार में रिज़र्व बैंक उसकी सहायता करेगा। अभाव और विवशता न रहे तो भय भी नहीं रहता।

जिन्दगी बहुत सुन्दर है, बहुत शानदार है; लेकिन वह इससे भी सुन्दर और शानदार बन सकती है। जो लोग इस समय सबसे अधिक सुखी हैं, हम सबका उद्देश्य उनसे अधिक सुखी बनना है। अगर हम इस उद्देश्य की पूर्ति में असफल रहते हैं तो यह हमारा अपना दोष है, क्योंकि हम भय के दास बन गए हैं। अगर हम दासता को झटककर अपने को भय से मुक्त कर लें तो सुख, समृद्धि और सफलता हमारे पांव चूमेंगे।

अंधविश्वास और भ्रम

किसी विद्वान ने कहा, "मेरा भूतों में विश्वास नहीं, फिर भी जिन्दगी भर मैं उनसे डरता रहा।"

हम कहने को तो कह देते हैं कि हम अंधविश्वासी नहीं, फिर भी शनिवार या मंगल को काम शुरू करना पसंद नहीं करते। कुछ लोगों में 13 नम्बर का वहम है। वे 13 नम्बर के कमरे में रहना या बैठना पसंद नहीं करते। इसलिए बहुत से होटलों और दफ्तरों में 13 नम्बर लिखा ही नहीं जाता। कई आदमी सीढ़ी के नीचे से गुजरना पसंद नहीं करते और हम नहीं चाहते कि जब हम घर से यात्रा के लिए निकलें तो बिल्ली हमारा रास्ता काट जाए। विज्ञान के इस युग में भी लोग भ्रमों और अंधविश्वासों में फंसे हुए हैं।

जो लोग अंधविश्वास के नाम से चिढ़ते हैं, वे भी अपने मन में

कोई-न-कोई भ्रम पाले रहते हैं और फिर कहते हैं, क्या करें, आदत बन गई है।'

मैं एक महिला को जानता हूं। वह बहुत अच्छा गाती है। एक जगह संगीत-समारोह था। गाते-गाते उसका स्वर अचानक टूट गया। जाने क्यों फिर वह गा नहीं सकी। दूसरी और तीसरी बार भी ऐसा हुआ। उसी स्वर पर उसकी आवाज फिर टूट गई। उस बेचारी को बहुत निराशा हुई। उसने कई साल गाना सीखने में बिताए थे और वह गायिका बनना चाहती थी। उसने डॉक्टरों से सलाह ली तो उन्होंने बताया कि तुम्हारे गले या फेफड़ों में कोई दोष नहीं है। फिर किसी व्यक्ति ने उसे बताया कि तुम्हारा यह रोग शारीरिक नहीं, मानसिक है। तुमने व्यर्थ का भ्रम पाल रखा है। आत्मविश्वास के साथ गाओ और तुम्हें सफलता मिलेगी। यह बात उसके मन में लग गई। इसके बाद उसने एक संगीत-सम्मेलन में यह सोचकर गाया कि 'यह आवाज मेरी है और मैं उसकी स्वामिनी हूं,' और वह सफल हुई।

व्यर्थ का भय भ्रम उत्पन्न कर देता है। आपने देखा होगा कि शादी से पहले या कोई बड़ा काम शुरू करने से पहले आपका मन अचानक बिगड़ गया और आप सोचने लगे कि कुछ-न-कुछ गड़बड़ होने वाली है। गड़बड़ दरअसल कुछ भी नहीं होती, पर आप इस बारे में जितना सोचते हैं, डर उतना ही बढ़ता रहता है।

बहुत-से भ्रमों की शुरुआत बचपन से होती है। बच्चे भूत-प्रेतों, दानवों और जादूगरों की जो कहानियां सुनते हैं, वे उनके कच्चे मन पर अपना स्थायी प्रभाव छोड़ जाती हैं। फिर उम्र-भर यही आशंका बनी रहती है कि भय कहीं घात लगाए बैठा है। हम व्यर्थ ही सोचते रहते हैं, 'हमारा व्यापार फेल हो जाएगा, फसल खराब हो जाएगी, बुरा वक्त

नजदीक है।' अगर व्यापार ठीक चल रहा है तो हम अपने स्वास्थ्य अथवा परिवार के किसी सदस्य के अमंगल की चिंता करने लगते हैं। स्पष्ट है कि जब मन में भय बैठ गया हो तो हम हमेशा भय की बात सोचेंगे।

फिर हम कल्पित भय से रोग बढ़ा लेते हैं और दुःख भोगते रहते हैं। मैं एक आदमी को जानता हूं। उसके दांत में दर्द है, पर वह इसे निकलवाने की हिम्मत नहीं करता। हर बार जब दवा-दारू से दर्द थम जाता है, वह सोचता है कि अब नहीं उठेगा; लेकिन थोड़े दिनों बाद दर्द फिर उठता है। मेरा खयाल है कि दांत निकलवाने से जितना दर्द एक बार होता, उससे सौ गुना दर्द वह भोग चुका है। लोग मामूली बीमारी में शुरू में डाक्टर के पास जाने से डरते हैं; इसीलिए अन्त में निर्बल और अपाहिज बनकर रह जाते हैं। दो साल पहले एक आदमी के जबड़े में मामूली रोग हो गया था। जिसके कारण मुंह पूरा नहीं खुलता था और वह भोजन अच्छी तरह नहीं चबा सकता था। एक मित्र डॉक्टर ने सलाह दी कि तुम ऑपरेशन करवा लो, रोग दूर हो जाएगा, और ऑपरेशन भी मामूली है। लेकिन उसने ऑपरेशन नहीं करवाया और वह अब तक ऐसी ठोस खुराक नहीं खा सकता, जिसे चबाना पड़े।

'कैसी मूर्खता है!' हम कह तो झट देते हैं, पर वक्त पड़ने पर हम खुद ऐसे ही आचरण करते हैं। हम शेक्सपियर के हैमलेट की तरह ढुल-मुल-यकीन बने रहते हैं और बहुत-सी छोटी-बड़ी बातें टालते रहते हैं। टालते रहते हैं, यहां तक कि वे हमारी सामर्थ्य से बाहर हो जाती हैं।

हम अपने भय खुद नहीं समझ पाते। वे हमारे अवचेतन में रहते हैं, और कोई भय नहीं हो तो मौत, बीमारी और दुर्घटना का डर ही सताता रहता है। कुछ लोग जब यात्रा करते हैं, तो काल्पनिक दुर्घटना से डरते रहते है। पुल पर से गुजरें तो सोचते हैं कि गाड़ी

अब नदी में गिरी, अब लाइन से उतरी। कुछ लोग जीवन-भर यही सोचते रहते हैं कि तपेदिक, तिल्ली अथवा कैंसर का भयंकर रोग उनके भीतर पल रहा है। उन्हें हमेशा बीमारी के चिन्ह प्रकट होते दिखाई देते हैं, और इश्तहारी डॉक्टर उनकी बदौलत जेबें भरते हैं।

भय हमारे मन में दुबके रहते हैं और हमें उनका पता ही नहीं चलता; लेकिन वे हमारे चिंतन को प्रभावित करते रहते हैं। जो लोग ऐसे इलाकों में रहते हैं, जहां मेह-आंधी के तूफान ज्यादा आते हैं, वे हर वक्त आकाश की ओर देखते रहते हैं तूफान से बचने के स्थान बनाते हैं। इन स्थानों से दूर खेतों में जाते हुए बहुत घबराते हैं। यों वे तूफान के बजाय तूफान के भय से ज्यादा कष्ट उठाते हैं।

एक वक्त था कि बिजली-कंडक्टर के व्यापारियों ने खूब चांदी बनाई। उन्होंने लोगों के मन में यह भय पैदा कर दिया कि मकान पर बिजली-कंडक्टर लगाए बिना बचना मुश्किल है। आज बिजली का इतना भय नहीं रहा, फिर भी लोग बिजली की कड़क से डरते हैं। मां झट बच्चों को तहखाने में ले जाती है या चारपाई पर लिटाकर खिड़कियां बन्द कर लेती है।

कुछ समय पहले देहात के लोग महामारी को रोकने के लिए तरह-तरह के उपाय करते थे, उपले और ईंधन जलाकर धुआं करते थे। एक सरकारी डॉक्टर का कहना है, "घबराहट महामारी में अधिक हानि पहुंचाती है। इस सिलसिले में पहली बात यह है कि लोग घबराएं नहीं।"

कुछ आदमी यह सोचते रहते हैं कि कहीं उनकी स्मरण-शक्ति नष्ट न हो जाए। एक व्यक्ति ने मुझे बताया कि वह एक बार किसी होटल में जाकर ठहरा। जब क्लर्क ने उसका नाम पूछा तो वह अपना नाम भूल गया। बहुत याद करने पर भी नहीं बता सका। इस बात पर कई

महीने परेशान रहा। ऐसी ही घटना एक बार प्रसिद्ध वैज्ञानिक एडीसन के साथ घटित हुई। एक बार वह अपने पढ़ने के कमरे से उठकर किसी काम से बैंक में गया। वहां जब क्लर्क ने उसका नाम पूछा तो वह नहीं बता सका। लेकिन सौभाग्य से उसी समय कोई मित्र आ गया और वह बोला, "हैलो मिस्टर एडीसन, आपका क्या हाल है?"

अक्सर लोग अपने भय खुद नहीं समझ पाते। भय का कोई वास्तविक आधार नहीं होता। उन्हें किसी भावी आपत्ति का खटका लगा रहता है। मुझे एक भी आदमी ऐसा नहीं मिला, जिसे कोई-न-कोई खटका न लगा रहता हो। मैं एक व्यक्ति को जानता हूं। उसे हर वक्त यह चिन्ता कोंचती थी कि उसे कभी-न-कभी अदालत में जाकर किसी के खिलाफ गवाही देनी होगी। उसे एक निष्ठुर वकील का भय लगा रहता था, जिसकी जिरह से घबराकर वह अपना बयान पलट देगा।

ऐसा आदमी मुश्किल से मिलेगा, जो सचमुच जीवन का आनन्द ले रहा हो। हमें प्रसन्नता कभी-कभी नसीब होती है, वरना कोई-न-कोई चिन्ता हमें घेरे रहती है। एक सम्राट ने कहा था कि उसने जीवन में सिर्फ चौदह दिन सुख से बिताए हैं। ख़ैर, सम्राट की बात को छोड़िए उसके बारे में तो कहावत ही है कि 'जिसके सिर पर ताज, उसे चैन कहां? पर हमारे जीवन में भी सुख के क्षण बहुत थोड़े होते हैं।

कितने लोग उन चीजों पर ध्यान देते और उन्हें देखते हैं, जो हमें आनन्द प्रदान कर सकती हैं।

कुछ दिन पहले मैंने किसी लेखक का लेख पढ़ा था, जिसका शीर्षक उसने 'वास्तविकता के बीस मिनट' रखा था। इसमें ऑपरेशन के बाद अन्धा होने के दिनों का उसने अपना अनुभव बयान किया था।

हस्पताल का वातावरण था और दिन भी धुंधला-धुंधला था, क्योंकि आकाश पर बादल छाए हुए थे। पर लेखक ने अपने को सहसा

आनन्द और प्रकाश की दुनिया में महसूस किया। वह लिखता है, "मालूम नहीं, इस परिवर्तन का कारण क्या था! मैंने कोई भी नई चीज़ नहीं देखी; पर तमाम पुरानी चीजें एक दैवी प्रकाश में लिपटी जान पड़ती थीं और यही उनका वास्तविक रूप था। मुझे जिन्दगी इतनी प्यारी और सुन्दर लग रही थी कि मेरे पास बताने को शब्द नहीं हैं। प्रत्येक मनुष्य जो मेरे आसपास चल-फिर रहा था, प्रत्येक पक्षी जो उड़ रहा था और पेड़ की प्रत्येक टहनी जो हवा में लहरा रही थी, मुझे वह असीम आनन्द का–समूचे जीवन का भाग मालूम होती थी। आनन्द के इन महान क्षणों में पेड़, पक्षी, नर्स, बीमार और हर आने-जाने वाले के प्रति मेरे मन में अगाध प्रेम उमड़ आया था। मेरे लिए हर प्राणी एक चमत्कार था। खुद जीना एक चमत्कार था। मुझे लगा, जैसे मेरी आत्मा आनन्द के असीम सागर में तैर रही हो।"

लेखक के इस अनुभव से सिद्ध होता है कि आनन्द बाहर की चीज़ों में नहीं, हमारे अपने भीतर है। हमारे मन की जो स्थिति होती है, हम हर एक चीज को उसी में रंग लेते हैं। अगर हमारे मन का भाव सुन्दर है तो चीज भी सुन्दर है और अगर हमारे मन की स्थिति असुन्दर है तो चीज भी असुन्दर जान पड़ती है। हम प्रकृति में और संगीत में जो सुन्दरता महसूस करते हैं वह हमारे अपने मन में होती है। जब हम प्रसन्नता से चहक रहे हों तो पेड़, पौधे, फूल, पक्षी और हर सुन्दर दृश्य अपने साथ हंसता-चहकता जान पड़ता हैं। अगर हमारे विचार हर रोज शुद्ध, पवित्र हों; सही, स्वार्थ-रहित और आनन्ददायक हों तो हम प्रसन्न रहते हैं। अगर हम अपने मन में कोई अशुद्ध, अपवित्र और अभद्र विचार न आने दें तो हम दिन भर चिन्ता से मुक्त रहेंगे। हमारे अच्छे-बुरे विचारों का जो अनुपात होगा, प्रसन्नता और चिन्ता का भी वही अनुपात रहेगा।

जब तुम्हारे मन में चिन्ता और निराशा उत्पन्न होने लगे, तुम तुरन्त विचारधारा का रुख बदल दो। साहस, आनन्द और सफलता की बात सोचो, आशावादी बनो और आत्मविश्वास बढ़ाओ। चिन्ता और भय को पास न फटकने दो और यह धारणा बना लो कि तुम्हारा कोई क्या बिगाड़ेगा, तुम सम्राटों के सम्राट की संतान हो।

मन वश में हो तो विचारधारा का रुख बदल देना बहुत सहज है।

मैं एक बुढ़िया को जानता हूं। वह कहती है कि मैं हर रोज सुबह उठकर यह सोचती हूं कि आज का दिन मेरे लिए बड़ा ही शुभ है। आज मुझे कोई नया अनुभव, नई प्रसन्नता प्राप्त होगी। वह कहती है कि दिन उन्हीं के लिए शुभ होता है, जो उसके शुभ होने में विश्वास रखते हैं। उनका जीवन सचमुच सुख-समृद्धि में बीत रहा है।

अगर हम वास्तव में प्रसन्न रहना चाहते हैं तो अपने मन में भ्रम का हौवा न पालें। हमेशा प्रसन्न, साहसी और आशावादी बने रहें। निराशा, चिन्ता और भय की भावना को पास न फटकने दें। जिन्दगी के बहाव के साथ शेर की तरह सीधा तैरें।

भावनाएं और स्वास्थ्य

डॉक्टरों का कहना है कि भावनाओं का शरीर पर गहरा प्रभाव पड़ता है। उदाहरण के लिए अगर मन स्वस्थ्य हो तो रोगी के जल्द अच्छा होने की सम्भावना है। इसके विपरीत अगर रोगी के मन में भय, आशंका और चिन्ता हो तो डॉक्टर को उसके इलाज में बड़ी कठिनाई का सामना करना पढ़ता है।

डॉक्टर विलियम एड्लर का कहना है, "यह बात बहुत पहले मान

ली गई है कि मानसिक प्रक्रियाएं शारीरिक क्रियाओं को बड़ा प्रभावित करती हैं; लेकिन हाल ही में जो खोज की गई है, उसने यह निश्चित कर दिया है कि शरीर की जो सूक्ष्म क्रियाएं स्वास्थ्य बनाए रखती हैं अथवा बीमारियों को रोकती हैं, मानसिक स्थिति उन्हें कितना प्रभावित कर सकती है।"

एक स्वस्थ व्यक्ति भी व्यर्थ का बीमार बन सकता है। दरअसल वह बीमारी का वहम पाल लेता है। न्यूयार्क टाइम्स अखबार में एक समाचार छपा था, जिससे सिद्ध होता है कि वहम एक अच्छे भले आदमी को मृत्यु के मुंह में धकेल देता है –

वहमी व्यक्ति मरते-मरते बचा

जॉन केमिस्ट के पास जहर की शीशी खरीदने गया। केमिस्ट को शक हो गया कि वह आत्महत्या करना चाहता है। केमिस्ट ने उसे पीने की कोई हानि-रहित दवा दे दी।

जॉन ने अपनी पत्नी के नाम अलविदाई पत्र लिखा और दवा पी ली। कुछ ही क्षणों में उसकी हालत बिगड़ गई। उसे तुरन्त हस्पताल पहुंचाया गया और वहां उसे अच्छा होने में पूरा एक हफ्ता लगा। डॉक्टरों का कहना है कि सिर्फ इस वहम ने कि उसने जहर पिया है, जान को मौत के निकट पहुंचा दिया।

हम सब जानते हैं कि स्वास्थ्य और रोग का सम्बन्ध रक्त-प्रवाह से है और हम यह भी जानते हैं कि मन की स्थिति और विचार रक्त-प्रवाह को प्रभावित करते हैं। स्वस्थ शरीर का रक्त-प्रवाह संतुलित होता है, पर मनोगत भावनाएं उसे मंद तथा तीव्र करके गड़बड़ा देती हैं। क्रोधावेश, कोई आकस्मिक आघात अथवा भयंकर आपत्ति रक्त-प्रवाह को तुरन्त गड़बड़ा देती है। कहते हैं कि कोचवान

के क्रुद्ध शब्दों से एक मिनट में घोड़े के दिल की आठ-दस धड़कनें ज्यादा हो जाती हैं।

भय, चिंता, क्रोध और दुविधा आदि का शारीरिक क्रियाओं पर बड़ा प्रभाव पड़ता है, जिससे मनुष्य बीमार पड़ जाता है और उम्र कम हो जाती है।

इस विषय के एक पंडित का कहना है –

"शरीर का विकास तभी सम्भव है, जब इतनी खुराक पचाई जा सके, जो मरम्मत के लिए और बढ़ने के लिए काफी हो। पाचन-शक्ति इस बात पर निर्भर है कि पाचन-क्रिया से सम्बन्धित गिल्टियों से कितना रस निकलता है। अच्छे भोजन की सुगन्ध, उसके स्वाद, उसके देखने और उसके विचार ही से मुख और आमाशय से रस काफी मात्रा में निकलने लगता है। जैसे अच्छे भोजन से यह निकलता है, उसी तरह सुरुचिकर भोजन सामने न होने से रुक जाता है।"

यह सबके अनुभव की बात है कि भय और चिंता से मुंह और गला सूख जाता है। शरीर को स्वस्थ बनाए रखने के लिए बहुत कुछ कहा जा सकता है; पर हम लोग मोटी-मोटी बातों की ओर ध्यान दिलाना आवश्यक समझते हैं।

माता-पिता वैसे तो बच्चों के हित की बात कहते हैं, पर वे अपने अज्ञान के कारण उनके मन में नये भय भर देते हैं। 'ऐसा मत करो, जुकाम हो जाएगा,' अथवा 'गंदी शक्कर मत खाओ, पेट खराब हो जाएगा,' आदि कहने से उसके मन पर ऐसा प्रभाव पड़ता है कि वे सचमुच बीमार रहने लगते हैं।

कहावत है कि जैसा हम बोते हैं, वैसा काटते हैं। इसी प्रकार हम जैसा सोचते हैं, वैसा बन जाते हैं। यही नियम है। डॉक्टरों का हैजे के ऐसे मरीजों से वास्ता पड़ता रहता है, जो बीमार होने के पन्द्रह मिनट

बाद तक मर जाते हैं। वे बीमारी से नहीं मरते, उनका अपना भीतर का भय उन्हें मार डालता है।

हमें मालूम है कि शरीर के मुख्य अंग सोचने वाले छोटे-छोटे सेलों से बने होते हैं। इसे यों भी कह सकते हैं कि ये सेल अपने-आपमें मस्तिष्क हैं और शरीर की किसी भी पीड़ा की सूचना केन्द्रीय मस्तिष्क को पहुंचाते हैं। इन अंगों को हम शरीर के प्रादेशिक राज्य कह सकते हैं। उनकी अपनी धारासभा और अपनी सरकार है और उन सबका मस्तिष्क की केन्द्रीय सरकार से संबंध है।

केन्द्रीय मस्तिष्क में जो विचार आता है, वह तुरन्त इन सेल-रूपी छोटे मस्तिष्कों में चला जाता है। यों शरीर के तमाम अंगों का, पूरे सिस्टम का आपस में गहरा सम्बन्ध है और हरएक विचार, हर एक भय अथवा हर एक आशा-निराशा उन पर गहरा प्रभाव छोड़ देती है।

शरीर का ह्रास और निर्माण बराबर जारी रहता है। इसलिए शरीर के सेल स्थिर और निश्चित नहीं होते। उनमें से कुछ कठोर और कुछ लचकदार होते हैं, विचार उन्हें विभिन्न सांचों में ढालता रहता है। स्वस्थ या बीमार हो, बूढ़ा या नौजवान हो, विचार का प्रभाव उसके शरीर पर उसी अनुपात में पड़ता है, जिस अनुपात से वह अपनी मानसिक प्रक्रिया को नियंत्रित रखता है। हम अपने आत्मविश्वास से शरीर के विभिन्न अंगों में सेलों को अपना काम सामान्य और स्वस्थ ढंग से करने के लिए दृढ़ बनाते हैं। हमारी मनोवृत्ति, हमारे विचार और हमारी भावनाएं ही जीवन-संचालन करती हैं।

जैसे सुबह के वक्त ओस की प्रत्येक बूंद छोटे पैमाने पर सूरज होती है, उसी प्रकार हमारा एक सेल चित्र बनाता है, विचार को मस्तिष्क में प्रतिबिम्बित करता है और उससे अच्छा या बुरा प्रभाव ग्रहण करता है।

जब भी हम किसी पर नाराज होते हैं, क्रोध करते हैं, नफरत से गुर्राते हैं, किसी बात पर दुःखी होते हैं अथवा कोई अप्रिय पदार्थ चबाते हुए चिढ़ते हैं, तो हमारे सेल युद्ध की स्थिति में होते हैं और शरीर का सारा सिस्टम अस्त-व्यस्त हो जाता है।

अगर हम दुनिया में प्रसन्न रहना चाहते हैं, और अपने काम में अधिक से अधिक सफलता प्राप्त करना चाहते हैं तो हमें घृणा, द्वेष, स्पर्धा और बदले की भावना को अपने मन से दूर रखना चाहिए, क्योंकि इससे मन की शांति ही नष्ट नहीं होती, समय भी नष्ट होता है और योग्यता कुंठित होती है।

रक्त-प्रवाह ठीक होने के लिए मन का ठीक होना ज़रूरी है। संक्षेप में यों समझ लीजिए कि मन की जो स्थिति होगी, शरीर की भी वही होगी।

एक औरत कई साल तक दही, प्याज और बैंगन आदि कुछ चीजें खाने से इतना डरती रही कि उन्हें मेज पर रखी देखकर उसे उबकाई आने लगती थी। आखिर उसने एक पुस्तक में भय के प्रभाव पर लेख पढ़ा। वह सोचने लगी और लेख खत्म करते-करते इन चीजों के प्रति उसकी मनोगत घृणा दूर हो गई। फिर उसने ये चीज़ें सहज में खा लीं और कुछ भी गड़बड़ नहीं हुई। अब जो चीज भी मिले, वह बड़े शौक से खाती है।

एक डॉक्टर का कहना है कि बहुत-से-रोग, जो असल में छूत के रोग नहीं थे, सिर्फ इसलिए छूत के रोग बन गए हैं कि हमारा ऐसा विश्वास है। नसें चिन्ता, घृणा, भय और स्पर्धा के कारण ही तन जाती हैं।

बहुत-से लोग अपनी कुछ बीमारियों को खुराक का या हवा लग जाने का नतीजा समझते हैं, जबकि इन बीमारियों का वास्तविक कारण चिड़चड़ा मिजाज होता है, मैं एक व्यक्ति को जानता हूं, जिसका मिजाज

बिगड़ते ही उसकी पावन शक्ति बिगड़ जाती है। इस समय हजारों आदमी ईर्ष्या, स्पर्धा, क्रोध और बदले की भावना के कारण बीमार हैं। अगर मन हमेशा स्वस्थ रहे तो शरीर इतना कष्ट नहीं दे सकता।

जब मन अशान्त हो तो शरीर को दवा खिलाकर स्वस्थ करना ऐसी ही बात है, जैसे चोर को कुनीन पिलाकर उसकी चोरी की आदत छुड़ाने की कोशिश करना। मन ही तो शरीर को रुग्ण, स्वस्थ, समृद्ध अथवा दरिद्र बनाता है। प्रसन्न चित्त सौ दवा की एक दवा है।

एक महिला को कई साल तक सिर-दर्द के दौरे पड़ते रहे। इस दर्द के मारे वह बिस्तर पर लेटी रहती थी। उसे ये दौरे बाकायदा पड़ते थे। मगर एक बार उसने एक बड़ा ही भयंकर दौरा टाल दिया। कारण यह कि वह यों ही किसी सुख की कल्पना करने लगी। सुख की भावना ने उसके शरीर और मन को इतना प्रभावित किया कि उसने बीमारी के विचार को पास नहीं फटकने दिया।

हम बड़े नेताओं और व्यापारियों को अक्सर कहते सुनते हैं कि उन्हें बीमार पड़ने की फुरसत ही नहीं है। चाहे वे यह बात मजाक में कहते हैं, पर उनका यह कथन बहुत हद तक सही है।

जिन्दगी सेल बनाते हैं। सेलों का स्वास्थ्य विचारों पर निर्भर है और शरीर का स्वास्थ्य इन सेलों के स्वास्थ्य से अलग कोई चीज नहीं है। इन सेलों को शिथिल या प्राणवान हम बनाते हैं। अगर ऐसा न हो तो मानसिक इलाज का सारा विज्ञान ही व्यर्थ हो जाएगा। अगर विचार अस्वस्थ, अशुद्ध अथवा कपटपूर्ण हैं तो शरीर के तमाम सेल दूषित हो जाएंगे।

मेरा एक मित्र है, जो हमेशा यही सोचता रहता है कि मेरा मेदा खराब हो गया है। यह अब कभी ठीक नहीं होगा। उसकी उम्र भी ज्यादा नहीं, शरीर भी स्थूल और मजबूत है, पर उसका विचार है कि वह

दलिया जैसी हलकी खुराक ही खा सकता है और इसे भी दवाओं से पचाता है। मेदे में कोई दोष नहीं। अपनी पाचन-शक्ति उसने खुद बिगाड़ी है। हर ग्रास के साथ वह उतनी ही चिन्ता भी भीतर निगल लेता है। परिणाम यह है कि वह बीमार रहता है।

कुछ लोगों ने यह मिथ्या धारणा बना रखी है कि मन के अलावा भी शरीर की अपनी बड़ी शक्ति है। दरअसल शरीर की अपनी कोई शक्ति नहीं है। जब मन शरीर से निकल जाता है तो दुःख, दर्द और चिन्ता का एहसास ही नहीं रहता। अगर शरीर की वास्तव में कोई शक्ति हो तो मृत्यु के बाद शव भी सब कुछ महसूस करे। मगर ऐसा नहीं होता। मन ही सब कुछ है। वह हर एक सेल और हर एक अंग में है। जब तुम अपने-आपको ठीक उस हालत में पूर्ण स्वस्थ समझोगे जिसमें विधाता ने तुम्हें रखना चाहा है, तो तुम्हारे शरीर का प्रत्येक परमाणु सुप्राण और सजीव हो उठेगा। तुम्हारे तमाम सेलों में स्वस्थ विश्वास प्रवाहित हो जाएगा और तुम तुरन्त सुख-समृद्धि और निरोगता के मार्ग पर चल पड़ोगे।

भय रोग को बढ़ाता है

प्रेसीडेंट होर्डिंग जब अलास्का से लौटते समय बीमार पड़ा तो यह हुआ कि उसे चारों तरफ से भय ने आ घेरा। मरीज की चारपाई के गिर्द ही भय का वातावरण नहीं था, बल्कि सारी दुनिया पर भय छा गया जान पड़ता था। अखबारों की खबरों में आशंका प्रकट की जाती थी, लोगों के मन में आशंका थी। सब सोचते थे, 'अब क्या होगा?'

मरीज जब आंख खोलता था तो उसे अपने चारों तरफ डॉक्टर और नर्सें दिखाई देती थीं। पांच बड़े डॉक्टर बुलाए गए जो उसकी नब्ज देखते, दिल की धड़कनें गिनते और खून टेस्ट करते थे। नर्सें मुंह लटकाए इधर-उधर घूम रही थीं।

इस वातावरण ने जो चिंता, दुविधा, और भय उत्पन्न किया, उससे रोगी की मानसिक शक्ति कमजोर हो गई।

अगर वह साधारण नागरिक होता तो मेरा विश्वास है कि उसके बचे रहने की अधिक सम्भावना थी। हर एक बड़ा आदमी अनेक आशंकाओं और चिन्ताओं से घिरा रहता है। बीमारी के अतिरिक्त उसे इनसे लड़ना पड़ता है।

जब मैं डॉक्टरी पढ़ रहा था तो मैं बीमारों पर डॉक्टरों की विजिट का प्रभाव देखा करता था। वे पड़े-पड़े उसकी हर एक चेष्टा, हर एक मुद्रा और संकेत देखा करते थे। अगर उनके स्वास्थ्य-सुधार के बारे में वह प्रसन्न दिखाई पड़ता तो बीमार भी दिन-भर प्रसन्न रहते और जब वे डॉक्टर को उदास या निराश देखते तो उनका मन डूब जाता।

ऐसा आदमी मिलना मुश्किल है, जिसका शरीर सोलह आने दुरुस्त हो। कही-न-कहीं कुछ गड़बड़ी जरूर रहती है। कहने का मतलब यह है कि मनुष्य अगर चाहे तो उसे परेशानी का कारण मिल जाता है। लेकिन बात यह है कि परेशानी से तकलीफ कम होने के बजाय और बढ़ती है। वे मानते हैं, 'वैसे सेहत अच्छी है,' पर वे 'कभी-कभी गठिये का दर्द' महसूस करते हैं, या फिर उन्हें 'जुकाम' या 'सिर दर्द' रहता है।

इन बातों का स्वास्थ्य पर कितना बुरा प्रभाव पड़ता है! हमें इस प्रकार के सब विचार झटक देने चाहिए। हम व्यर्थ ही उनका शिकार बनते हैं।

वह आदमी स्वस्थ नहीं रह सकता, जो यह न सोचे कि वह स्वस्थ रह सकता है। यह एक पहेली है, जिसे हमें बूझ लेना होगा। स्वास्थ्य बनाए रखने के लिए; विश्वास बनाए रखना उतना ही आवश्यक है जितना कि व्यापार के लिए पूंजी। अगर तुम अपने मेदे पर यह विश्वास नहीं करते कि वह भोजन पचा लेगा तो वह कभी भोजन नहीं पचाएगा। अगर तुम खाते समय बदहज़मी और पेचिश की बात सोचते हो तो वह अवश्य हो जाएगी। शरीर के रोग मन से उत्पन्न होते हैं।

जो बात मन को परेशान करती है, वह शरीर को अशक्त बनाती है। अगर हम हर वक्त भय, चिंता और दुविधा में डूबे रहें तो सेल-रूपी छोटे मस्तिष्क उससे प्रभावित होंगे। वे शरीर-निर्माण के प्रति उदासीन हो जाएंगे। यही कारण है कि ये मानसिक शत्रु उन्हें रोग का मुकाबला करने के योग्य नहीं रहने देते। शरीर में रोग के कीटाणु तो रहते हैं, लेकिन अगर हम सेल-रूपी मस्तिष्कों को स्वास्थ्य और शक्ति के विचार प्रदान करें तो वे इन कीटाणुओं को दबाए रखते हैं। ज्योंही स्वास्थ्य गिरने लगे, हम उसे मानसिक शक्ति से ऊपर उठाएं। हम सेलों में कीटाणुओं से लड़ने की शक्ति भरें। सेल इन कीटाणुओं से तभी हारते हैं, जब हम स्वयं हिम्मत हार देते हैं।

बीमारी और रोग से लोग इतने नहीं मरते जितने, भय से मरते हैं। भय रोग का पक्षधर है। जब सेलों को उत्साह और स्फूर्ति की ज़रूरत होती है, भय उन्हें निरुत्साहित करके शिथिल बना देता है। लम्बी बीमारी के रोगियों के बच जाने और मर जाने में मानसिक स्थिति जबर्दस्त भूमिका अदा करती है। कई बीमार सिर्फ इसलिए मर जाते हैं कि वे आशा खो बैठते हैं। वे थके हुए सेलों को नई शक्ति प्रदान नहीं कर पाते।

भय और व्यर्थ का पछतावा शरीर के स्वस्थ्य बनने की प्रक्रिया को

शिथिल कर देता है। जर्राह जानते हैं कि जब बीमार उदास और विक्षिप्त हो तो उसके घाव जल्दी नहीं भरते।

जब हालात बिगड़ने लगते हैं तो भय का दानव हमारे सिर पर आ सवार होता है। हम जिस बोझ को उठाने में समर्थ होते हैं, वह उसे और भारी बना देता है। वह एक नीच शत्रु है। वह हमारी पीठ पर उस समय आ बैठता है, जब वह पहले ही मुसीबत से झुकी होती है। वह हमारे मन की शान्ति, आंखों की नींद और प्रसन्नता छीन लेता है। वह हमारे कान में कहता है, 'तुम अच्छे नहीं हो सकते। नहीं हो सकते।'

इससे भयंकर दानव और कौन होगा? वह आजीवन हमारे पीछे लगा रहता है। सुख और समृद्धि में वह नजरों से ओझल रहता है, पर ज्योंही काम बिगड़ने लगता है अथवा हम बीमार पड़ जाते हैं, तो वह झट अपनी मनहूस शक्ल दिखाता है।

जब मरीज को यह मालूम हो जाए कि डॉक्टर भी उसकी ओर से नाउम्मीद हो गया है तो फिर उसे बचाने के लिए प्रकृति भी क्या चमत्कार दिखा सकती है? जब मौत का सन्देश बीमारी के प्रत्येक अंग तक पहुंचा दिया जाए तो सेल भी हथियार डाल देते हैं।

जैसे ही भाव बदलता है, विचार बदलता है, रक्त-प्रवाह भी बदलता है। दैनिक जीवन में इसका अनुभव हमेशा होता रहता है। ज्योंही हम किसी बात से नाराज होते हैं, क्रुद्ध मन तुरन्त बहुत-सा खून गालों तक पहुंचा देता है। शरीर के किसी भी भाग पर विचार केन्द्रित करके और रक्त-पेशियों को फैलाकर वहां रक्त पहुंचा देना सहज है। यह जानी-बूझी बात है कि हृदय-रोग उसके भय ही से पैदा होता है। सामान्य स्थिति में रक्त-शरीर के हर अंग में बराबर जाता है; पर मन का सन्तुलन बिगड़ जाने से रक्त-प्रवाह का सन्तुलन भी बिगड़ जाता है। यह महज किताबी बात नहीं, प्रकृति का नियम है।

एक लड़की को यह बहम हो गया कि चूंकि उसके माता-पिता को तपेदिक का रोग था, इसलिए उसे भी यही रोग अवश्य लगेगा। जब भी उसके पांव भीग जाते या तनिक हवा लग जाती, तो उसे मामूली खांसी होती और भ्रम में पड़ी सखियां उसे तपेदिक की याद दिलातीं। इसके परिणामस्वरूप उसका ध्यान फेफड़ों पर केन्द्रित रहने लगा। और ध्यान के कारण वहां खून अधिक जाने लगा। नतीजा यह निकला कि उसकी खांसी बढ़ गई। अब भय ने मन पर कब्जा जमाया। उसकी भूख मर गई, पाचन-शक्ति बिगड़ गई और अन्त में उसे वही रोग लग गया, जिससे उसे बचने को कहा जाता था।

इससे सिद्ध हुआ कि ध्यान केन्द्रित होने से तपेदिक या कैंसर की बीमारी कैसे बढ़ती है। प्रभावित अंग की ओर खून तेजी से जाता है, जिससे सेलों की स्वाभाविक क्रिया में बाधा पड़ती है। अगर किसी को यह विश्वास हो जाए कि कैंसर का रोग उसे विरासत में मिला है तो शरीर के किसी भी भाग में ज़रा-सी खुजली होगी, वह झट कैंसर की बात सोचेगा। अगर सिगरेट पीने से गले अथवा जिह्वा पर जलन हो तो वह यही सोचेगा कि यह कैंसर का प्रभाव है।

जब विचार के प्रभाव से रक्त-प्रवाह सहज में बदल जाता है तो स्पष्ट है कि तत्सम्बन्धी शरीर की दूसरी क्रियाएं भी प्रभावित होती हैं। हम जानते हैं, चिन्ता या परेशानी का गुर्दों पर कितनी जल्दी असर होता है। और एक सार्वजनिक सभा में बोलते हुए हम कितना घबरा जाते हैं। तमाम पादरी इस प्रभाव को समझते हैं। पशुओं को जब छांटा मारा जाता है अथवा गाली दी जाती है, तो उन पर इसका कितनी जल्दी प्रभाव होता है।

अगर हम सुखी, समृद्ध और स्वस्थ जीवन बिताना चाहते हैं तो बचपन ही में भय से मुक्त रहना सीखें और उसे अपने रक्त में पलने

की छूट न दें। इस पिशाच को वह शक्ति हमींसे प्राप्त होती है, जिसे वह बाद में हमें परास्त करने के लिए इस्तेमाल करता है।

यह विश्वास कि हम स्वस्थ, सुदृढ़ और प्रसन्न रहने के लिए बने हैं, संसार की सब दवाओं से अधिक काम करता है।

यह शिक्षा कि वह स्वस्थ, सुदृढ़ और समृद्ध रहने के लिए बना है, प्रत्येक व्यक्ति को बचपन ही से मिलनी चाहिए। उसे मालूम होना चाहिए कि तमाम बीमारियां और कमजोरियां अस्वाभाविक हैं और वह तमाम आपत्तियों और कष्टों को दूर भगाने में सशक्त है। यह शिक्षा उसे बीमारियों से बचाए रखेगी और भय का दानव उसके पास नहीं फटकने पाएगा।

भय को बल प्रदान करना

बहुत-से लोगों के अपने अन्धविश्वास विशेष होते हैं और वे उनकी बात बड़े गर्व से करते हैं। यही लोग, जब एक दूसरा आदमी छींक के कारण काम मुल्तवी करे, उसका मज़ाक उड़ाते हैं।

हम उस देहाती नौजवान का चित्र देखकर डरते हैं, जो रात के समय जंगल में से गुजरते हुए हर पेड़ के पीछे एक भूत देखता है। लेकिन हम अपने दैनिक जीवन में हमेशा नए कल्पित भूत बनाकर डरते रहते हैं। इसका मतलब यह हुआ कि हम दूसरों की आंख का तिनका देख लेते हैं, पर हमें अपना शहतीर भी नजर नहीं आता।

भय को हम खुद बल प्रदान करते हैं। इसे हम समझते नहीं। जब हम सोचते हैं कि मुसीबत आने वाली है; असफलता घात लगाए बैठी

है, तो निस्सन्देह हम भय को बल प्रदान करते हैं। असफलता और अभाव का विचार ही भय को जन्म देता है, आशाओं और महत्त्वाकांक्षाओं की तरह भय भी हमारी मानसिक सन्तान है। एक बार उसके चंगुल में फंसकर फिर हम उसी दिशा में बढ़ते रहते हैं।

अगर हम यह भाव मन से निकाल दें कि हम फलां पद और फलां वस्तु प्राप्त नहीं कर सकते, क्योंकि यह पद और यह वस्तु दूसरों के लिए है, हम उसके लिए नहीं बने, तो हमारे लिए प्रगति का मार्ग खुल जाएगा। अगर हीन भावना मन में बनी रहेंगी तो उन्नति सम्भव नहीं, हम अभाव में ही जीवन बिताएंगे, समृद्धि का मुंह देखना नसीब नहीं होगा।

हेलन क्रेन का कहना है, "भय चेतना या अवचेतन रूप में अपनी आध्यात्मिक, नैतिक अथवा शारीरिक निर्बलता को स्वीकार करना है। यह स्वीकृति मनुष्य को उसकी इच्छा के अनुसार आवरण करने से रोकती है और वह व्यर्थ ही सोचने लगता है कि मैं इस काम के योग्य नहीं हूं। यह भावना इन्द्रियों को अपाहिज बनाती है और मन को शिथिल करती है।

"लोग इस तथ्य को नहीं समझते कि शिथिलता का उस स्थिति से कोई सम्बन्ध नहीं जो हमारे सामने होती है, बल्कि इसका सम्बन्ध हमारे मनोगत भय से है। प्रत्येक स्थिति में किसी-न-किसी तरह का आचरण सम्भव है और आचरण भय की भावना को दूर भगाता है। आचरण पर ध्यान केन्द्रित होने से भय का नाश होता है।

"बुराई की अपनी कोई शक्ति नहीं होती। जितना हम उससे डरते हैं उतना ही वह सशक्त बनता है। अगर हम अपने को तुच्छ न समझें, उससे न डरें, तो बुराई हमारा कुछ नहीं बिगाड़ सकती, हमें यह समझ लेना चाहिए कि जिसे हम बुराई समझ रहे हैं, हमसे अलग उसका कोई

अस्तित्व नहीं क्योंकि भगवान का सिद्धांत एकता है। समस्त शक्ति भगवान की है। इस शक्ति से बाहर कुछ नहीं। चेतना में से गुजरकर ही कोई चीज सशक्त बनती है। यों बुराई भी चेतना का ही एक रूप है। यह रूप अस्थायी है। उसे फिर भगवान में लीन होना है। अब अगर यह विचार ही मन में रहे कि बुराई हमारी अच्छाई से कुछ अलग है और हम यह जान लें कि उसने अपने वास्तविक स्थान से कटकर यह अस्थायी रूप धारण किया है, तो उससे भयभीत होने का कोई कारण नहीं रह जाता।"

किसी और लेखिका का कहना है, "यह एक सिद्धान्त है कि आदमी जिस चीज की ओर ध्यान देगा, वह अपने को प्रदर्शित करेगी। इसलिए अगर वह किसी चीज से डरता है तो उसपर ध्यान केन्द्रित करने ही से वह उसे अपनी ओर आकर्षित कर रहा है।"

हम लोगों को अक्सर कहते-सुनते हैं, यार, यह काम तो मेरे वश का नहीं।' 'खयाल है कि मुझसे प्रेस का धंधा चलेगा नहीं।' 'लगता है, कोई-न-कोई भारी संकट आने वाला है।' 'इस सर्दी में जुकाम अवश्य हो जाएगा।' 'मुझे कुलफी मत खिलाओ, यह मुझे बीमार कर देगी।' अथवा 'बच्चे नालायक हैं, फेल हो जाएंगे।'

आप शायद यह अनुभव नहीं करते कि जितना आप भय और शंका प्रकट करते हैं उतना ही अपने मन को नकारात्मक बनाते हैं, और भय को आक्रमण का मौका देते हैं। इससे आपकी शारीरिक और मानसिक शक्ति कम होती है। जब भी आप ग़रीबी से डरते हैं, गरीबी के भेड़िये को अपने दरवाजे पर खड़े देखते हैं, जब भी आप अभाव और खस्ताहाली का दुःस्वप्न देखते हैं, अपने मन को अभाव और खस्ताहाली आकर्षित करने का चुम्बक बनाते हैं। जब भी आप कहते हैं 'यह मेरे बस का रोग नहीं, मैं इसमें सफल नहीं हो सकता,' आप असफलता

को दावत देते हैं। नकारात्मक रवैए से आप अपने को किसी भी काम के अयोग्य बना लेते हैं।

इसके विपरीत जब आप कहते है 'मैं करूंगा,' तो यह भी कहते हैं 'मै कर सकता हूं।' अपने सकारात्मक रवैए से आप अपना मनोबल बढ़ाते हैं और जो भी चीज आप चाहते हैं, उसे अपनी ओर आकर्षित करते हैं।

हर एक विचार, हर एक भाव एक तरंग है जो दूसरे मस्तिष्कों की वैसी ही तरंगों से अपना सम्बन्ध स्थापित करती है। अगर आप एक बार निराश होना शुरू कर दें तो बराबर निराश होते चले जाएंगे, क्योंकि आपके विचार दूसरे निराश मस्तिष्कों को तरंगों से सम्बन्ध स्थापित करके आपकी निराशा को बढ़ाते रहेंगे। अगर आप बड़बड़ाते हैं तो और बड़बड़ाने वाले मस्तिष्कों की बड़बड़ाने वाली तरंगों से सम्बन्ध स्थापित कर रहे हैं। लेकिन अगर आप स्वास्थ्य और प्रसन्नता की बात सोचते हैं, तो यह और स्थानों से भी अधिक मात्रा में आपके पास आएगी।

मैं एक बुढ़िया को जानता हूं जो कमरे में अकेली नहीं सो सकती क्योंकि वह उन कहानियों के कारण, जो उसने अपनी आया से बचपन में सुनी थी, भूतों से डरती है। नानी, मां और आया बहुत-से बच्चों के मन में यह भय भर देती हैं। इसी कारण वे मुंह ढांपकर सोते हैं और शुद्ध वायु से वंचित रहते है, क्योंकि उन्हें अंधेरे में झांकने का साहस नहीं होता। लेकिन इन कल्पित भूतों का कहीं कोई अस्तित्व नहीं है। चाहे समय हमारे भय को निराधार सिद्ध कर देता है, फिर भी संस्कार बने रहते हैं और हम आजीवन डरते रहते हैं।

एक डॉक्टर ने किसी दूसरे डॉक्टर को बताया कि उसके रक्त में जहर मिल गया है और वह मर जाएगा। उसने परिवार के सदस्यों को इकट्ठा करके बीवी-बच्चों को अलविदा कही और बताया कि वह सुबह

पांच बजकर दस मिनट पर मर जाएगा और वह ठीक उसी समय मर गया।

किसी व्यक्ति ने एक निश्चित समय पर आत्महत्या का निश्चय किया; पर किसी कारण उसके पिस्तौल ने काम नहीं किया। इसके बावजूद वह आदमी निश्चित समय के भीतर मर गया। डॉक्टर ने बताया कि वह इतने समय से मरने की योजना स्थिर करता रहा था और अब यह विचार उस पर इतना हावी हो गया था कि इसी कारण उसकी मृत्यु हुई।

निःसंदेह अगर हम यह सोच लें कि साठ वर्ष के होकर हम मर जाएंगे, लगातार इसकी तैयारी करते रहें, वसीयतें लिखवा दें, अपने कारोबार की इसी ढंग की व्यवस्था कर दें और इसी पर अपना ध्यान लगाए रखें, तो निश्चित रूप से इस उम्र में हमारी मृत्यु हो जाएगी। हमारे जीवन के नियम ही ऐसे हैं कि जैसी हम योजना बनाते हैं, जैसी हम तैयारी करते हैं, वैसे ही परिणाम निकलते हैं।

"भय अगर अधिक सशक्त हो तो शेर को भी मार सकता है, इससे बहुत-से प्राणियों की हत्या होती है।" भय हमें कायर बनाता है। पहलवान से पहलवान व्यक्ति इसके सामने निर्बल और पंगु है।

"निडरता सब प्रकार की मानसिक शक्तियों को बढ़ाती है। वह समय निकट है जब स्कूलों में साहस और निर्भीकता की शिक्षा दी जाया करेगी, क्योंकि प्रत्येक वस्तु, जिसके लिए मनुष्य प्रयत्नशील है, इस पर निर्भर है।

पागलपन के विशेषज्ञों का कहना है कि भय इसका बड़ा कारण है। पागलों के दिमाग में भय के विचार ठुंसे रहते हैं। डॉक्टर जार्ज वाल्टन का कहना है–

शरीर का कोई भी भाग पित्तोन्माद के भय से मुक्त नहीं होता, पर मनुष्य का स्वभाव अस्पष्ट और अनदेखे अंगों की कल्पना करना है। एक डॉक्टर को ऐसे ही मरीज से वास्ता पड़ा था। वह एक स्वस्थ

महिला थी जो हमेशा रोगों की एक लम्बी सूची पेश करती थी। अन्तिम बार जब उसने डॉक्टर को बुलवाया, तो वह उससे चिढ़ गया। महिला ने बताना शुरू किया कि उसे गठिए का दर्द है, गले में तकलीफ है, पीछे का आधा सिर दुखता है, खाना नहीं पचता, आदि-आदि।

"ओह, मैं समझ गया," डॉक्टर ने उसे बीच में ही टोक दिया, "इन सब रोगों का मुकाबला करने के लिए तुम्हें इससे भी शानदार सेहत की जरूरत है।"

"निराधार भय मनुष्य को घेरे रहते हैं।" उसी डॉक्टर का कहना है, "कोई खुले स्थान से डरता है और कोई बन्द कमरे से डरता है और किसी को छूत का डर है।"

प्रत्येक मनुष्य एक इकाई है। अगर भय एक सेल को प्रभावित करता है तो उससे बाकी तमाम सेल भी तुरन्त प्रभावित हो जाते हैं। जिस चीज का शरीर पर असर पड़े, मन पर भी पड़ता है और मन पर पड़े तो शरीर पर भी पड़ता है। हर एक भय, हर एक चिन्ता न सिर्फ मन को बल्कि शरीर को भी प्रभावित करती है। पागलखाने जिन लोगों से भरे पड़े हैं उन सबको भय ने वहां पहुंचाया है।

असफलता का हौवा

असफलता का हौवा हजारों स्त्री-पुरुषों को परेशान करता है। यह संदेह उत्पन्न करता है, और संदेह साहस तथा पहल-कदमी का शत्रु है। जितनी यह बात सच है, 'वह नहीं कर सकता' जो यह सोचता है कि वह नहीं कर सकता,' उतनी ही यह बात भी सच है, 'वह कर सकता है, जो यह सोचता है कि वह कर सकता है।'

एक व्यक्ति सोचता है कि मैं कर सकता हूं और एक सोचता है कि मैं नहीं कर सकता, इन दोनों का अन्तर देखो। सभ्यता का निर्माण उन्हीं लोगों ने किया है जिन्हें विश्वास था कि जिस काम का बीड़ा उठाया है, उसे वे पूरा करेंगे। और जो लोग असफलता से डरते रहे, वे हमेशा प्रगति और उन्नति में बाधक रहे हैं।

असफलता का भय मनुष्य के भीतर से वह तत्त्व बाहर खींच लेता है, जिसके बिना वह व्यर्थ है। इसी से छुटाई-बड़ाई का निर्णय होता है। देखना यह होता है कि किसने क्या किया है। जो आदमी दूसरे दर्जे का काम कर पाया है वह असफल रहा है, क्योंकि वह अपनी सर्वोत्तम भूमिका अदा करने के लिए दुनिया में आया था।

"सेना नहीं हारी, तुम हारे हो,"– एक कमांडर ने अपने मातहत अफसर से कहा, क्योंकि उसने आकर बताया था कि फौज हारकर पीछे हट रही है। मनुष्य तभी हारता है जब वह हार स्वीकार कर ले। वह मनुष्य हमेशा जीतता है जिसे अपने में और अपनी जीत में विश्वास है। बाबर के सिपाही जब पानीपत के मैदान में पीछे हट रहे थे तो उसने उन्हें ललकारा, "हिम्मत से लड़ो, जीत गए तो मुल्क हमारा है। हार में तो मौत-ही-मौत है। यहां से हमें भागकर तो कोई जाने नहीं देगा।" और उसने हार को जीत में बदल दिया।

भय का मनोविज्ञान बड़ा ही विचित्र है। जो आदमी हमेशा असफलता की बात सोचता है, वह हमेशा असफल रहता है। सिर्फ इसलिए नहीं कि इससे उसका अपना मन डूब जाता है, बल्कि इसलिए भी कि वह अपने संदेह और शंकाए दूसरों तक पहुंचाता है।

जो एजेंट असफलता की बात सोचता है उसे कभी आर्डर नहीं मिलता। आर्डर उसी एजेंट को मिलता है जो पूरे आत्मविश्वास के साथ दुकानदार के पास जाता है और निःसंकोच बात करता है।

बहुत-से एजेंट शुरू ही में असफल रहते हैं। कारण मानसिक है। उन्हें यह विश्वास ही नहीं होता कि उन्हें आर्डर मिलेगा, और सचमुच उन्हें आर्डर नहीं मिलता।

जो लोग हमेशा यह सोचते हैं कि वे गाड़ी नहीं पकड़ सकेंगे, मुलाकात के निश्चित समय पर नहीं पहुंच सकेंगे और जिन्हें यह विश्वास नहीं कि कारोबार ठीक चल रहा है, वे हमेशा असफल रहते हैं। उनकी अपनी मनोवृत्ति असफलता को दावत देती है। हम सब विश्व-चेतना का ही एक अंग हैं हमारे विचार तुरन्त दूसरों तक पहुंच जाते हैं और उन्हें प्रभावित करते हैं।

असफलता की सम्भावना के भय से हजारों व्यापारी अपना व्यापार नष्ट कर लेते हैं। उनमें से बहुतों का कारोबार अच्छा होता है, पर पूंजी काफी नहीं होती। अच्छे वक्त में सब ठीक चलता है; लेकिन उनमें इतनी व्यापारिक बुद्धि, चतुराई और दक्षता नहीं होती कि संकटकाल में अपने को संभाल सकें।

ऐसे बहुत-से आदमी हैं, जिन्हें उनके दफ्तर में देखो तो वे स्वस्थ और मजबूत दिखाई देते हैं, लेकिन उन्हें आर्थिक संकट की संभावना, असफलता के भय अथवा किसी दूसरी मानसिक परेशानी के कारण रात भर नींद नहीं आती। हैरानी की बात है कि ये लोग दूसरों के सामने तो बड़े ही उत्साह धैर्य और आत्मविश्वास का प्रदर्शन करते हैं, मगर जब रात को अकेले होते हैं तो भविष्य की चिन्ता उन्हें सताने लगती है। वे जानते हैं कि दूसरों के सामने उदास या निराश नहीं होना चाहिए, लेकिन जब रात की निस्तब्धता में अकेले होते हैं, तो वे सोचना शुरू करते हैं और चिन्ताएं उन्हें आ घेरती हैं और फिर असफलता का हौवा दिखाई देता है।

उफ, क्या-क्या भूत-प्रेत आंखों के सामने नाचते हैं! वे उन्हें भगाने

का प्रयत्न करते हैं, मगर वे फिर लौट आते हैं।

रात की निस्तब्धता में कल्पना अधिक सक्रिय होती है। तमाम अप्रिय बातें, तमाम आशंकाएं और छोटी-छोटी चिन्ताएं इस समय भयंकर रूप धारण कर लेती हैं। इसलिए जब हम अपना काम छोड़ें तभी उन्हें मस्तिष्क से निकाल दें। खेल-कूद में, मनोरंजन में और सामाजिक सरगर्मियों में उन्हें पास न फटकने दें और अपने सोने के कमरे में तो उन्हें बिलकुल ही आने की इजाजत न दें। नींद ही तो हमें अगले दिन के काम के लिए स्फूर्ति, शक्ति और ताजगी प्रदान करती है।

जीवन कितना सुखमय हो जाए अगर हम व्यर्थ की चिन्ताए न पालें! उन बातों को दिमाग से निकाल दें जिनका हमारे पास कोई इलाज नहीं है। जो काम हमें करना है उसे साहस, हिम्मत और धैर्य से करें, कोई चिन्ता, कोई परेशानी पास न फटकने दें। मगर हम ऐसा नहीं करते और व्यर्थ का बोझ लादे रहते हैं। हम सिर्फ मुसीबत ही में दुःखी नहीं होते, बल्कि उसकी कल्पनामात्र से उसके आने से पहले ही कई गुना दुःख भोग लेते हैं।

जब हम कल्पित संकट से भयभीत होते हैं तो कैसी बेतुकी बातें कर गुजरते हैं! ऐसे लोगों की बातें अक्सर सुनने में आती हैं जो असफलता के हौवे से डरकर अपनी सम्पत्ति एक गीत के बदले बेच डालते हैं। तब उनके होश-हवास ठीक नहीं होते। तब वे कोई महत्त्वपूर्ण कदम उठाने, कोई महत्त्वपूर्ण निर्णय करने की स्थिति में नहीं होते, फिर भी वे इस समय ऐसे निर्णय करते हैं जो घातक सिद्ध होते हैं।

मैं ऐसे लोगों को जानता हूं जिनका व्यापार अच्छा-भला चल रहा था, लेकिन सम्भावित असफलता के भय से उन्होंने इसे चौथाई मूल्य में बेच डाला। जिसने खरीदा उसने आत्मविश्वास से काम किया और खूब लाभ उठाया।

बहुत-से व्यापारी, जब उनका कारोबार गिरने लगता है, ऐसा काम करते हैं जो उसे गिरा देता है। बजाय इसके कि साहस और धैर्य से काम लें, तनिक अधिक मेहनत करें, विज्ञापन में थोड़ा रुपया और लगाएं, वे हिम्मत हार बैठते हैं और खर्च कम कर देते हैं। भय रचनात्मक शक्ति को कुंठित करता है। वह अभिलाषा और उत्पादन के प्रयत्न को नष्ट कर देता है। यह मन और मस्तिष्क दोनों को शिथिल बना देता है। जब मन भय से भरा हो तो आदमी सही नहीं सोच सकता। समस्या का हल ढूंढने की बजाय उससे कतराकर निकल जाने को जी चाहता है। भय की स्थित में मन अक्सर ऐसा काम करता है, बाद में जिसका परिणाम दुःखदायी होता है। वह कष्ट से स्थाई छुटकारा ढूंढता है।

जब मन भय से भरा हो, हम अपनी शक्ति नष्ट करते हैं क्योंकि हम बुद्धि से काम लेने में समर्थ नहीं होते। इस स्थिति में न हम सही सोच सकते हैं न सही काम कर सकते हैं।

उदाहरण के लिए अभिनय के समय भय का प्रभाव देखिए। मनुष्य इतना घबरा जाता है कि सही काम करना असम्भव है। बहुत-से नौजवान ऐक्टर-ऐक्ट्रसों का कैरियर सिर्फ भय के कारण बरबाद हो जाता है।

वकीलों, नेताओं और सार्वजनिक वक्ताओं को इस प्रकार के भय का अक्सर सामना करना पड़ता है। अपनी आत्मकथा 'सत्य की खोज' में महात्मा गांधी ने अपने अनुभव बहुत ही स्पष्टता से वर्णन किए हैं। उन्होंने लिखा है कि जब वे कोई भाषण करने अथवा अदालत में जिरह करने खड़े होते थे तो असफलता के भय से उनकी टांगें कांपने लगती थीं और मुंह से बात नहीं निकलती थी। यही कारण था कि जब उन्होंने विलायत से लौटकर राजकोट मे वकालत शुरू की तो वे सफल नहीं हुए। इसी असफलता के कारण वे अफ्रीका गए। वहां उन्हें नई परिस्थितियों

से जूझना पड़ा और आखिर संघर्ष ने उनका यह भय दूर किया और वे एक सफल नेता बने।

महात्मा गांधी के जीवन से हम सब यह समझ सकते हैं कि जीवन में सफलता प्राप्त कर लेना कुछ भी मुश्किल नहीं है। लेकिन सफलता प्राप्त करने के लिए हमें पहले भय से मुक्ति प्राप्त करनी होगी। जरा-सी चिन्ता, जरा-सी परेशानी, हमारे शारीरिक और मानसिक स्वास्थ्य में विघ्न डाल देती है। यह मानसिक स्थिति हमें अपने कर्त्तव्य और अपने आदर्शों के प्रति उदासीन बना देती है। काम को समाप्त करने की इच्छा कम हो जाती है। यह हमें कमजोर बनाती है जबकि दृढ़ विश्वास का स्वस्थ व्यक्ति ही सफलता प्राप्त कर सकता है।

अभाव का भय

दरिद्रता का एहसास, यह एहसास कि हम अपना और अपने बीवी-बच्चों का पेट नहीं पाल सकेंगे, हमें बहुत परेशान करता है। शारीरिक कष्ट, उपवास का कष्ट भी इतना तीव्र नहीं होता जितना कि इस विचार से मानसिक कष्ट होता है कि गरीबी मुंह खोले खड़ी है।

मानव-गौरव और अभिमान का जीवन में बड़ा महत्त्व है। शारीरिक घाव की अपेक्षा आहत अभिमान की पीड़ा कहीं गहरी होती है। यह एहसास कि अगर हम अपने परिवार के लिए जीविका न कमा सके तो लोग हमारे बारे में क्या सोचेंगे, आदमी को मार डालता है।

एक बात को मनुष्य अपनी कारोबारी योग्यता से भी अधिक महसूस करता है। वह यह भय है कि अगर कोई आदमी रहन-सहन

के अच्छे साधन न जुटा सके तो लोग सोचने लगते हैं कि यह आदमी पागल है, इसके दिमाग का जरूर कोई-न-कोई पेच ढीला है।

अगर किसी कारण हम अपने परिवार के लिए अच्छे साधन न जुटा सकें तो यह एहसास हमें सताने लगता है और हमें कुछ भी नहीं सूझता। फिर जब अर्थिक संकट का जमाना हो और सभी अपनी रोटी-रोजी खतरे में महसूस कर रहे हों, तो ऐसे लोगों की खासतौर पर मुसीबत होती है, जिनके लिए सामान्य स्थिति में भी जीविका कमाना एक विकट समस्या हो। उनके मार्ग में और नई बाधाएं आ खड़ी होती हैं।

अगर हमारा जीवन-स्तर उन लोगों जैसा हो जिनके साथ हमारा लेन-देन और मेल-जोल है, तब हमें बड़ी हतक महसूस होती है। उस मां के क्षोभ की कल्पना कीजिए जिसका बच्चा उन बच्चों जैसे कपड़े न पहन सके जिनके साथ वह पढ़ने या खेलने जाता है। जो दूसरे कर रहे हों, उसे खुद न कर सकने में मनुष्य को व्यक्तिगत मानहानि महसूस होती है।

पहनने को ढंग के कपड़े न हों तो कहीं भी जाते हुए बड़ी शर्म आती है। उन लोगों के सामने जाते कैसा लगता है जिन्होंने ढंग के कपड़े पहन रखे हैं और टैक्सी या स्कूटर में बैठ सकते हैं। उनसे दूर ही रहने को जी चाहता है ताकि उन्हें हमारी गरीबी का पता न चल जाए।

एक बार जब गरीबी आ दबोचे तो फिर उससे पिंड छुड़ाना कठिन हो जाता है, क्योंकि मस्तिष्क में जो चित्र बनते हैं, वह उस फसल का बीज हैं जो बाद में उगती है।

मैं एक व्यक्ति को जानता हूं जो बड़ा ईमानदार है और अपने जीवन को सफल बनाने के लिए कड़ी मेहनत करता है, पर गरीबी का भय उसके सब प्रयत्नों पर पानी फेर देता है। उनके मन में हमेशा यह

आशंका बनी रहती है कि वह चाहे कितनी ही मेहनत करे, कितना ही कमाए, आखिर कोई ऐसी घटना घटित होगी जिससे उसकी सारी सम्पत्ति नष्ट हो जाएगी। वह कई साल तक यही सोचता रहा कि उसका बुढ़ापा मोहताजी से गुजरेगा। यह विचार उसके मन पर इतना गहरा अंकित है कि मिटता नहीं।

वास्तव में यह आदमी गरीब नहीं है, पर उसने मानसिक दरिद्रता सहेज ली है। वह जी रहा है, पर उसने कभी जिन्दगी का आनन्द नहीं उठाया। वह घर को घर बनाने के लिए पैसा खर्च नहीं करता, 'संकटकाल' के लिए बचाता रहता है। वह अपने कारोबार को बढ़ाने की बात नहीं सोचता। दरअसल उसने अपने इर्द-गिर्द दरिद्रता का वातावरण बना रखा है। उसके नौकर-चाकरों में भी उन्नति की आधुनिक भावना नहीं। परिवार के सदस्य भी उसके दरिद्र विचारों से प्रभावित हैं।

सोचिए, आपने अपने जीवन का कितना भाग भय की भेंट चढ़ा दिया? कितने साल तक यह दानव आपका पीछा करता रहा है? आपकी शक्तियों को अपाहिज बनाने के अतिरिक्त इसने आपका क्या संवारा है? पर जब आप इसके बारे में सोचना छोड़ दें, तो वह कुछ भी नहीं, महज एक मानसिक चित्र है।

हम घर को स्वर्ग बनाने के स्वप्न देखते हैं, पर इस स्वप्न को साकार बनाने पर जरा भी ध्यान नहीं देते। सारा जीवन पैसा कमाने में बिता देते हैं। जब हम दिन-भर काम करके थक जाते हैं, तब मित्रों में और परिवार में बैठने की बारी आती है। सामाजिक जीवन, घरेलू जीवन और चरित्र निर्माण के लिए हम यों ही इधर-उधर का बहुत थोड़ा समय देते हैं। कहावत है कि जितना गुड़ डालोगे, उतना मीठा होगा। इसलिए इस पूंजी से हम क्या चरित्र निर्माण कर सकते हैं? सम्भवतः दरिद्रता का भय ही अधिकांश लोगों को दरिद्र बनाए रखता है। यह ऐसा भय है

जो हर प्रकार की रचनात्मक शक्ति को पंगु बना देता है। यह कल्याणकारी होने के बजाय विनाशकारी है।

यह भय राष्ट्रीय भय बनता जा रहा है। इस दानव ने लाखों आदमियों की नींद हराम कर रखी है। वे इससे अपना पिंड नहीं छुड़ा सकते। और वास्तविकता यह है कि इसका कोई वास्तविक अस्तित्व नहीं। अक्सर बच्चे भी यह भय व्यक्त करते हैं। कारण, उनका पालन-पोषण भय के इसी वातावरण में होता है।

मानव-जाति का कितना बड़ा उपकार होगा अगर उसे दरिद्रता से मुक्ति मिल जाए! उससे उस मानव शक्ति का, जो रचनात्मक कार्यों में लगाई जा सकती है, कितना अधिक ह्रास होता है!

हम दरिद्रता को तभी दूर कर सकते हैं जब पहले दरिद्रता के विचार को मन से निकाल दें। कल की चिन्ता में घुलते रहना किसी तरह भी हितकर नहीं है। ज़ब हम कंजूसी छोड़कर उदारता से जीवन बिताने की कला सीख लेंगे, तब समृद्धि हमारे पांव चूमेगी और हम देखेंगे कि जिस चीज की हमें तलाश थी वह खुद हमें ढूंढ रही है। इससे हमारा भविष्य सुखी बनेगा।

जो लोग दरिद्रता का भय पाले रहते हैं, जो हमेशा कल की चिन्ता करते हैं, वे दरअसल उस सर्वशक्तिमान भावना का अपमान करते हैं, जिसने उन्हें अपना रूप प्रदान किया है, संसार का सर्वश्रेष्ठ प्राणी बनाया है। उन्हें विश्वास नहीं है कि 'जिसने दांत दिए वह दूध भी देगा।' वे यह नहीं सोचते कि जो घोंसले में बैठे पक्षी का ध्यान रखता है, जिसने फूल को इतना सुन्दर परिधान दिया है और जिसने हमें कल की चिन्ता करने से मना किया है, वह हमें कैसे भूल जाएगा।

यह विश्वास बड़ी चीज है कि जिसने हमें पैदा किया है, जो हमें आज दे रहा है और जो हमेशा देता आया है, वह आगे भी देगा। हम

यह क्यों भूल जाते हैं कि जिस सर्वशक्तिमान भगवान् ने हमारा हर कार्य संवारा है, जो हमें हर संकट से उबारता आया है, वह कल का भी ध्यान रखेगा, उसकी कृपा, अनुग्रह, और स्नेह बराबर बना रहेगा!

कल्पना का हौवा

राजे और सम्राटों को हमेशा यह आशंका रहती थी कि कोई उन्हें विष दे देगा। वे तब तक भोजन नहीं करते थे जब तक उनके विश्वस्त नौकर-चाकर और रसोइए पहले उसे चख न लें। रूस का जार निकोलस और तुर्की का सुल्तान ऐसे ही शासक थे।

बहुत-से लोग कह उठेंगे कि यह भी कोई जिन्दगी है! लेकिन आज भी अधिकांश लोग कोई-न-कोई वहम पाले रहते हैं; वे नहीं जानते कि किस चीज से डर रहे हैं, पर डरते जरूर हैं। किसी भावी विपदा, किसी विनाश का भय नंगी तलवार की तरह उनके सिर पर लटकता रहता है। आप उन्हें कहते सुनेंगे-'मेरी दाहिनी आंख फड़क रही है। कुछ-न-कुछ अमंगल होने वाला है। क्या होने वाला है, यह मैं खुद नहीं जानता। मौत, रोग, पारिवारिक कलह कुछ-न-कुछ होगा जरूर।'

मेरा एक मित्र है, जिसके सिर पर भय हमेशा मंडराया करता है। जब भी मिलता है, वह युद्ध, अकाल और संकट की बात करता है-'देख लेना, दिसम्बर तक गेहूं ढूंढे नहीं मिलेगा, लोग भूखों मरेंगे; फरवरी के अष्टग्रह में दुनिया तहस-नहस हो जाएगी; कम्युनिस्ट सारी दुनिया पर छा जाएंगे; मजदूर कारखानों पर कब्जा कर लेंगे और इससे बड़ी गड़बड़ फैलेगी।' इसके अलावा उसकी व्यक्तिगत चिन्ताएं हैं। वह कहेगा - 'मुझे डर है मेरी सेहत जल्द बिगड़ जाएगी। मेरी पत्नी अपनी मां के पास

से लौट रही है, रास्ते में दुर्घटना न हो जाए।' यों हर तरह का भय उसे सताया करता है। मैं उसे कई साल से जानता हूं, पर आज तक उसकी एक भी भविष्यवाणी सत्य सिद्ध नहीं हुई।

क्या हम सभी किसी हद तक अपने इस मित्र जैसे नहीं हैं? मैं जितने भी लोगों को जानता हूं, उन सबको किसी-न-किसी भावी अमंगल की चिन्ता सताती रहती है। अनुमान लगाया गया है कि भय की पांच हजार से अधिक किस्में हैं। दरअसल भय का दानव-चिन्ता, क्रोध, ईर्ष्या, कायरता, लोभ, लालच और असहिष्णुता आदि के विभिन्न रूप धरकर हममें से अधिकांश की जिंदगियों को विक्षिप्त और पंगु बनाता है। भय मानव जाति का सबसे बड़ा शत्रु है। उसने जितने लोगों को असफल, कायर और बौना बनाया है तथा जितनी हत्याएं और आत्महत्याएं की हैं, किसी और ने नहीं की होंगी।

भय एक भ्रम-मात्र है। उसका अस्तित्व बुलबुले या गुब्बारे से अधिक नहीं। वह देखने में चाहे कितना ही भंयकर हो, पर साहस और सहज बुद्धि का स्पर्श-मात्र उसे नष्ट कर देता है। इसके बावजूद अधिकांश लोग जन्म से मरण तक भय में जीवन बिताते हैं। दस में से नौ व्यक्तियों को रोग, अभाव, दुर्घटना अथवा असफलता का भय हमेशा परेशान रखता है।

हजारों स्वस्थ्य व्यक्ति हैजा या तपेदिक का वहम पाल लेते हैं, और वे इसी वहम में चल बसते हैं। इसी तरह बहुत-से लोग भय के वहम से मर जाते हैं।

मालूम नहीं कि भय का रोग दिमाग के किसी कीड़े अथवा सेल में किसी फौरी तब्दीली के कारण फलता है; पर देखा यह गया है कि यह तूफान की तरह छा जाता है और जनसाधारण इसके प्रभाव से पागल होकर जो घृणित कार्य करते हैं। वे उसके लिए, जिम्मेदार नहीं होते।

ऐसे अमानुषिक कार्यों से इतिहास भरा पड़ा है, जो लोगों ने भय से पागल होकर किए हैं। भारत के विभाजन के समय जो साम्प्रदायिक दंगे हुए, वे इसका एक उदाहरण हैं।

डाक्टर सैडलर लिखता है-'हजारों आदमी कल्पित जंजीरों में जकड़े हुए हैं। उन्हें कोई वास्तविक शारीरिक रोग नहीं। उनकी बीमारी का एकमात्र कारण उनकी 'आध्यात्मिक पंगुता' है; वे जब चाहें इन जंजीरों से मुक्त हो सकते हैं; पर वे नहीं जानते, और अगर उन्हें बताया जाए तो विश्वास नहीं करेंगे। इन हताश कैदियों को भय और स्वभाव की शक्ति ही जेलखाने में बन्द रखती है। उनकी हालत उस हाथी जैसी है, जिसे भारी-भारी जंजीरों से बांधकर कई साल तक एक ही जगह खड़ा रखा गया हो। उसने यह स्थान तब तक नहीं छोड़ा है जब तक की महावत ने जंजीरें खोलकर उसे हांका न हो। एक दिन महावत को खयाल आया कि जंजीरें खोलकर देखे हाथी यहां से हिलता है या नहीं। जंजीरें खोल दी गईं; मगर हाथी अपने स्थान से नहीं हिला। जब उसे अत्यधिक भूख लगी तो चारा उसके चन्द कदम पर रख दिया गया। हाथी फिर भी नहीं सरका, वह अपने स्थान पर खड़ा सूंड़ हिलाता और चिंघाड़ता रहा। हाथी आजाद था; मगर वह अपनी मानसिक जंजीरों में बंधा हुआ खड़ा था, जैसे पहले लोहे की जंजीरों में बंधा हुआ था।

"हाथी का यों बंधे रहना अचरज की बात नहीं है, अचरज की बात यह है कि अनेक समझदार स्त्री और पुरुष-भगवान की सर्वोत्तम सन्तान-काल्पनिक जंजीरों में बंधे रहते हैं। वे आजाद होते हुए भी आजादी के उपभोग का साहस नहीं करते।"

कहावत है-'जिस बात से डर लगता हो, वही करो; भय मर जाएगा।' हम इस कहावत को सत्य सिद्ध करते हैं। जब कोई काम अचानक सिर आ पड़ता है, जैसे भाषण देना या सभा की अध्यक्षता

करना, तो उसके बारे में सोच-सोच कर हम व्यर्थ में घबराते रहते हैं। जितना सोचते हैं, काम उतना ही कठिन जान पड़ता है; पर जब करने पर आते हैं तो बिलकुल आसान लगता है।

जिस काम से भय लगता है, उसे हम दृढ़ निश्चय के साथ करें। अगर हमें बिच्छू-बूटी को पकड़ना पड़े तो उसे मजबूती से पकड़ें और उसके कांटे नहीं चुभेंगे।

अगर कोई कठिन समस्या हल करनी पड़े तो उत्साह के साथ हल करो। और तुम देखोगे कि इससे डरना या घबराना निराधार है। इसे कल्पना ने कठिन बना दिया था; और कल्पना हमेशा तिल का ताड़ बना देती है।

किसी भी परिस्थिति में भय को अपने ऊपर हावी मत होने दो। इससे काम बिगड़ता है। भय का अपना कोई बल, कोई शक्ति, कोई अस्तित्व नहीं। उसकी जो भी शक्ति है, वह तुम्हारी कल्पना ने उसे दी है। सिर्फ वही भूत तुम्हें डरा सकता है, जिसे तुम्हारी कल्पना ने उत्पन्न किया है।

अगर तुम जीवन की वास्तविक और सशक्त बातें सोचो तो इन काल्पनिक निर्बलताओं के लिए तुम्हारे मस्तिष्क में कोई स्थान नहीं रहेगा। वे धुंध की तरह लुप्त हो जाएंगी।

कल की रोटी

दैनिक समस्याओं को सुलझाने के बजाय चिंता उन्हें और उलझा देती है। जब हम परेशान हों तो सही ढंग से सोच नहीं सकते।

लोग शायद ही और किसी बात से इतने परेशान होंगे जितने वे कल की जीविका से परेशान हैं। वह कहां से आएगी? हम अपना और अपने प्रियजनों का भरण-पोषण कैसे करेंगे? हम जाग रहे हैं और इतने परेशान हो रहे हैं कि जो शक्ति हमें कल के जीवन संघर्ष के लिए अर्जित करनी चाहिए, उसे व्यर्थ खो रहे हैं। ऋण की चिंता में, समस्त मानव-जाति के भविष्य को सुरक्षित करने के लिए संसार को बदलने की चिंता में काफी शक्ति व्यर्थ खोई जाती है।

स्त्री और पुरुष दिन को ही दुःख नहीं भोगते, रात को भी सांसारिक चिंताओं से परेशान होते रहते हैं। रात की निस्तब्धता में कल्पना अधिक सक्रिय होती है और विपदाएं भयंकर रूप धारण कर लेती हैं। ऋण कई गुना दिखाई देता है और लगता है कि शीघ्र अदा करना है। लोग अपनी इंश्योरेंस पालिसी के बारे में सोचते हैं और उस रुपये के बारे में सोचते हैं, जो उन्होंने मकान गिरवी रखकर लिया है और अनेकों ऐसी बातें सोचते हैं। वे भविष्य को अन्धकारमय, विपदाओं और कठिनाइयों से भरा महसूस करते हैं। उन्हें हमेशा असफलता और अमंगल की आशंका सताती है।

बहुत-से लोग सम्भावित अप्रिय घटनाओं की बात सोचकर, जो वास्तविक जीवन में कभी घटित नहीं होती, जिन्दगियां बरबाद कर लेते हैं। कुछ लोग तो ऐसे हैं, जैसे वे चिन्ताओं के लिए ही पैदा हुए हैं। उन्हें परेशान होने के लिए यों ही तनिक-सा बहाना चाहिए।

एक पत्नी ने अपने अलमस्त पति को याद दिलाया कि हमें छठे दिन किराया अदा करना है।

"इसका मतलब है कि पांच दिन चिंता करने की कोई जरूरत नहीं। छठे दिन जैसी स्थिति होगी, देख लेंगे।" पति ने उसे उत्तर दिया।

कितने लोग इस दार्शनिक पति से यह शिक्षा लेंगे कि निश्चित समय

से पहले परेशान होने को जरूरत नहीं? शायद उन्हें यह आश्चर्य होगा कि वह निश्चित समय कभी नहीं आता।

कहावत है कि कायर मृत्यु से पहले भी कई बार मरते हैं। इसी तरह इसमें से जो लोग यह सोचते रहते हैं कि किराया कैसे अदा होगा, कन्या के ब्याह के लिए पैसा कहां से आएगा, वे अपने मन की शान्ति खो बैठते हैं। कल की चिन्ता हम सबकी गर्दन पर सवार रहती है।

एक व्यक्ति की आंख पर चोट लगी। वह सोचने लगा कि अब जाने क्या होगा और दो दिन और दो रात भयंकर कष्ट भोगता रहा। उसे एक पूरी रात नींद नहीं आई। वह पड़ा-पड़ा सोचता रहा कि अस्पताल में आंख का ऑपरेशन हो रहा है, शायद वह निकलवानी पड़े। उसने महसूस किया कि दूसरी भी धीरे-धीरे प्रभावित हो रही है। यों उसने अपने-आपको बिलकुल अन्धा समझ लिया। अब वह सोचने लगा कि शायद मैं पागल हो जाऊंगा। इस घटना के कुछ दिन बाद जब मैंने उसे गली में देखा और आंख के बारे में पूछा तो उसने उत्तर दिया-अब ठीक है। चिनगारी पड़ जाने से पपोटा जरा सूज गया था।

हममें से अक्सर जिन्दगी यों बिताते हैं और ऐसी भयंकर बातें सोचते रहते हैं, जो वास्तव में कभी घटित नहीं होतीं। हजारों आदमी अमंगल की चिन्ता में अपने-आपको प्रसन्नताओं से वंचित कर लेते हैं। उन्हें हमेशा अशुभ दिखाई देता है। जो काम उन्हें एक बार करना होता है, उसे कल्पना में कई बार करते हैं और असफलता से डरते रहते हैं।

चिन्ता छोड़ो और काम करो। जो बीत चुका, जो तुम्हारे वश में नहीं है, अथवा भावी अमंगल के लिए परेशान होना व्यर्थ है। इससे

तुम्हारा कुछ भी भला नहीं होगा, उलटी मानसिक और शारीरिक शक्ति नष्ट होगी।

चिन्ता, परेशानी, ईर्ष्या, घृणा, स्पर्धा और प्रतिकार भय की संतानें हैं। सब एक परिवार के सदस्य हैं और विष उन्हें विरासत में मिला है। यह विष शरीर में जो रासायनिक परिवर्तन लाता है, उसके कारण उस व्यक्ति के मस्तिष्क के सेल कमजोर हो जाते हैं, जो भय और चिन्ता से ग्रस्त रहता है।

बहुत-से लोग, जिनकी सेहत खराब रहती है, उन्हें कोई पुरानी चिन्ता घुन की तरह खा रही होती है। मन, मस्तिष्क और रक्त में विष समा जाता है। चिन्ता विशेषकर खतरनाक और हानिकारक है, क्योंकि यह बाकी सब भावनाओं पर छा जाती है। जब मन परेशान हो, तो तमाम मानसिक क्रियाएं धुंधला जाती हैं। हम स्पष्ट सोच नहीं सकते, किसी चीज से आनन्द नहीं उठा सकते, हम किसी भी काम के क्षम नहीं रहते।

चिन्ता एक कुरूपता है, जिसका एक भी अंग सुन्दर नहीं। यह आध्यात्मिक अल्पदृष्टि है। जो छोटी-छोटी चीजों को टटोलकर बड़ा बनाती है। इसके प्रभाव से हमारी कल की रोटी का साइज घट जाता है।

चिन्ता हमारे इस देश की विशेष उपज है। यूरोप की भाषाओं में इस अर्थ का कोई शब्द ही नहीं। चिन्ता मनुष्य को जीते-जी चिता पर लिटा देती है। धर्मशास्त्र कहते हैं कि लोभ, मोह और स्वार्थ का त्याग करो, लेकिन हम लोभ, मोह और स्वार्थ में फंसकर चिन्ता सहेजते हैं। संसार को माया कहते हुए भी हम भौतिक पदार्थों को अधिक महत्त्व देते हैं, सांस्कृतिक और आध्यात्मिकता से प्राप्त होने वाले सूक्ष्म आनन्द की ओर ध्यान नहीं देते।

हमारी अधिकांश चिंताओं का कारण यह है कि हम विलासिता और भौतिक सुख की कामना करते हैं। जीवन के तमाम आदर्श त्यागकर हमने पैसे को भगवान बना लिया है और पैसा चिन्ता का मूल है।

झूठी मान-प्रतिष्ठा भी चिन्ता का एक बड़ा कारण है। हमारी हमेशा यह इच्छा रहती है कि हम दूसरों से ज्यादा कीमती घड़ी बांधें, दूसरे से ज्यादा कीमती सूट पहनें, ताकि लोग हमें हमारी हैसियत से ज्यादा धनी समझें। अतएव इन चीजों के अभाव से उतना कष्ट नहीं होता जितना उनके न होने के एहसास से होता है। यों समझ लीजिए कि दूसरों की नजर में धनी जंचना चिन्ता का एक बड़ा कारण है। ये लोगों की नजरें हैं, जो हमें इतनी महंगी पड़ती हैं।

जीवन जो इतना सरल और सादा है, हम उसे कितना जटिल और कठिन बना लेते हैं! हमें यह ईर्ष्या और स्पर्धा क्यों हो कि जो दूसरों के पास है, वह हमारे पास भी होनी चाहिए? क्या हम इसलिए पैसे के दास नहीं बन गए हैं कि हम भी उससे वे चीजें खरीद सकते हैं, जो हम दूसरों के पास देखते हैं?

प्रसन्नता अधिक मात्रा में भौतिक वस्तुएं जुटाने में नहीं है। जो लोग सचमुच प्रसन्न हैं, उनके लिए जीवन, स्वास्थ्य और सुअवसर ही प्रसन्नता का कारण है। स्पुतनिक के इस युग में रहना, दूसरों के काम आना, दुनिया को और बेहतर बनाने के लिए प्रयत्नशील होना आदि बातों में क्या सच्ची प्रसन्नता नहीं है? अगर परेशान होना और चिन्ता करना छोड़ दें तो दीन से दीन व्यक्ति के लिए प्रसन्न होने की अनेक बातें हैं।,

"मैं चिन्ता नहीं करता," सन्त कहता है-"क्योंकि जिसकी मैं चिन्ता करूं, वह शायद होगा नहीं और जो होने वाला है, उसे मैं चिन्ता से रोक नहीं सकता।"

आशा इच्छा से बलवती

आशा इच्छा से अधिक बलवती है। 'मनुष्य जैसा सोचता है, वैसा बन जाता है,' कहने से यह अधिक सच है: 'मनुष्य जैसी आशा करता है, वैसा ही बन जाता।' क्योंकि सोचने और इच्छा करने से आशा करने का अधिक महत्त्व है। विचार से विश्वास की शक्ति अधिक है। और जिस चीज का हमें विश्वास हो, उसकी हम आशा करते हैं। विश्वास हमारा पथ-प्रदर्शक है।

अगर दो शब्दों में सफल जीवन की व्याख्या करनी हो तो वे दो शब्द हैं, 'आनन्दमयी आशा।" इसका मतलब है कि प्रसन्न मन से अच्छी चीजों की आशा कीजिए और मुंह लटकाकर बीमारी, विपत्ति और असफलता की बात सोचना छोड़ दीजिए। अगर आप हमेशा अच्छी चीजों की आशा करते हैं तो सुख, समृद्धि और सफलता आपके दरवाजे पर दस्तक देगी।

आप सर्वशक्तिमान, सर्वव्यापक भगवान की सन्तान हैं। फिर आप शक्ति, बुद्धि और जीवन की अच्छी चीजों से वंचित क्यों हैं? ये सब चीजें आपको विरासत में मिली हैं। अपनी विरासत का तकाजा कीजिए। आप सफलता और प्रसन्नता के स्रोत से संबंधित हैं, आप सफल और प्रसन्न क्यों नहीं हैं?

आप उस धनी बाप के बारे में क्या सोचेंगे, जो अपने कुछ बच्चों को धन सम्पत्ति सौंपता है और कुछ बच्चों को खाली हाथ घर से निकाल देता है ताकि वे कठिन परिस्थितियों में विपन्नता का जीवन बिताएं? निस्संदेह उसके इस व्यवहार को आप अमानवीय और अन्यायपूर्ण कहेंगे। इसका मतलब है कि आप परमपिता परमात्मा के बारे में यही बात कह रहे हैं। जब और लोगों के पास सुख-समृद्धि के साधन हैं,

आप उनसे वंचित क्यों है? इसमें भगवान का दोष नहीं। ये चीजें उसने आपको भी दी हैं, पर आप अपने नकारात्मक मानसिक रवैये से उन्हें दूर भगा रहे हैं।

सुख, समृद्धि और सफलता आपकी विरासत है। आप इस कदर बेखबर क्यों हैं? इसका तकाजा क्यों नहीं करते? आपके आसपास कितने लोग हैं, जिन्होंने इस विरासत का तकाजा किया है? आप ही क्यों मूर्ख बने हुए हैं? आनन्दमयी आशा और ईमानदारी की मेहनत से आपको इतना सुख, समृद्धि और सफलता प्राप्त होगी, जिसकी आपने कभी स्वप्न में भी कल्पना न की हो।

बहुत कम लोग जानते हैं कि गरीबी मन से शुद्ध होती है। शारीरिक विपन्नता मानसिक विपन्नता का परिणाम है। हमारी चेतना, हमारा मानसिक रवैया हमारे कर्म की भूमिका है। जब हम पहले मानसिक दरिद्रता को पाले हुए हैं, तो जीवन समृद्ध कैसे होगा?

अभाव में जीवन बिताना बहुत से लोगों का स्वभाव बन जाता है। वे अभाव से छुटकारा पाने का यत्न ही नहीं करते। स्वभाव धीरे-धीरे शरीर का अंग बन जाता है और उसे छोड़ना कठिन हो जाता है। इसलिए विपन्नता को स्वभाव मत बनाइए और जिन चीजों की जरूरत है, उनके बिना जीवन बिता लेने की आदत मत बनाइए। ऐसा करने से विपन्नता आपका सहज स्वभाव बन जाएगी, जैसे सस्ती चीजें खरीदना कुछ लोगों का सहज स्वभाव बन जाता है। वे खाने-पहनने और इस्तेमाल की जो भी चीज खरीदते हैं, सस्ती खरीदते हैं। इससे उनके रहन-सहन ही में नहीं, बातचीत और चिन्तन में भी सस्तापन आ जाता है।

बहुत-से लोग पैसे की दृष्टि से अमीर नहीं होते, पर वे स्वभाव के अमीर होते हैं। वे खाने-पहनने और इस्तेमाल की जो चीज भी खरीदते हैं, बढ़िया खरीदते हैं और बढ़िया चीज उन्हें मिलती भी रहती

है। अब यह उनका मानसिक रवैया ही तो है और जाने-अनजाने उन्हें यह विश्वास है कि वे जो चाहेंगे, उन्हें मिलेगा। अतएव गरीबी-अमीरी हमारे मानसिक रवैये पर निर्भर है।

दो लड़के बचपन से इकट्ठे रहते हैं। स्कूल और कालेज में एक साथ पढ़ते हैं और फिर बिना किसी पूंजी के कारोबार शुरू करते हैं। एक लड़का हमेशा बना-ठना रहता है और इसी के अनुरूप उसके घर में सारी अच्छी चीजें मौजूद हैं, पर दूसरे का स्वभाव इसके विपरीत है। आवश्यक चीजों के बिना ही काम चला लेना उसकी आदत बन गई है। वह एक व्यापारी है, लेकिन उसने शहर के विपन्न भाग में दफ्तर ले रखा है, वह सस्ते ढंग से सस्ती जगह पर रहता है। उसकी मानसिक स्थिति के अनुरूप उसके वातावरण में भी सस्तापन है।

इसमें कोई सन्देह नहीं कि दोनों के मानसिक रवैये ने ही उन्हें एक-दूसरे से इतना भिन्न बना दिया है। एक हमेशा अच्छे पड़ोस में रहता है, उसके भोजन की मेज पर हमेशा अच्छे खाने होते हैं और घर में अच्छा फर्नीचर है। कारण यह कि अच्छी चीजों की आशा करना उसका स्वभाव बन चुका है। उसका मानसिक रवैया इन्हें आकर्षित करता है। इसके विपरीत दूसरा आदमी, जो हमेशा सस्ती चीजें खरीदता है, दरिद्रता और सस्ती चीजों के अतिरिक्त आशा ही नहीं करता। इसलिए वह दरिद्र-वातावरण मे सस्ते ढंग से जीवन बिताता है। उसके मानसिक रवैये ने वे मार्ग अवरुद्ध कर दिए हैं, जिनसे समृद्धि आती है।

हमारे देश में ऐसे लोगों की कमी नहीं है, 'आपत्काल' के लिए बचाकर रखना जिनकी आदत बन चुकी है। उनका सारा जीवन रोते-झींकते व्यतीत होता है। वे एक-एक पैसा दांतों से पकड़ते हैं और बचाकर रखने का प्रयत्न करते हैं। वे हमेशा महंगाई का गिला करते हैं। उनके घर देखो तो वहां उदासीनता बरसती है। 'क्या करें, खरीदने की सामर्थ्य

नहीं,' उनका तकियाकलाम है। माता-पिता हमेशा किफायत की बातें करते हैं। वे अपने बच्चे को सिनेमा नहीं दिखाते, अच्छे कपड़े और अच्छे जूते नहीं खरीदते, क्योंकि उन पर अधिक दाम खर्च होते हैं। उन्हें हमेशा सस्ती चीजों की तलाश रहती है। घर में एक भी चीज बढ़िया और सुन्दर नहीं, कोई कलाकृति नहीं। फिर जीवन-स्तर ऊंचा कैसे उठे? चरित्र उदार और उदात्त कैसे बने? मानसिक दरिद्रता के कारण ही उनकी हरएक चीज दरिद्र है। फिर ट्रेजडी यह है कि उन्हें इसका एहसास नहीं। वे नहीं जानते की जीवन को हर तरफ सम्पन्न और सुन्दर बनाना ही वास्तविक मानव-धर्म है।

इसका कदाचित् यह अर्थ नहीं कि आपकी आमदनी तो थोड़ी हो और आप अंधाधुंध खर्च करना शुरू कर दें। तात्पर्य यह है कि आपके साधन भले ही सीमित हों, आप जीवन के प्रति उदारता का रवैया अपनाइए। अपने मन में संपन्नता और समृद्धि अनुभव कीजिए।

बड़े काम हमेशा उदार रवैये द्वारा सम्पन्न होते हैं। विशाल चेतना और व्यापक दृष्टिकोण ही हमारे जीवन को विशाल, सुन्दर तथा शानदार बनाता है। इसके अतिरिक्त कंजूसी का रोना-झींकना,' 'क्या करें, सामर्थ्य नहीं है' का मानसिक रवैया जीवन को अपनी ही तरह संकीर्ण, असफल और बौना बनाता है।

याद रखिए, सवाल यह नहीं कि आपको क्या करना है और क्या बनना पसन्द है। आपका जीवन उस मानसिक सांचे मे ढल रहा है, जिसकी आप आशा करते हैं। दृढ़ आशा ही आपकी इच्छाओं और कामनाओं की पूर्ति का मार्ग प्रशस्त करती है। ऐसा कोई नियम या सिद्धान्त नहीं कि भय अथवा संदेह उस चीज को आकर्षित करे, जिसकी आप कामना करते हैं। संदेह उस चीज को आकर्षित करता है, जिससे आप डरते हैं। अगर आपके मन में भय नहीं तो फिर संदेह किस बात

का? अगर आपको दुर्घटना अथवा संकट की आशा नहीं तो आप उससे डरेंगे भी नहीं।

जीवन के बुनियादी सत्य इन्द्रियों की पकड़ से बाहर हैं। इस कारण वास्तविकता को हम देखतें, सुनते, सूंघते, चखते, अथवा महसूस नहीं करते हैं। किसी ने सत्य और सौन्दर्य की आज तक देखा नहीं, अर्थात् उनका वास्तविक पहलू दृष्टि से ओझल रहता है। कभी किसी ने अपने मित्र की आत्मा अर्थात् वास्तविकता को नहीं देखा। इसी प्रकार किसी पत्नी ने सचमुच अपने पति को और पति ने पत्नी को नहीं देखा। दूसरे शब्दों में अस्तित्व का सत्य दृश्य नहीं है। यह आत्मा है, और अदृश्य है, जैसे महान् शक्ति जिसे हम बिजली कहते हैं। किसी ने विधाता को नहीं देखा, क्योंकि विधाता शाश्वत सिद्धान्त है, विश्व-चेतना है, अपरिवर्तनशील सत्य है, अदृश्य और अगम्य है। किसी ने गणित, गुरुत्वाकर्षण और रसायन के नियम नहीं देखे। हम सिर्फ इन नियमों के परिणाम देखते हैं। नियम अदृश्य हैं। हमने कभी बिजली नहीं देखी, उससे हमारे कमरे में प्रकाश है, गाड़ियां और कारखाने चलते हैं।

मन के भी अपने नियम हैं। हम उन्हें देख नहीं सकते। सफलता, असफलता उनके परिणाम हैं। हम इन नियमों का पालन करके जो चाहें पा सकते हैं, जो चाहें बन सकते हैं। मनुष्य जैसा सोचता है, जैसी आशा करता है, वैसा ही उसका जीवन बनेगा।

चिन्ता निरी मूर्खता

एक बार एक लेखक ने कहा कि अगर जहाज यह सोच सके और उसे यह मालूम हो जाए कि उसे समुद्र में से गुजरते समय तूफानों का मुकाबला करना पड़ेगा, तो वह लंगर ही न उठाए।

एक किसान लड़की की कहानी है। वह जब सुबह गौएं दुहने जाती थी, तो वह एक तख्ते पर चलकर नदी पार करती थी। एक दिन जब वह घर लौटी तो उसकी आंखें रोते-रोते लाल हो गई थीं। मां ने कारण पूछा तो वह बोली–"आज सुबह तख्ता पार करते समय मैं सोच रही थी कि समझ लो, मेरी शादी हो गई और मेरे एक बच्चा है। वह चरागाह में मेरे पीछे-पीछे आने की कोशिश करता है। वह तख्ते पर से गिरकर डूब जाएगा।"

हमारी अधिकांश चिन्ताओं का कारण ऐसी ही निराधार मूर्खता है। हम उन बातों के बारे में परेशान होते रहते हैं, जिनसे कभी वास्तविक सामना नहीं होता। बच्चों की एक लोरी में यही बात सुन्दर ढंग से कही गई है–

बेचारी गाय अगर धैर्य रखती,
तो अब तक जीवित रहती।

वह यह सोचने लगी कि घास दिन-भर के लिए काफी नहीं और उसने इसी चिन्ता में जान गंवा दी।

कुछ यात्री जहाज रवाना होने से पहले ही खराब मौसम की सम्भावना करने लगते हैं। उन्हें जहाज हमेशा तूफानों में घिरा, किसी चट्टान अथवा किसी दूसरे जहाज से टकरा गया जान पड़ता है। उन्हें रवाना होने से पहले ही समुद्री रोग लग जाता है। इसके विपरीत कुछ मुसाफिर अच्छे मौसम की आशा करते हैं। वे आशा करते हैं कि समय आनन्द में बीतेगा; और उनकी यह आशा पूरी होती है। अगर मौसम अच्छा न भी हो, कुछ तूफान-वूफान आ जाए, तो वे इसकी परवा नहीं करते, हंस-खेलकर समय बिता देते हैं। वे जानते हैं कि जब हालात बिगड़े, उनसे तभी निपट लेना काफी है।

एक महान् पुरुष अपनी विनोदप्रियता के लिए प्रसिद्ध था। मैंने

उससे कारण पूछा तो उसने बताया–"मैं भावी अमंगल की चिंता कभी नहीं करता। मैं हमेशा शुभ और मंगल की आशा करता हूं; और अगर कभी कोई मुसीबत आ बने, तो हंसी-खुशी से झेलता हूं। तूफानों का मजाक उड़ाना मेरा स्वभाव है।"

मैं एक आदमी को जानता हूं, जो इतवार ही से हफ्ते-भर के काम की चिन्ता करने लगता है। उसके मन मे बड़ी शंकाएं, बड़े सन्देह उठते हैं। मन-ही-मन वह अपने कार्यक्रम को बार-बार दोहराता है, सोचता है–उस समस्या का क्या हल है? फलां बिल कैसे अदा होगा? और अमंगल की सम्भावना में कुढ़ता और परेशान होता रहता है। सोमवार की सुबह को जब काम शुरू करता है, तो शनिवार की उस शाम से अधिक थका और टूटा हुआ होता है, जब उसने दफ्तर बंद किया था।

इसी प्रकार हजारों-लाखों लोग अनिश्चित भय से परेशान रहते हैं। मेरे पास स्त्री-पुरुषों के बहुत-से खत आते हैं, जिनमें वे अपने इसी प्रकार के भय व्यक्त करते हैं।

जिन्दगी की यात्रा में लाल झंडा उठाकर मत चलो। जो लोग ऐसा करते हैं, उन्हें कदम-कदम पर खतरों का सामना करना पड़ता है। मां, जो अपने बच्चों के बारे में हमेशा कोई चिन्ता पाले रखती है, व्यर्थ में अपने बाल सफेद करती है। अगर उसके पति को कभी घर पहुंचने में देर हो जाए, तो वह सोचती है कि कहीं कोई दुर्घटना हो गई है और शायद वह अस्पताल में पड़ा है। कोई-न-कोई चिन्ता हमेशा उसे लगी रहती है। ऐसी स्त्री सारे परिवार का जीवन नीरस बना देती है।

डॉक्टर विलियर सैडलर का कहना है- "बीमार जो मन में अमंगल की आशंका लेकर आते हैं, मैं उन्हें ऐसे किस्से सुनाता हूं जिनमें आशंकाए निराधार सिद्ध हुई हों।" जर्मम जनरल स्वुर्ज ने अपनी 'आत्मकथा' में एक ऐसा ही किस्सा बयान किया है। जब उसे चांसलर

विले की लड़ाई के युद्धक्षेत्र मे जाना था, तो वह सुबह मन में यह भाव लेकर उठा कि आज की लड़ाई में तो वह मारा जाएगा। उसने इस भाव को मन से निकालने की बहुत कोशिश की; पर जैसे-जैसे दिन बीतता रहा, विश्वास बढ़ता रहा। आखिर उसने परिवार के लोगों को अलविदाई-खत लिखे और लड़ने चला गया। वह एक बहादुर सिपाही था और अच्छी सैनिक शिक्षा पाई थी। वह इस विश्वास से लड़ा कि आज मरना तो है ही। अतः वह असीम साहस से लड़ा। जब वह अगली पंक्ति में लड़ रहा था तो उसका अंग-रक्षक तोप का गोला लगने से मर गया। अपने अंग-रक्षक को मरते देख जनरल के मन का भय यों अकस्मात् दूर हो गया, जैसे आया था। भय दूर होते ही वह और आगे बढ़ा और उसका बाल भी बांका नहीं हुआ।

इस कहानी से दो बातें स्पष्ट होती हैं। एक यह कि मजबूत और वीर सिपाही के मन में भी आशंका उत्पन्न हो सकती है। दूसरे यह कि हम सबके मन में बहुत-सी आशंकाएं उठती हैं, जो कभी सत्य सिद्ध नहीं होतीं।

कुछ सिपाही यह-धारणा मन में लेकर युद्ध-क्षेत्र में जाते हैं, 'सिर्फ एक गोली है जिस पर मेरा नम्बर लिखा हुआ है। जब तक वह गोली न आए, मुझे कोई खतरा नहीं है।' यह धारणा भय दूर कर देती है।

कोई बड़ा संकट चाहे कितनी ही जल्दी आने वाला हो, परवाह मत करो। उस समय तक यथासम्भव प्रसन्न रहो। जीवन का यह नियम बना लो कि जब तक सचमुच पुल पार न करना पड़े, यह मत सोचो कि वह कैसे पार होगा। जो आदमी कल से डरता है, वह जीवन से डरता है और बुज़दिल है। उसे भगवान में और अपने में विश्वास नहीं। वह कभी कोई महत्त्व प्राप्त नहीं करेगा।

सन्देह : महान अभिशाप

मनुष्य को अपने दैनिक जीवन में जिन धूर्त शत्रुओं का सामना करना पड़ता है, उनमें एक सन्देह है। वह हर मोड़ पर हमारा रास्ता रोक लेता है और जब हम मोड़ घूम जाते हैं, तब भी वह पीछा नहीं छोड़ता।

'क्या तुम सही राह पर चल रहे हो?'

'क्या उसे करने का यही एक ढंग है?'

'कोई दूसरा उपाय नहीं हो सकता?'

'तुम्हें विश्वास है कि तुम इस काम को पूरा करने में समर्थ हो?'

'इसे कर लेने का नतीजा क्या होगा?'

'क्या इन्तजार कर लेना बेहतर नहीं है?'

इस प्रकार के सैकड़ों सवाल कानों में गूंज उठते हैं। अगर हम उन पर जरा भी ध्यान दें तो सब चौपट!

शेक्सपीयर ने लिखा है-"हमारे सन्देह गद्दार हैं। हम जो सफलता प्राप्त कर सकते हैं, नहीं कर पाते, क्योंकि संशय में पड़कर प्रयत्न ही नहीं करते।"

हम कोई काम शुरू करने का निश्चय करते हैं; पर अकस्मात् शंका उत्पन्न होती है और हमारे सारे उत्साह पर पानी फेर देती है। शंका टोकती है–'धीरे चलो, जल्दी मत करो। इस काम के लिए यह उचित अवसर नहीं। शुभ घड़ी की प्रतीक्षा करो।' और फिर होता यह है कि जिस काम के बारे में हम इतने उत्सुक होते हैं और जिसे सफलतापूर्वक कर लेने की पूरी आशा होती है, उसे हम कभी शुरू ही नहीं कर पाते। हम असमंजस और दुविधा में पड़े समय बिताते रहते हैं और आखिर काम शुरू करने का उत्साह ही खत्म हो जाता है।

लोग जो अपनी योग्यता पर शक करते हैं और जो हमेशा दुविधा में पड़े रहते हैं, वे हमेशा टालते रहते हैं, टालते रहते हैं और कभी कोई निर्णय नहीं कर पाते। वे किसी निश्चित बन्दरगाह की ओर नहीं बढ़ते, इधर-उधर भटकते रहते हैं। ज्वार-भाटे के साथ बहते हैं और हवा का रुख देखते हैं।

अनेक आदमी सिर्फ इसलिए निम्न स्तर पर सामान्य जीवन बिता रहे हैं कि वे अपने संस्कारगत भय और संदेह से छुटकारा नहीं पा सकते, उन्हें अपनी योग्यता में विश्वास नहीं, वरना वे जीवन में शानदार सफलता प्राप्त करते।

संदेह से पिंड छुड़ाने का एक ही उपाय है कि उसके विपरीत सोचो। अपने मन में यह विश्वास पैदा करो कि तुमने जो काम शुरू किया है, उसके तुम योग्य हो और भली-भांति कर सकते हो।

अपने अन्दर यह विश्वास पैदा करो कि तुम एक बड़े पुरस्कार के लिए काम कर रहे हो और तुम उसे जीतोगे। वह विश्वास उत्साह और स्फूर्ति पैदा करेगा। यह एक टॉनिक है। जो हमारी सर्वोत्तम शक्ति को सक्रिय बनाता है। हममें से अक्सर पूरे उत्साह, पूरे मनोयोग से काम नहीं करते, आधे उत्साह से करते हैं। पर जब यह विश्वास हो कि हम इसे कर लेंगे तो दुविधा मिट जाती है और हम उसमें सर्वोत्तम शक्ति लगाते हैं।

विश्वास एक ऐसा सम्राट है जो असम्भव को सम्भव बना देता है। सन्देह विनाशवादी है और हमारे प्रयत्नों की हत्या करता है। जब मन में सन्देह हो तो काम में पूरी शक्ति लगाना सम्भव नहीं है।

लाखों आदमी अनिश्चय, भय और सन्देह की स्थिति में काम करते हैं। उनके मन में न किसी महान आदर्श की प्रेरणा होती है, न उत्साह होता है, वे सिर्फ कर्तव्य से विवश होते हैं।

सन्देह वाकई गद्दार हैं। वे हमें भी गद्दार बनाते हैं और हमें काम के प्रति गद्दारी सिखाते हैं। वे हमारे निश्चयों, महत्त्वाकांक्षाओं और आशाओं की हत्या कर डालते हैं।

ट्रेजडी यह है कि हम खुद सन्देह को जन्म देते हैं और उसे तब तक पालते-पोसते हैं कि वह एक भयंकर दानव का रूप धारण करके हमारे अस्तित्व के लिए खतरा बन जाता है। हम उसे जितना प्रोत्साहन देते हैं, वह उतना ही बढ़ता जाता है। जब सन्देह मन में प्रवेश करने लगे, हम तभी दरवाजा बन्द कर दें और उसे भीतर न आने दें। उसका आना इतना घातक नहीं, जितना कि उसका स्वागत करना।

जब मन में सन्देह हो तो आप क्या कर सकते हैं। कुछ भी नहीं। अगर आप सचमुच कुछ करना चाहते हैं तो पहले अपने इस महान शत्रु को बाहर निकालिए। उससे कोई रू-रियायत न बरतिए। जब आपने एक समस्या पर भली भांति सोच-विचार कर लिया है और काम शुरू करने का निश्चय कर चुके हैं, तो नकारात्मक विचार को बिलकुल आज्ञा न दीजिए कि वह आपकी योजना और कार्यक्रम को गड़बड़ा दे। उसे पूरा कीजिए। इतिहास-निर्माताओं ने हमेशा सन्देह को ठुकराया है।

हम सबका एक विशाल व्यक्तित्व भी है; पर हम उसे पहचान नहीं पाते। यह विशाल व्यक्तित्व विशाल योजनाएं बनाता है और हमें महान कार्य करने के लिए उकसाता है। पर हम सन्देह और दुविधा में पड़े रहते हैं और उसकी बात नहीं सुनते।

मालूम है कि जब सन्देह उत्पन्न हो तो आपको क्या करना चाहिए? अपने मन में यह निश्चय धारण कीजिए कि आपकी विजय होगी, आप अपनी योजना सफलतापूर्वक सम्पन्न करेंगे। असफलता की बजाय हमेशा सफलता की आशा कीजिए। अपने को धिक्कारने की बजाय अपनी

प्रशंसा कीजिए। प्रशंसा से आप उतना ही उत्साह ग्रहण करते हैं, जितना कि बच्चे करते हैं। अपने को निरुत्साह करने के बजाय प्रोत्साहित कीजिए। जब भी आप अपनी योग्यता पर बड़बड़ाते हैं, आपकी दशा उस लोक-प्रसिद्ध भेड़ जैसी होती है जो जितनी बार मिमयाती है, घास का एक ग्रास मुंह से गिरा देती है दोष मत ढूंढिए; अपनी निन्दा मत कीजिए। ऊपर चढ़ने की बात सोचिए, नीचे मंडराते रहने की नहीं।

एक सैनिक का कहना है,"निश्चय कर लो कि तुम सही हो और फिर आगे बढ़ते जाओ।" पर सारा दिन निश्चय करने ही में व्यतीत मत कर दो।

कनखजूरा बिलकुल प्रसन्न था, पर मेढक ने मजाक में पूछा; "दादा, तुम कौन-सा पांव पहले और कौन-सा बाद में उठाते हो?"

यह मजाक एकदम आघात सिद्ध हुआ।

कनखजूरा निर्जीव, निष्प्राण-सा गढ़े में पड़ा रहा। यह निश्चय नहीं कर पा रहा था कि कैसे भागे।

लोग जो ढुलमुल विश्वास के हैं, जो दृढ़तापूर्वक कोई निश्चय नहीं कर पाते, वे दुविधा और सन्देह के मारे परेशान रहते हैं और हमेशा नुकसान उठाते हैं।

महान कार्य हमेशा उन्ही लोगों के हाथों सम्पन्न हुए हैं जो जल्द फैसले करते हैं और दृढ़तापूर्वक फैसले करते हैं। वे उन पर दोबारा विचार करने में समय नष्ट नहीं करते। उनसे गलती भी होती है, पर वे उन लोगों से हमेशा आगे रहते हैं जो निश्चय ही नहीं कर पाते। निश्चय न कर पान वाले की स्थिति बहस के श्रोताओं जैसी होती है। अब जो वक्ता बोलकर गया है, वे उसे सही समझते हैं। लेकिन जब दूसरा अपना पक्ष पेश करता है तो उसकी राय झट बदल जाती है। अन्तिम तर्क ही उन्हें हमेशा ठीक जान पड़ता है।

सन्देह करने वालों की एक पहचान यह है कि वे कभी अपने मन को समझ नहीं पाते। जो निर्णय एक बार करते हैं, उस पर कायम नहीं रहते और हमेशा कल पर उठा रखते हैं। लेकिन इन लोगों की कल कभी नहीं आती। वे निर्णय स्थगित करते रहते हैं, करते रहते हैं कि आखिर समय उन्हें ठूंठ दिखा देता है।

दुनिया आपके सन्देह को चेहरे पर विश्वास के अभाव से पहचान लेती है। सन्देह हमेशा पराक्रम, साहस और आत्मविश्वास से डरता है। वह दृढ़प्रतिज्ञ व्यक्ति के पास तक नहीं फटकता। जानता है कि वह उसे पांव तले रौंद डालेगा। वह हमेशा डरपोक, कायर, ढुलमुल यकीन व्यक्तियों की खोज में रहता है। और उसे ऐसे व्यक्ति हर रोज अनेक मिल जाते हैं। वह उनके कान में धीरे से कहता है, 'तुम अपनी शक्ति को बढ़ा-चढ़ाकर आंक रहे हो, वरना तुम इस काम के योग्य नहीं हो।' वह दिन-भर में हजारों-लाखों आदमियों के काम बिगाड़ता है और उनकी सुनिश्चित योजनाओं को अनिश्चित बनाकर रातों की नींद हराम करता है।

सन्देह दुर्वासा ऋषि है। वह लोगों के दरवाजों पर सलीब का निशान बनाता हुआ घूमता है। बाद में पराजय आकर इन्हें ढूंढ़ लेती है। पराजय भय की जुड़वां बहिन है। वे दोनों हमेशा साथ रहते हैं।

अगर इस दुर्वासा ऋषि-सन्देह-से आपका कभी साक्षात् हो जाए तो उसे प्रणाम मत कीजिए, बल्कि साफ-साफ कहिए–

'भगवन्, जाइए, अपना रास्ता पकड़िए। मैं जानता हूं कि आपने बहुत-से महापुरुषों को बौना बनाया है। जो आपकी बात सुनता है, आप उसी से विश्वासघात करते हैं। जाइए! आप मनुष्य के भयंकर शत्रु हैं। मैंने आपको पहचान लिया है।'

बच्चा और उसके भय

यह बात निर्विवाद सत्य है–आज मानव-जाति जिस भय से पीड़ित है, उसका अधिकांश भाग बचपन के गलत प्रशिक्षण का नतीजा है। मेरा यह विश्वास है कि हमारा अधिकतर भय और भीरु मनोवृत्ति उन प्रभावों के कारण है, जो हमारे मन पर बचपन में अंकित हुए।

जिधर भी देखो, उधर ही ऐसे मां-बाप दिखाई पड़ेंगे, जो बच्चों को डरा-धमकाकर शरारत से रोकते हैं। 'अगर तुम नहीं मानोगे तो पुलिस का सिपाही तुम्हें पकड़कर ले जाएगा।' यह सबसे नर्म धमकी है। अक्सर वे यह कहने के आदी हैं कि खराब बच्चों को 'झोले वाला बाबा' पकड़कर ले जाता है।

बच्चों को चुप कराने या उस बात से मना करने के लिए, जो वे नहीं चाहतीं, जाहिल नर्सें और आयाएं उनके मन में जाने कितना भय भर देती हैं! ऐसे बच्चे जब बड़े होते हैं तो यह समझने के बजाय कि सिपाही उनकी रक्षा के लिए है और उनका मित्र है, उम्र-भर उससे डरते रहते हैं।

नन्हे बच्चे जब अंधेरे में अकेले रह जाते हैं तो काल्पनिक भूत-प्रेतों से डरते हैं, हालांकि यह वह समय है, जब बच्चे के मन से हर तरह का भय दूर करना चाहिए, क्योंकि उसका मन लचकदार होता है और प्रभाव को सहज में ग्रहण करता है।

बच्चे के लिए हर बात सत्य है। वह भूत-प्रेतों की कहानियों को सत्य समझ लेता है और इसीलिए अंधेरे में जाते हुए डरता है। इस समय जो भय उनके मन पर अंकित हो जाता है, वह फिर कभी नहीं मिटता।

डॉक्टर फ्रेंच क्रेन का कहना है, "अगर एक बच्चे को बराबर भय के वातावरण में रखा जाए तो वह अव्वल दर्जे का धूर्त, निष्ठुर और दुराचारी बनेगा। मनुष्य को अपराधी बनाने का यह अच्छा ढंग है।"

और डॉक्टर ब्रिस्बेन ने इसी बात को यों कहा है, "वह आदिम युग, जब मनुष्य चारों तरफ भय से घिरा हुआ था, हजारों साल पहले समाप्त हो चुका है। पर वे भय बच्चे को आज भी विरासत में मिलते हैं। पंगूरे में पड़े बच्चे ने कभी रीछ नहीं देखा होता, पर जब उसकी मूर्ख आया रीछ का नाम लेती है तो वह कांप उठता है। नन्हा बच्चा जैसे कबूतर या खरगोश से नहीं डरता, उसे चोर और डाकू से भी नहीं डरना चाहिए; लेकिन वह डरता है। बचपन के इस भय के कारण कितने ही रोग लग जाते हैं और बहुत-सी जिन्दगियां तबाह हो जाती हैं।"

बहुत-से समझदार आदमी आजीवन व्यर्थ के भय पाले रहते हैं। विशेषज्ञों का कहना है कि ये उनके बचपन के संस्कार हैं, जिन्हें 'कम्पलेक्स' कहते हैं। हाल ही में एक महिला ने मुझे बताया कि वह कई साल तक रात को सोते समय इसलिए डरती रही कि शायद वह नींद से फिर कभी न उठेगी। पता चला है कि यह भय उनके मन में बचपन ही में इस प्रार्थना ने पैदा कर दिया था, 'अब मैं सोने के लिए लेट रही हूं–हे भगवान! मैं जागने से पहले ही मर न जाऊं।' जाने कितनी पीढ़ियों से यह प्रार्थना बच्चों के मन में मौत का भय भररही है!

माता-पिता को यह महसूस ही नहीं होता कि बच्चे के मन पर भय अंकित करके वे उसके साथ कितना बड़ा अन्याय करते हैं। भय से उसकी रक्षा उसी तरह करनी चाहिए जैसे बुराई और बीमारी से। इसका दंड उसे उम्र-भर भुगतना पड़ता है। मन में भय हो तो उसका व्यक्तित्व पूर्ण रूप से विकसित नहीं होगा।

नाड़ी-रोग के विशेषज्ञ डॉक्टर सडलर का कथन है, "बच्चे के नाड़ीमंडल का विकास पहले ही दिन से शुरू हो जाता है।...... बच्चे ज्यों-ज्यों बड़े हों, उन्हें चिन्ता, भय और परेशानी से मुक्त रखा जाए। चोर, डाकू और भूत-प्रेतों का भय तो उन्हें बिलकुल नहीं दिखाना चाहिए। यह उन्हें दिन ही को नहीं, रात को सपनों में भी डराता है। वीरता और साहस की कहानियां भी उन्हें खूब समझाकर सुनाई जाएं, ताकि 'सपनों का भय' दूर हो जाए। बच्चे भय का प्रभाव जल्द ग्रहण करते हैं। उनकी नन्ही आत्मा में जो बात एक बार बैठ जाती है, फिर वह जीवन-भर नहीं निकलती। जब ये बच्चे बढ़कर स्त्री-पुरुष बन जाते हैं, तो हमें उनके वे भय दूर करने में बड़ा संघर्ष करना पड़ता है, जो उनके स्वभाव के अंग बन चुके होते हैं।

"बच्चों को चिन्ताओं से, भयंकर दृश्यों से दूर रखो, क्योंकि उनके कच्चे मन पर इनका जो प्रभाव पड़ता है, वह फिर कभी दूर नहीं होता।"

बच्चे के मन में ज्योंही भय उत्पन्न हो, उसे दूर करने में पूरी सावधानी बरतो। उनका मजाक मत उड़ाओ और व्याख्या किए बिना वैसे ही मत टालो। बच्चे को यह कहकर कि अंधेरे में कुछ नहीं है और डरना मूर्खता है, अंधेरे में अकेले छोड़ देना उसके साथ बड़ा अन्याय है, बड़ी मूर्खता है। आपकी अपनी धारणा चाहे कुछ हो; लेकिन बच्चा डरता है तो उसका डर वास्तविक है। उसे वह काम करने के लिए मजबूर मत करो, जिससे वह डरता है। हजारों बच्चे रात को अंधेरे कमरे में बन्द जागते पड़े रहते हैं। उनकी मासूम कल्पना कितने ही भयंकर चित्र बनाती है।

बच्चे बड़े भावुक होते हैं। अगर डरने के लिए उनकी भर्त्सना की जाती है तो वे अपना भय बताते नहीं, मन में रखते हैं। उन्हें कायर या बुजदिल कहलाना पसन्द नहीं है। अपने बच्चे को अलग सोना ज़रूर

सिखाओ; पर जब वह छोटा हो तो उसके और तुम्हारे कमरे के बीच का दरवाजा खुला रहे। उसे यह एहसास रहे कि वह तुम्हें यह किसी और को जब चाहे आवाज दे सकता है। धीरे-धीरे उसमें आत्मविश्वास बढ़ेगा और वह बड़ा होकर अंधेरे से डरना छोड़ देगा।

बच्चे को सोते समय खूब प्रसन्न होना चाहिए। नींद में उसका शारीरिक और मानसिक विकास होता है। यह नींद यथासम्भव गहरी, मधुर और आरामदेह होनी चाहिए।

बच्चा अपने मन पर स्नेह का प्रभाव लेकर सोए। बच्चे को मारने-पीटने अथवा झिड़कने के बाद अप्रसन्न अवस्था में सुलाना बड़ी निष्ठुरता है। पीटना-झिड़कना दिन में भी बुरा है, पर रात को तो और भी बुरा है। लेकिन हमारे देश में तो अक्सर अनपढ़ माताएं बच्चे को मार-पीटकर सुलाती हैं। वे नहीं समझती कि इसका बच्चे के मन पर क्या असर पड़ता है। रात को अवचेतना सक्रिय होती है और सोते समय मस्तिष्क में जो बात सबसे ऊपर होती है, वह नींद में अपना रंग दिखाती है।

ऐसे अभागे बच्चों को नींद मुश्किल से आती है और जब आती है तो भयंकर स्वप्न देखकर बड़बड़ाते हैं, चौंक-चौंक उठते हैं। अगर उनके नन्हे-नन्हे चेहरों पर भय का प्रभाव देखा जाए तो किसी भी माता-पिता को यह विश्वास हो सकता है कि कैसा भी भीषण कारण हो, मारना-पीटना उचित नहीं है।

मुझे याद है कि जब मैं अनाथ बालक के रूप में न्यू हैम्पशायर में रहता था, तो मुझे अक्सर जंगल में से एक पड़ोसी के घर जाना पड़ता था। मुझे किसी-न-किसी काम से दिन छिपने के बाद भी भेजा जाता था। मुझे इतनी बार पीटा गया था कि मैं डर की बात कहते डरता था। उस जंगल में सचमुच रीछ, भेड़िये और दूसरे जंगली जानवर रहते थे।

मैंने दिन में उनके पैरों के निशान देखे होते थे। इसलिए रात को जब जाना पड़ता तो भय के मारे भागता था और जरा-सी आहट सुनकर प्राण कंठ में आ जाते थे।

मुझे दिन में गुमशुदा भेड़ों को ढूंढ़ने के लिए दूर तक जाना पड़ता था। मुझे कई बार मेमनों का शव मिलता था, जिसे भेड़िये आधा खाकर छोड़ जाते थे। जब दोबारा रात को, जाना पड़ता तो मैं सोचता कि वे अपने इस शिकार को अब खाने निकले होंगे। एक मर्तबा एक भेड़िये ने मेरा सचमुच पीछा किया था, जिससे मेरा भय और भी बढ़ गया था। यह कहना व्यर्थ है कि ऐसे अनुभव बच्चे को साहसी बनाते हैं। इसके विपरीत भय हमेशा के लिए उसकी आत्मा में बैठ जाता है। इसके कारण फिर जिन्दगी में बहुत-सी परेशानियां उठानी पड़ती हैं।

भय के लिए मजाक उड़ाने का प्रभाव बड़ों पर भी होता है; लेकिन बच्चों पर खास होता है। बहुत-सी शरारतें बच्चे खुद नहीं करते, पर उनके हमजोली उन्हें 'डरपोक' और 'बुजदिल' कहकर करने के लिए उकसाते हैं। जब वह पहले-पहले स्कूल जाता है तो दूसरे लड़के उसकी संकोचशीलता और कमजोरी का मजाक उड़ाते हैं। वे कहते हैं कि वह 'मां का दब्बू बेटा' भला क्या करेगा! उनके इस आरोप को मिथ्या सिद्ध करने के लिए वह ऐसे काम करता है, जो वह वास्तव में करना नहीं चाहता।

इसी दबाव से बच्चे खिड़की के शीशों पर पत्थर फेंकते हैं, किसी पशु को सताते हैं, पक्षी का घोंसला उजाड़ते हैं अथवा अपना पहला सिगरेट पीते हैं।

उन्हें इस बुरे प्रभाव से बचाए रखने का सिर्फ एक ही उपाय है और वह यह कि उन्हें स्कूल भेजने से पहले घर पर सचेत और सतर्क कर दिया जाए।

मन्दबुद्धि लड़के की भर्त्सना मत करो। मुमकिन है, वह आपसे भी बड़ा आदमी बने। अक्सर ऐसा हुआ है।

अगर हम सचमुच अपने भावी राष्ट्र का निर्माण करना चाहते हैं तो लड़के और लड़कियों को ऐसी शिक्षा दें जिससे उनके मन का सारा भय दूर हो जाए। बच्चे जब जीवन में प्रवेश करें तो वे इतने कर्मशील और आशावान हों कि अपने सपनों को साकार बना सकें।

निरुत्साह

'अपने ही विचारों से मर गया' की कहावत उस आदमी पर लागू होती है, जो अपने मन में निरुत्साह और निराशा को स्थान देता है। ऐसा व्यक्ति अपनी नकारात्मक प्रवृत्ति के कारण बीमार रहता है और अपनी आयु कम कर लेता है। मन और शरीर में गहरा सम्बन्ध है और दोनों एक-दूसरे को तुरन्त प्रभावित करते हैं।

हम जो बरसों की लगातार मेहनत से बनाते हैं, दस मिनट की निराशा और निरुत्साह उसे चौपट कर देता है। मन का बिगड़ जाना बहुत आसान है। हम पहाड़ी के नीचे बहुत जल्दी उतरते हैं, पर ऊपर चढ़ना कठिन होता है।

निराशा और निरुत्साह करने वाला हर विचार हमें पीछे की ओर ले जाता है। निराश होना और हिम्मत हारना अपने प्रति एक अपराध है। कहावत है कि 'रोते गए और मुर्दों की खबर लाए।' जिस व्यक्ति की पूंजी ही निराशा है, वह कभी सफल नहीं हो सकता।

नौजवान स्त्री और पुरुषों को जीवन के प्रति अधिक आशावान होना चाहिए और वे होते भी हैं; पर वे विपरीत स्थिति में जल्द निराश

भी हो जाते हैं। हम अक्सर सुनते हैं कि एक नौजवान ने इसलिए आत्महत्या कर ली कि वह परीक्षा में असफल रहा अथवा काफी समय से बेकार था। अगर इन नौजवानों को मालूम होता कि एक परीक्षा पास कर लेना ही सब कुछ नहीं है और बेकारी से जूझने के बहुत-से साधन हैं, तो वे कभी आत्महत्या नहीं करते।

निरुत्साह हो जाना जिसकी आदत बन गई है और जिसका मूड क्षण-क्षण बदलता रहता है, उसका न व्यापारिक सम्बन्धों में भरोसा किया जाता है और न सामाजिक सम्बन्धों में। आप ऐसे व्यक्ति की मित्रता को विशेष महत्त्व नहीं देते। झट कह देते हैं कि 'मैं उस पर भरोसा नहीं कर सकता।'

जी व्यापारी यह सोचता है कि हालात बिगड़ रहे हैं, वह सचमुच अपना व्यापार चौपट कर लेता है। कई बार आर्थिक संकट सिर्फ भय और निरुत्साह से शुरू होता है। पहले कुछ व्यक्ति प्रभावित होते हैं और फिर वह बड़ी तेजी से जंगल की आग की तरह फैलता है। उत्साहहीन सेना पराजित सेना है। वह युद्धक्षेत्र में जाने से पहले ही मिट जाती है।

अगर आप विजयी होना चाहते हैं तो विजय-भाव धारण कीजिए। अपने सहकारियों और मित्रों के बीच विजेता की तरह जाइए।

कहतें हैं कि नेपोलियन को युद्ध-क्षेत्र में देखकर सिपाही यों महसूस करते थे, जैसे उनकी मदद के लिए नई कुमुक पहुंच गई हो। उसने कई संघर्षमय और कठिन लड़ाइयां सिर्फ इसलिए जीतीं कि उसने कभी हिम्मत न हारी।

मान लो, बाबर भी इब्राहीम लोदी की भारी सेना देखकर डर गया होता और वह अपने सिपाहियों की हिम्मत बढ़ाने के बजाय यह कहता, 'शत्रु की शक्ति हमसे बहुत अधिक है। हम यह लड़ाई हार बैठे हैं।

इसे जीत लेना सम्भव नहीं है। लेकिन जान बचाकर भाग जाने का भी कोई रास्ता नहीं है, इसलिए हमें आखिरी दम तक लड़ना है और लड़ते-लड़ते मर जाना है।' तो क्या आप समझते हैं कि वह पानीपत की लड़ाई जीत सकता था और भारत में मुगल राज्य की नींव रख सकता था? कदाचित् नहीं। जो जनरल खुद ही उत्साह खो दे, वह कभी सैनिकों में उत्साह नहीं भर सकता।

विजय की तरह समृद्धि भी मन से शुरू होती है। जब भी आप निराश और हताश होते हैं, तभी अपनी योग्यता पर सन्देह करते हैं। इससे आपकी दिशा बदल जाती है और आप मंजिल से दूर भटक जाते हैं। हिम्मत हार देने से काम हमेशा बिगड़ते हैं। निरुत्साह दरिद्रता बढ़ाता है, और दरिद्रता निरुत्साह को जन्म देती है। यों उत्साहहीन व्यक्ति से समृद्धि कोसों दूर रहती है।

हम कोई काम बड़े उत्साह से शुरू करते हैं। उसमें सफल हो जाने की हमें बड़ी आशा है, पर ज्योंही कोई अड़चन आ पड़ती है, हम घबरा जाते हैं। हमें सन्देह होने लगता है कि हम इस काम के योग्य भी हैं या नहीं और हमने जो ढंग अपनाया है कया वह दुरुस्त है? कमजोरी की इन आवाज़ो पर हम जितना अधिक ध्यान देते हैं, वे उतनी ही अधिक सबल और सशक्त होती जाती हैं और आखिर हम उस काम को छोड़ देने के लिए तैयार हो जाते हैं। कितने अफसोस की बात है! हम सिर्फ इसलिए हिम्मत हार देते हैं कि परिस्थिति हमेशा हमारी इच्छा के अनुकूल नहीं रही। हम यह क्यों नहीं सोचते कि जिन्दगी कभी नाक की सीध में आगे नहीं बढ़ती? रास्ते में कई उतार-चढ़ाव और कई मोड़ आते हैं। हमें उन्हें साहस और उत्साह से पार करना होता है।

निराशा के कीटाणुओं को प्लेग की तरह अपने से दूर रखो। उन लोगों के साथ मेल-जोल रखना खतरनाक है जो जीवन में असफल रहे

हैं, जिन्हें अपने पर और दूसरों पर कोई भरोसा नहीं है, जो निराशावादी हैं। उनकी बातें सुनते-सुनते आपका अपना मस्तिष्क इतना नकारात्मक हो जाएगा कि उन्नति के बजाय अवनति के मार्ग पर चलना शुरू कर देगा। अगर आप ऐसे वातावरण में रहते होंगे तो आपकी सारी आकांक्षाएं समाप्त हो जाएंगी।

क्या आपने नहीं देखा कि असफल व्यक्ति हमेशा असफल व्यक्तियों के साथ और सफल व्यक्ति सफल व्यक्तियों के साथ उठते-बैठते हैं? 'मनुष्य अपनी संगति से पहचाना जाता है' की कहावत यहां भी इतनी ही लागू होती है, जितनी कि दूसरी जगह। पानी हमेशा अपनी सतह चौरस रखता है। इसलिए अगर आप सफल हैं तो उनकी संगति में न जाइए, जो जिन्दगी की बाजी हार बैठे हैं।' दुर्बल व्यक्तियों, दुर्बल विचारों और दुर्बल इरादों से अपना दामन बचाते रहिए। हमेशा ऊंचा सोचिए और ऊंचा उठिए।

अगर आप उत्साहजनक मूड बनाए रखेंगे तो उससे आपको काम करने, आगे बढ़ने की प्रेरणा मिलेगी, वरना आपका मन नकारात्मक बन जाएगा और आप आत्मविश्वास खो बैठेंगे। अधिक रफ्तार विस्तार ही में सम्भव है।

जब आपका मन खिन्न हो, उसमें उत्साह का अभाव हो, तब आप वे सब चीजें दूर भगाते हैं, जिनकी आप कामना करते हैं। वे चीजें आपकी ओर खिंच आती हैं, जिन्हें आप पसन्द नहीं करते। मन जिस चीज से ओत-प्रोत हो उसी को अपनी ओर खींचता है। अगर उसमें दरिद्रता का भय है तो वह दरिद्रता को आकर्षित करता है; अगर वह अच्छी चीजों की आशा और विश्वास से ओतप्रोत हो, तो वह उनकी प्राप्ति को सम्भव बनावेगा।

आशा एक सशक्त चुम्बक है और वह अभ्यास से प्राप्त हो सकती

है। हम अपनी मानसिक शक्ति से आशा को बढ़ा भी सकते हैं और घटा भी सकते हैं। हमें मित्र छोड़ दें, धन-दौलत खोकर हम दरिद्र बन जाएं, पर अगर आशा ने हमें नहीं छोड़ा तो वह हमारी सबसे बड़ी पूंजी है। स्वास्थ्य नष्ट हो जाए, मगर आशा बनी रहे तो हम जीवन-संघर्ष सफलतापूर्वक जारी रख सकते हैं। आशा वह कप्तान है, जो जहाज को सबसे आखिर में तूफान के हवाले करता है। उसके जाने से जहाज नष्ट हो जाता है। आशा न रहे तो मानव-शरीर शव के समान है। कवि ने कहा है -

नाउमीदी उसकी देखा चाहिए,
मुनहसर मरने में हो जिसकी उमीद।

हम शक्ल देखकर बता सकते हैं कि कौन आदमी उन्नति के मार्ग पर आगे बढ़ रहा है और किसने हिम्मत हार दी है। लटका हुआ चेहरा बता देता है कि इस व्यक्ति ने जीवन-संघर्ष हार दिया है। असफलता घोषित करने के लिए चिथड़े पहन लेना जरूरी नहीं, आंखों की चमक, कंधों के उभार और समूची मुखमुद्रा से इसका पता चल जाता है। आपका चेहरा वह सूचना-पट है, जिसे प्रत्येक व्यक्ति पढ़ सकता है। आपके चेहरे से आपके मन में भय, उत्साह और आशा-निराशा की मात्रा का पता चल जाता है।

निरुत्साह सबसे बड़ा छलिया है। वह हमें विश्वास दिलाता है कि हममें योग्यता नहीं, जबकि वह प्रचुर मात्रा में होती है। जब हम कोई असाधारण योजना स्थिर करते हैं, तो यह हमारे मन में सन्देह उत्पन्न करके सारा खेल बिगाड़ देता है। यह काम शुरू करने की इच्छा और अभिलाषा छीन लेता है।

एक नौजवान ने अच्छे नम्बरों से यूनिवर्सिटी की परीक्षा पास की और वह नौकरी की तलाश में निकला। उसके पास अपने डिप्लोमा और साहस

के अतिरिक्त और कुछ नहीं था। लेकिन जब छ:-सात महीने के लगातार प्रयत्न से नौकरी नहीं मिली तो वह निराश हो गया। साहस ने उसका साथ छोड़ दिया। किसी से आर्थिक सहायता लेने में वह अपना अपमान समझता था। जब पैसा पास न रहा तो उसे दो-तीन दिन भूखे रहना पड़ा। आखिर उसे रेस्तरां में प्लेटें धोने का काम मिल गया।

वह यह काम करता था और पार्क में सोता था क्योंकि किराया न दे सकने के कारण कमरा छोड़ दिया था। उसकी शेव बढ़ गई थी और कपड़े न सिर्फ मैले हो गए थे, बल्कि फट गये थे। उसके मन में शेव करने और कपड़े बदलने की अभिलाषा ही पैदा नहीं होती थी। वह अपने प्रति उदासीन था और उसने अपने को अपढ़ किंचित् व्यक्ति समझ लिया था।

एक रात जब वह पार्क में बेंच पर लेटा हुआ था तो उसने एक स्वप्न देखा। उसे उज्ज्वल अक्षरों में आकाश पर लिखा दिखाई दिया, 'अपने पर विश्वास करो!' इसके बाद वह रात-भर सो नहीं सका। सुबह होते ही उठकर शेव की, नहाया और कपड़े बदले। मोची के लड़के से दोस्ती गांठकर उससे जूतों पर पालिश कराया और एक बार फिर नौकरी की तलाश में निकल पड़ा। अब उसके चेहरे पर नई चमक थी, वह गिड़गिड़ाता और मिमियाता हुआ दफ्तर में नहीं जाता था, बल्कि आशा और विश्वास से ओतप्रोत आत्मसम्मान के साथ बात करता था। परिणाम यह निकला कि उसे उसी दिन नौकरी मिल गयी। नौकरी इच्छा के अनुकूल नहीं थी, पर सीढ़ी पर पांव तो रखा। बड़ी बात यह थी कि उसने अपने पर भरोसा करना सीख लिया था, उस रात का स्वप्न हमेशा उसका पथ-प्रदर्शन करता रहा।

यह लड़का धीरे-धीरे ऊपर चढ़ता रहा। अब वह लखपती है। साइकिल के पुर्जे तैयार करने का उसका अपना कारखाना है, जिसमें

चालीस-पचास आदमी काम करते हैं। उसका उत्साह और आत्मविश्वास देखकर कोई यह नहीं कह सकता कि वह जीवन में कभी हताश और निराश भी हुआ था।

यूनानी दार्शनिक का कथन है, "अपने को पहचानो।" यह भी वही बात है कि अपने पर भरोसा करो।' इस बात को आज हम यों भी कह सकते हैं, 'वह कर सकता है, जो यह समझे कि वह कर सकता है।'

"साहस ही नहीं किया," हजारों-लाखों लोगों पर लागू होता है।

"इसने हिम्मत हार दी है।" कितने ही लोगों की कब्रों पर लिखा रहता है।

विपदा को निमंत्रण देना

यह शीर्षक पढ़कर कितने ही पाठक कह उठेंगे, 'कितनी फिजूल बात है! वह आदमी निश्चित रूप से मूर्ख है, जो विपदा को निमंत्रित करता है।' इसके बावजूद हममें से अक्सर विपदा को प्रतिक्षण निमंत्रित करते हैं।

हम समझ ही नहीं पाते कि हम खुद वे परिस्थितियां पैदा कर लेते हैं, जिनमें रहना हम पसन्द नहीं करते। मैं एक व्यक्ति को जानता हूं, जब वह यात्रा पर निकलता है तो घर से दवाओं का एक बक्स हमेशा साथ ले जाता है। उसमें हर कल्पित रोग और दुर्घटना की दवाई होती है। उसकी पत्नी कहती है, 'यह भी ले लो; यह भी ले लो। यह बोतल साथ रख लो और ये गोलियां। क्या पता जल-वल जाएं, इसलिए यह बर्नाल, यह प्लास्टिक, गला भी तो सूज सकता है,' आदि-आदि।

बहुत-से घर आपको छोटी-मोटी डिस्पेंसरी दिखाई पड़ेंगे। आकस्मिक

घटना के लिए तरह-तरह की दवाएं अल्मारियों में भरी रहती हैं। यह खांसी की, यह जुकाम की, यह गले की, यह सिर-दर्द, यह पेट-दर्द और दांत-पीड़ा की, अनेकों चूरन, मरहमें और टिंचर आदि आपको वहां रखे मिलेंगे।

मानव-समाज में वह समय भी आएगा जब दवाएं, जैसे अब इस्तेमाल होती हैं, ऐसे नहीं होंगी।

मैं ऐसे बहुत-से घरानों को जानता हूं, जिनमें एक ऐंटीसैप्टिक के अलावा और कोई दवा नहीं रखी जाती। इन परिवारों के सदस्य चोट लग जाने की बात नहीं सोचते, अचानक बीमार पड़ जाने का गम नहीं पालते, इसलिए वे अहतियात भी नहीं बरतते। यही कारण है कि वे उन लोगों की तरह बीमार भी नहीं पड़ते जो हर किस्म की दवाएं घर में खरीदकर रखते हैं। आपत्काल के लिए तैयारी का मतलब ही आपत्ति को निमंत्रित करना है। हम जिस चीज की आशा करते हैं, जिससे डरते हैं, वह हमारी ओर आकर्षित होती है।

बहुत-से लोग उन विपदाओं के विरुद्ध मोर्चे बनाकर चलते हैं, जिनकी वे आशा करते हैं। वे कीटाणुओं के विरुद्ध विशेष मोर्चे बनाते हैं, क्योंकि उनका खयाल है कि अगर स्वास्थ्य के नियमों का उन्होंने जरा भी उल्लंघन किया तो ये उन पर हल्ला बोल देंगे।

माताएं बच्चों के मन मे शुरू ही से यह विचार भर देती हैं कि अगर वे गीली जगह पर नंगे पांव चलेंगे, मेह या सर्दी में बाहर निकलेंगे, तो उन्हें न्यूमोनिया हो जाएगा।

टेम्प्रेचर जरा गिर जाए तो लोग ठिठुरने लगते हैं। ठंडी हवा चले तो सब खिड़कियां बन्द कर लेते हैं, मफलर, दस्ताने और समर के गर्म कोट निकल आते हैं। वे कहते सुनाई पड़ते हैं, 'मुझे सावधान रहना चाहिए। मेरा शरीर सर्दी बहुत जल्दी पकड़ता है।'

वे लोग दरअसल बीमारियों को निमंत्रित करते हैं। यही लोग हैं, जिनकी बदौलत पेटेंट दवाफरोश जेबें भरते हैं। वे हर उस नई दवाई को आजमाने के लिए तैयार रहते हैं, जो उन्हें बतायी जाती है।

आप उनके पास हर प्रकार के सिर-दर्द की दवा देखेंगे-आधे सिर-दर्द की, कनपटियों के दर्द की, पीछे के दर्द की, गठिये की दवाएं, नाड़ियों की दवाएं, रक्त और पाचन-शक्ति की पौष्टिक औषधियां। किसी भी कल्पित और अकल्पित रोग की पेटेंट दवाएं उन्हें तैयार मिलती हैं।

ये लोग अपने-आपको दूसरों पर निर्भर करते हैं। उन्हें जरा भी यह भरोसा नहीं कि बीमारी का मुकाबला करने की शक्ति उन्हें विरासत में मिली है। दवाओं की यह मोर्चाबन्दी सिद्ध करती है कि बहुत-सी बीमारियों की सम्भावना है। जाने वे कब आ जाएंगी। वे यह स्वीकार करते हैं कि बाहर की सहायता बिना वे जीवन की बहुत-सी परिस्थितियों का सामना करने में अक्षम हैं।

विपदा, रोग, दुर्घटना और संकट की आशंका करते रहने का अर्थ यह है कि हम स्वाभाविक जीवन नहीं बिता रहे। हमें अपनी भीतरी शक्ति का काफी ज्ञान और काफी समझ होनी चाहिए, ताकि अप्रिय विचारों को मन से निकाल सकें और उनके कुप्रभाव से बचे रहें। हम क्यों यह भूल जाते हैं कि हम परमपिता परमात्मा की सन्तान हैं और हमारे भीतर इतनी दैवी शक्ति है कि हम अपने को मानसिक शत्रुओं से सुरक्षित रख सकते हैं!

क्या आपने कभी सोचा है कि बहुत-सी बीमारियां और दुर्घटनाएं, जिनसे आप डरते रहे, आपके जीवन में सचमुच नहीं आईं? फिर विपदाओं, रोगों और दुर्घटनाओं की सम्भावना में घुलते रहने से क्या लाभ? यह भी सोचिए कि इससे आपका कितना उपकार होता है। बुढ़ापे में पहुंचकर उन सालों का अन्दाजा लगाइए, जो आपने इन कल्पित

विपदाओं, बीमारियों और दुर्घटनाओं से उत्पन्न भय और परेशानियों की भेंट कर दिए।

अगर हम विपदाओं और रोगों से मुक्त, सुन्दर और उज्ज्वल भविष्य की कल्पना करें, तो वह वाकई सुन्दर और उज्ज्वल बनेगा; क्योंकि कल्पना करना ही उसे हमारी इच्छाओं के अनुरूप बनाता है।

हम स्वास्थ्य और प्रसन्नता को भी उतना ही सहज में निमंत्रित कर सकते हैं, जितना कि विपदा और बीमारी को करते हैं। तब क्या यह निरी मूर्खता नहीं कि हम ऐसी मानसिक स्थिति बनाएं, जो हमारे जीवन को दुःखमय बनाने वाली बीमारियों और विपदाओं को निमंत्रित करे?

हीन भावना

एक बार खानाबदोश एक बच्चे को चुराकर ले गए। दूर जंगलों में जाकर उन्होंने उसे एक किसान को दे दिया और बताया कि यह एक अनाथ बालक है। इसका पिता निकम्मा और शराबी था और मां अपाहिज थी। वे दोनों मर चुके हैं। बच्चे के मन में शुरू से ही यह हीन भावना भर दी गई कि वह निकम्मे और बीमार मां-बाप की सन्तान है और कोई बड़ा काम करने के अयोग्य है।

जब वह बारह वर्ष का हुआ तो एक सुशिक्षित सभ्य पुरुष और उसकी पत्नी कुछ दिन जंगल में बिताने के लिए वहां जाकर ठहरे। एक दिन उन्होंने इस लड़के से कहा कि वह उनके लिए लकड़ी ला दे। इसके लिए उन्होंने उसे कुछ पैसे दिए। अचानक महिला ने लड़के के बाएं गाल पर एक निशान देखा और पहचाना कि यह उसका वही लड़का है, जो खो गया था। पूछताछ करने पर उसका अनुमान सही सिद्ध हुआ।

लड़के को ज्यों ही मालूम हुआ कि उसके माता-पिता सभ्य और प्रतिष्ठित व्यक्ति हैं, उसमें एकदम नई चेतना जागी। उसे मालूम हो गया कि उसकी विरासत निहायत शानदार है। इस अहसास ने उस पर क्रान्तिकारी प्रभाव किया और जो हीन भावना उसमें भर दी गई थी, उसे झटककर मन से निकाल दिया। माता-पिता ने उसके लिए सुयोग्य और विद्वान अध्यापक रखे। उनके प्रशिक्षण में वह बहुत जल्द शानदार आदमी बन गया।

यह सब चेतना में परिवर्तन का चमत्कार था। शक्ल-सूरत फिर भी वही रही, उसमें कोई शारीरिक परिवर्तन नहीं आया; पर उसके भीतर सो रहा शेर जाग उठा। उसने समझ लिया कि वह मनुष्य-रूपी भेड़ नहीं है, जो हर चीज से डरे, मिमियाए। वह एक शेर है, जिसका काम दहाड़ना और गरजना है। यों आदर्श बदल जाने से उसका भीतरी स्वरूप बदल गया।

इसी प्रकार लाखों-करोड़ों आदमी हीन भावना के कारण दब्बू और भीरु बने रहते हैं। उनका जन्म निम्न स्तर पर हुआ और बचपन दरिद्रता में बीता। यह हीन भावना कि वे तुच्छ और किंचित् हैं और उन्नति नहीं कर सकते, उनका विश्वास बन गई। मानसिक शक्ति भी विरासत के मज्जागत विश्वास को दूर नहीं कर सकती। सिर्फ मुक्तिदायक सत्य ही इसका एकमात्र इलाज है। मनुष्य को यह बताया जाए कि तुम्हें अपने सांसारिक माता-पिता से कुछ भी विरासत में नहीं मिला। तुम्हारे भीतर एक दैवी शक्ति है, जो तुम्हें सर्वशक्तिमान अनन्त भगवान से प्राप्त हुई है।

हीन भावना आपको कभी ऊंचा नहीं उठने देगी। इसलिए अपनी दृष्टि में अपना एक भव्य चित्र बनाइए और अपने को साहसी, महत्त्वाकांक्षी और दूसरों के काम आने वाला शानदार व्यक्ति समझिए। अपना दूषित-विकृत पहलू एक क्षण के लिए भी नजर के सामने न आने दीजिए। आप एक दैवी शक्ति हैं। इसलिए पूर्णता प्राप्त करने में क्षम हैं। आप

अब तक जो कुछ थे, वह गौण है; जो आप बनना चाहते हैं, वह मुख्य है और आपका जन्मसिद्ध अधिकार है।

दुनिया की उस प्रभावहीन-दुर्बल व्यक्ति में कोई दिलचस्पी नहीं, जो अब तक आपकी रोटी कमाता आया है। दुनिया की दिलचस्पी आपके उस महान-विशाल व्यक्तित्व में है, जिसे आप अब विकसित करना चाहते हैं। आप खुद उससे पहली बार परिचित हुए हैं और दुनिया को उससे परिचित कराना है।

त्रुटियों ही की बात सोचते रहने से वे कभी दूर नहीं होंगी। जितना आप उन पर ध्यान केन्द्रित करेंगे, कल्पना उनमें नये-नये रंग भरेगी और उन्हें पहले से अधिक अमिट बना देगी। आपका काम यह है कि उन्हें चेतना की स्लेट से धो डालें।

अपूर्ण का ध्यान रखने से आप पूर्णता को प्राप्त नहीं कर सकते। आपको आदर्श जीवन बिताना चाहिए। आदर्श पूर्ण है, त्रुटियों और दोषों से मुक्त है।

मेरा अनुभव यह है कि अधिकांश नौजवान इसलिए बौने बने रहते हैं और अपना जीवन तुच्छ कामों में खो देते हैं कि वे अपनी क्षमता को खुद नहीं समझ पाते। उन्हें अपने-आप पर भरोसा नहीं। हीन भावना उनका विश्वास बन जाती है, जो उनकी योग्यता को कुंठित और कार्य-क्षेत्र को सीमित कर देती है।

एक नौजवान पांच-सौ रुपये महीना की नौकरी के लिए दरखास्त देता है। जब फर्म का मैनेजर उसे बुलाकर कहता है कि हम तुम्हें ढाई सौ देंगे तो वह इसी तनख्वाह पर काम करने को तैयार हो जाता है। यों वह न सिर्फ अपने को मैनेजर की नजरों में सस्ता बनाता है, बल्कि खुद अपनी दृष्टि में सस्ता बन जाता है। यह एक दूसरी बात है कि पहले नीचे से काम शुरू करके धीरे-धीरे उन्नति की जाए, क्योंकि बिना

अनुभव प्राप्त किए ऊंची तनखाह मांगना गलत है। लेकिन अपने को सस्ता बनाना और अपनी नजरों में गिर जाना बहुत खतरनाक है। उसका मन पर यह प्रभाव पड़ता है कि आप सामान्य व्यक्ति हैं और आप में ऊंचा उठने की प्रतिभा नहीं है।

हजारों स्त्री-पुरुष उम्र-भर छोटी पोजीशन में काम करते रहते हैं, क्योंकि उनमें साहस और आत्मविश्वास की कमी होती है। उनमें से अधिकांश जानते हैं कि वे अपने ऊपर काम करने वाले सुपरिण्टेण्डेण्ट और मैनेजरों से अधिक योग्य हैं। वे इसे अपने साथ अन्याय समझते हैं। लेकिन अपनी इस पोजीशन के लिए वे खुद जिम्मेदार हैं, क्योंकि उन्होंने अपना अधिकार नहीं जताया और अपने मन में यह धारणा बनाए बैठे रहे कि उनका काम और उनकी योग्यता देखकर मालिक उन्हें अपने-आप तरक्की दे देंगे।

यह निरी भ्रांति है कि योग्यता हर हालत में स्वीकार कर ली जाती है। कोई भी नौजवान चाहे वह कितना ही योग्य हो, जब तक वह अपने आपको खुद नहीं पहचान लेता और दूसरों को अपनी योग्यता का कायल नहीं कर लेता, उसके लिए उन्नति करना संभव नहीं।

हीन भावना उसी के लिए अभिशाप है, जो उसके चुंगल में फंस जाता है। लेकिन एक दृढ़ निश्चय का व्यक्ति उसकी परवाह नहीं करता और उसे 'अलग हटो' कहकर अपना रास्ता बना लेता है। शेरशाह सूरी अगर इस हीन भावना को झटक न देता तो वह सारी उम्र फरीद खां बना रहता। लेकिन वह हीन भावना को झटककर ऊपर उठा और भारत का यशस्वी सम्राट बना।

स्वामी विवेकानन्द की सारी फिलॉसफी यही सिखाती है कि तुम जो बनना चाहते हो, बन सकते हो। उनका कहना है, "वह मन की बात मन में ही न लाओ, जो तुम व्यक्त नहीं करना चाहते। अगर तुम

स्वास्थ्य चाहते हो तो स्वस्थ विचार अपने मन में धारण करो। अगर तुम समृद्धि और खुशहाली चाहते हो तो खुशहाली और समृद्धि की ही बात सोचो, तुम जैसा बनना चाहते हो, सिर्फ वैसा सोचो उसके उलट नहीं।"

मूर्तिकार जानता है कि उसके मस्तिष्क में जो मॉडल है, अंत में वही उसकी कृति बनेगी। वह यह भी जानता है कि अगर मॉडल में कोई त्रुटि है तो मूर्ति भी त्रुटिपूर्ण बनेगी। इसलिए कलाकार हमेशा पूर्ण मॉडल की तलाश करते हैं।

सेंटपाल ने कहा था, "जो चीजें पवित्र हैं, जो प्यारी और सुन्दर हैं, जो सत्य हैं, जो ईमानदार हैं, उन्हीं पर ध्यान केन्द्रित करो।" अर्थात् उन्हें अपना मॉडल बनाओ। तब तक उनका ध्यान करते रहो, जब तक वे तुम्हारे जीवन का आदर्श न बन जाए। उनके कहने का सारांश यही है कि 'अपने को पूर्ण बनाओ।'

पहले अपने मॉडल को बेहतर बनाओ, फिर तुम अपने को बेहतर बना सकते हो। जैसे मूर्तिकार संगमरमर की शिला में अपनी कलाकृति देखता है, इसी प्रकार तुम अपने भीतर विराट रूप देखो, तभी उसे बाहर ला सकते हो। इस विराट रूप को हमेशा ध्यान में रखो और फिर अपना जीवन, अपना व्यक्तित्व और अपना चरित्र उसके अनुरूप बनाओ।

चरित्र भाग्य से या संयोग से नहीं बनता। महान और उदार चरित्र बनाने का एक उपाय है कि तुम एक महान और उदात्त आदर्श के अनुरूप जीवन बिताओ। चरित्र एक अनिवार्य नियम का नतीजा है। गणित के सवाल का सही उत्तर तभी सम्भव है, जब उसे नियम के अनुसार हल किया जाए। मुझे अपना आदर्श बताओ, अर्थात् तुम अपने बारे में क्या सोचते हो, तुम्हें अपनी क्षमता पर कितना विश्वास है, मैं तुम्हें तुम्हारा भविष्य बता दूंगा।

प्रत्येक दिन तुम्हारे सामने संगमरमर की सुन्दर और स्वच्छ शिला की तरह आया है– चाहो तो इसमें से सुन्दर मूर्ति तराश लो और चाहो तो कुरूप तलाश लो। संगमरमर हर सुबह तुम्हारी प्रतीक्षा करता है। तुम इससे क्या बनाओगे? संगमरमर में ऐसी चीज भी है, जो तुम्हारे महान आदर्शों के अनुरूप है। यह तुम्हारा अपना काम है कि उसे बनाओ या बिगाड़ो। तुम इससे वह बौना रूप तराश सकते हो, जो भय शंका और चिन्ता से विकृत है, जिससे तुम लज्जित हो; अथवा तुम इसमें से वह विराट रूप तराश सकते हो, जो विधाता न तुम्हें प्रदान किया है।

विपदा आनी-जानी है

"अब पछताए क्या होत है जब चिड़ियां चुग गई खेत" का मुहावरा एक बहुत बड़े सत्य को व्यक्त करता है।

अगर आपने अतीत में गलतियां की हैं तो मेरे दोस्त, उनके लिए अब क्यों पछताते हैं? एक बार उन्हें समझ लीजिए और आगे मत दोहराइए। पर हर समय उनको लेकर कुढ़ते रहने से कोई लाभ नहीं। इससे आप बड़े काम करने की अपनी शक्ति को कुंठित करते हैं।

अगर मैं यों करता तो मुझे अधिक लाभ होता।' दुकानदार जो कल की बात सोचकर पछताता है, शायद अपने आज के बड़े लाभ से हाथ धो रहा है।

दार्शनिक कहता है, "इसे जाने दो। सब कुछ नहीं रहता तो यह भी नहीं रहेगा।"

मैं एक मनुष्य को जानता हूं। जब उससे कोई भूल हो जाती है या उसे किसी असफलता का मुंह देखना पड़ता है, तो वह सिर्फ इतना

कहता है, "इससे कुछ फर्क नहीं पड़ता, अगले साल सब ठीक हो जाएगा।"

पिछले साल जो आपने कष्ट उठाए, विपदाएं भोगीं, उनमें से अब कितनी याद हैं? जो घटनाएं उस समय अत्यन्त परेशानी का कारण बनीं, अब बिलकुल भूल गई होंगी। अतएव आगे भी जब कोई विपदा आए तो कहिए, "कोई परवाह नहीं। जब कुछ नहीं रहता तो यह भी नहीं रहेगी।"

फिर इसे भूल जाओ।

जो बातें हमें परेशान करती हैं, जिनका हमारे पास कोई इलाज नहीं है, उन्हें याद रखकर हम कितना दुःख भोगते हैं! वे हमारे लिए अमंगल हैं। हम उन्हें भूल जाएं। हमेशा-हमेशा के लिए दफना दें। अतीत को भविष्य बिगाड़ने की इजाजत न दें।

आप कहते हैं, अब सुधार संभव नहीं; लेकिन इतिहास ऐसे अनेक आदमियों के उदाहरण प्रस्तुत करता है, जिनके सारे सपने चकनाचूर हो गए थे, जिन्होंने हर प्रकार की गलतियां ही नहीं अपराध भी किए पर वे अधेड़ उम्र या बुढ़ापे में आकर बदल गए; बुरे संस्कार के पीछे छोड़कर आगे बड़े और एक सफल जीवन का निर्माण किया।

वाल्मीकि इसका ज्वलन्त उदाहरण हैं। कहते हैं कि वे एक भयंकर डाकू थे। लेकिन जब सुधरे तो ऐसे कि रामायण जैसे महान ग्रन्थ की रचना की और ऋषि कहलाए।

जिन बातों से न कोई लाभ है और न व्यक्तित्व का निर्माण होता है, उन्हें मस्तिष्क से निकाल देना बहुत बड़ी कला है। अपनी नीचता, हीनता और स्वार्थ की वे सारी बातें भुला दो, जो तुम्हें कोंचती रहती हैं। वे सब विनाशकारी और अमंगलकारी हैं। उनसे तुम्हारा कोई हित नहीं होगा, इसके विपरीत बहुत बड़े अहित की सम्भावना है।

अगर आप अब तक भटकते रहे हैं तो अब संभल जाइए और अतीत को भुलाने के लिए तन-मन की सारी शक्तियां जुटाइए। आप अपनी जिन्दगी को जो कुछ हो चुका, उस पर पछताने के लिए नहीं गंवा सकते। जिन डाकुओं ने आपके इतने मालों पर डाका डाला है, क्या उन्हें जीवन से निकाल फेंकने का समय नहीं आ गया है?

यह सब जानते हैं कि ऐसा पुराना खत पढ़ने से, जो कई साल तक गुम रहा हो, शायद छिपाकर रखा गया हो, बहुत-सी दुःखद स्मृतियां उभर आएंगी। वे घाव जो भर चुके हैं, फिर हरे हो जाएंगे।

मैं एक अधेड़ उम्र की महिला को जानता हूं, जिसने उस समय से जब वह अल्हड़ युवती थी, अपने एक ऐसे प्रेमी के पत्र संभालकर रखे हुए हैं जो बड़ा ही नालायक सिद्ध हुआ और जिसने उसके साथ निष्ठुरता का अन्याय पूर्ण व्यवहार किया। ये पत्र उसने एक रिबन में बांधकर अपनी अमूल्य वस्तुओं में रखे हुए हैं। वह अक्सर उन्हें निकालकर पढ़ती है और घण्टों रोती है।

पुरानी कुस्मृतियां इन पत्रों के समान हैं, जो हमें व्यर्थ ही परेशान करती हैं।

अक्सर लड़कियां उन लोगों के प्रेम-पत्र बहुत साल तक संभाले रखती हैं जिन्होंने उनके साथ विश्वासघात किया और निर्लज्जता में उन्हें छोड़ गए। बातें जो हमें दुःख देती हैं, जिनके कारण हमने अतीत में कष्ट उठाया है और भूलें जिन्होंने हमें अपमानित किया है। उनसे सिर्फ एकमात्र बर्ताव यह किया जाए कि वे इतनी गहरी दफना दी ज़ाएं कि फिर ऊपर न आ सकें। पुराने पत्रों को दफना दो, दस्तावेजों को नष्ट कर दो। उन्हें अपने घर से नज़र से और पहुंच से दूर-बहुत दूर कर दो। ऐसी कोई चीज मत रखो, जो तुम्हें दुःख पहुंचाए, घावों को हरा कर दे।

कुछ बातों से हमें अनुभव प्राप्त होता है। एक विशेष स्थिति में वे हमारे लिए उपयोगी होती हैं। जब यह स्थिति समाप्त हो जाए और इन बातों की हमारे लिए कोई उपयोगिता न रहे, तो उनसे चिपटे रहना व्यर्थ है। तब उन्हें पीछे छोड़कर आगे बढ़ने ही में हमारा कल्याण है।

मुझे अक्सर ऐसे लोगों के पत्र आते हैं, जो अपने निकट संघर्षों, विपदाओं, क्षतियों और असफलताओं की बात लिखते हैं और जिन्हें यह खेद है कि वे दोबारा जिन्दगी शुरू नहीं कर सकते। वे यह नहीं समझते कि अगर उन्हें दोबारा जिन्दगी शुरू करनी पड़े तो वे दोबारा यही गलतियां दोहराएंगे।

अतीत की गलतियों से जो अनुभव प्राप्त हुआ, वह अपनी पूंजी है। यह पूंजी हमारे पास पहले नहीं थी। अतीत की भूलों को फिर न दोहराने का निश्चय करके हम हर रोज स्वच्छ स्लेट के साथ नई जिन्दगी शुरू करें।

आंतरिक शांति को भंग करने वाली हर बात बहुत महंगी पड़ती है। मान लीजिए, चीनी के एक कारखाने में लापरवाही से कुछ गन्ना नष्ट हो जाता है, आप झट कह उठेंगे, 'यह बिजनेस नहीं है। ऐसी लापरवाही अपराध है।' भौतिक क्षति के मुकाबले में मानसिक क्षति और भी बड़ा अपराध है।

मैंने एक घर में यह मॉटो देखा, 'इट इज नॉट मैटर' (परवाह नहीं)। इसे याद रखो और जो कुछ होता है, होने दो। हम क्यों उन बातों को लेकर रोएं-झींकें, जिन्हें हम रोक नहीं सकते, जिनका हमारे पास इलाज नहीं है? जो चोट भी पड़ती है, उसे धैर्य और वीरता से सहन करें। उससे मानसिक क्षति क्यों होने दें? कुछ भी होता रहे, परवाह मत कीजिए। इसका शायद उससे आधा भी महत्त्व न हो, जितना की आप समझते हैं।

स्काउटों के दफ्तर में एक अफसर के डैक्स पर यह मॉटो रखा था– 'आपके चोट लगी, ठीक है; लेकिन आपने इसे कैसे लिया?' यह बड़ा सीधा और स्वस्थ संदेश है। इसमें आपके साहस की परख है। आप अपनी चोट को कैसे लेते हैं। क्या आप उससे मजबूत बनते हैं? अथवा क्या आप देर तक रोते-झींकते और गिला करते रहते हैं?

मगर हम स्थिर और अविचलित रहकर प्रहार सहन करें और अपने मन में यह मॉटो लटका लें– 'इट इज नॉट मैटर' (परवाह नहीं), तो हम कितने सुखी और प्रसन्न रह सकते हैं!

परेशानियां घर मत ले जाओ

मुसीबत यह है कि लोग दिन भर काम करते हैं और शाम को जब घर जाने लगते हैं, तब भी वह समाप्त नहीं होता। वे रात को भी दफ्तर की समस्याओं के बारे में सोचते रहते हैं।

हम परिवार के सदस्यों को उतना समय भी नहीं देते, जो अधिकार-पूर्वक उन्हें मिलना चाहिए। घर में भी कारोबार संबंधी चिन्ताएं हमें घेरे रहती हैं।

अपने पर इतना बोझ डालना कि दिमाग थककर काम करने से इनकार कर दे, निरी मूर्खता है। इससे निर्णय की शक्ति का ह्रास होता है और थके हुए दिमाग से आदमी जो काम करता है, उसमें शक्ति का अभाव रहता है।

जब आप दफ्तर से घर जाएं तो थके हुए विचार और थका हुआ मस्तिष्क साथ ले जाना क्षमता के लिए घातक है। जैसे आप कपड़े बदलते हैं, उसी तरह मानसिक विचार बदलकर मस्तिष्क को आराम दीजिए।

जब आप घर पहुंचें तो आपको जिन्दादिली, शांति और ताजगी दरकार है। अगर आप दूसरे दिन के लिए ताजादम होना चाहते हैं तो अपने परिवार के साथ हंसिए, खेलिए आनन्द मनाइए। अगर आप दफ्तर की चिन्ताएं और परेशानियां अपने साथ घर ले जाते हैं तो ऐसा नहीं कर सकते।

एक विधवा ने मुझे अपने उस दुःखी जीवन की कहानी सुनाई, जो उसने अपने कंजूस पति के साथ बिताया था। पति को सिर्फ एक ही धुन थी कि बहुत-सा रुपया जमा करें। विधवा ने बताया कि उनका घर-घर नहीं था; पति घर में भी नई-नई योजनाएं सोचता था और अधिक रुपया कमाने की योजनाएं तैयार करता था। शाम को जब वह दफ्तर से आता तो इतना थक गया होता था कि सिर भी ऊपर नहीं उठा सकता था। इसके बावजूद वह आते ही बिजनेस की बात सोचने और योजनाएं स्थिर करने लगता। यों वह अपने आपको और थका देता।

जो काम उसे दफ्तर में छोड़ आना चाहिए था, उसे हमेशा अपने साथ ले आता। विधवा ने मुझे बताया – "वह अपने रजिस्टरों पर झुका अक्सर आधी रात के बाद भी जागता रहता था। मैं उसके खांसने की आवाज सुनती।" नीचे आकर कहती– 'इतनी मेहनत मत करो, अपनी सेहत का खयाल रखो।' पर वह सुनी-अनसुनी कर देता था।

कई बार वह कर्कश स्वर में कहता–'मेरे हिसाब में एक आने की कमी है; जब तक वह कमी पूरी न हो जाए, मैं नहीं सोऊंगा।' कई बार मैं खुद सिक्का जमीन पर गिराती और फिर उठाकर उससे कहती–'यह लो, मुझे फर्श पर पड़ा मिला है पर वह मेरी इस चालाकी को समझ जाता। जब तक गलती मालूम न हो जाती, वह सुबह के नाश्ते तक बैठा हिसाब जोड़ता रहता।"

चाहे यह व्यक्ति लखपती था; पर उसका पारिवारिक जीवन सुखी नहीं था, पारिवारिक प्रसन्नता नहीं थी। बीबी-बच्चों से उसका कोई लगाव नहीं था। वह दूसरों की तरह कभी मनोरंजन नहीं करता था। वह हमेशा सोचता, योजनाएं स्थिर करता और बड़बड़ाता रहता था कि मौत ने उसे आ दबोचा।

जब आप अपनी फैक्टरी या दफ्तर का दरवाजा बन्द करें अपनी परेशानियां भी अन्दर बन्द कर दें। उन्हें क्लब में, खेल के मैदान में या दोस्तों की महफिल मे अपने साथ मत ले जाइए। जब घर की देहलीज में कदम रखें तो समझें कि सामने की दीवार पर यह मॉटो लिखा हुआ है-'यहां बिजनेस के बारे में सोचना या बात करना बिलकुल मना है।"

दिन-भर खूब काम करें। शाम को जब उठने लगें तो उस पर 'सब ठीक है' लिख दें। फिर रात को कोई चिन्ता, कोई परेशानी आपको नहीं सताएगी। आपका दिन का काम खत्म हुआ। वह अतीत के गर्भ में चला गया और अब आपका कोई सम्भव प्रयत्न वापस नहीं ला सकता। वह हमेशा के लिए चला गया-पनचक्की उस पानी से नहीं चल सकती, जो बहकर आगे निकल गया है।

पीछे झांकने की आदत उतनी ही हानिकारक है, जितनी की बहुत आगे झांकने की आदत। आज का दिन, आज का दिन है। इसका भरसक उपयोग कीजिए, अपनी बेहतरीन शक्ति लगाइए। फिर कल के लिए सोचने की जरूरत नहीं रहेगी।

घर जाकर हंसिए, खेलिए, आनन्द उठाइए। यह सोचकर कि क्या हो सकता था और आप क्या नहीं कर पाए, अपनी मूल्यवान् शक्ति नष्ट न कीजिए। घर आकर आप यह सोचिए- 'यह मेरा पावर-हाउस है। यहां मुझे कल के काम के लिए शक्ति, बल और उत्साह प्राप्त होता है। यहां मेरे आदर्श पालिश होते हैं।'

मैं एक व्यक्ति को जानता हूं। वह जहां भी जाता है–गाड़ी में हो, किसी सार्वजनिक सम्मेलन में हो–उसका सेक्रेटरी उसके साथ होता है। वह हमेशा उससे चिट्ठी-पत्री लिखवाता रहता है। मालूम यह पड़ता है कि उसका बड़ा भारी कारोबार है। लेकिन जो लोग उसे जानते हैं, उन्हें मालूम है कि वह एक मामूली फर्म का मालिक है और एक ऐसा अयोग्य व्यक्ति है, जो दफ्तर के दौरान अपना काम पूरा नहीं कर सकता।

आदमी को काम से इसलिए छुट्टी कर लेनी चाहिए कि एक ही विषय पर बहुत देर तक सोचते रहने से दिमाग की गम्भीर हानि होती है। मन ताजगी, उत्साह और संतुलन खो बैठता है और समस्या में गहरा पैठने की सामर्थ्य नहीं रहती। कमान अगर हमेशा तनी रहे तो वह अपनी लचक खो बैठती है। इसलिए आदिवासी तीर छोड़ने के बाद उसकी डोरी खोल देते हैं, क्योंकि वे जानते हैं कि जो कमान हमेशा तनी रहे, उसकी तीर छोड़ने की शक्ति नष्ट हो जाती है। मस्तिष्क भी कमान के समान है। उसका अधिक तने रहना अच्छा नहीं।

लेकिन ऐसे व्यापारियों की कमी नहीं, जो समझते हैं कि दिमाग हर वक्त सोच सकता है; और उन्हें बड़ी हैरानी होती है, जब उनकी सेहत अचानक बिगड़ जाती है और वे चालीस तक पहुंचते-पहुंचते बूढ़े हो जाते हैं; लेकिन उनके डाक्टरों को जरा भी हैरानी नहीं होती।

आरामदेह नींद के शत्रु

उनींदेपन के अलावा शायद कोई दूसरा रोग ऐसा नहीं होगा, जिसके लिए इतनी दवाएं तजबीज की जाती हैं। इनमें से कुछ दवाएं ऐसी हैं, जो उनींदेपन का इलाज करने के बजाय उनींदापन लाने

के लिए उपयोगी सिद्ध हो सकती हैं, क्योंकि उनसे दिमाग में तनाव बढ़ता है और परिणामस्वरूप रक्त दिमाग से बाहर जाने के बजाय उसमें बना रहता है।

उनींदेपन को दूर करने के सिर्फ दो ही उपाय हैं–एक यह कि कारण दूर करो और दूसरे जब नींद न आ रही हो तो सोने की कोशिश मत करो। जितनी आप सोने की कोशिश करते हैं, उतना ही अधिक उसके लिए मानसिक प्रयत्न करना पड़ता है, उतना ही अधिक रक्त बाहर जाने के बजाय दिमाग में रहता है। जब तक दिमाग में खून है, सो जाना सम्भव नहीं है। दिमाग जब सो रहा हो तो उसमें अपेक्षाकृत खून बहुत कम होता है। यही कारण है, भर पेट खाने के बाद हम ऊंघने लगते हैं। तब खून दिमाग से पचाने वाले अंगों में चला जाता है।

मानसिक क्रिया के अनुपात से खून दिमाग में रहता है; इसलिए उनींदेपन का रोगी अगर जल्द सोना चाहता है तो उसे जरा भी चिन्ता नहीं करनी चाहिए।

कुछ लोग नींद लाने के लिए पुस्तक पढ़ते हैं, या सेंडविच खाते हैं, या गर्मागर्म दूध पीते हैं। मैं कोई भी अप्राकृतिक उपाय अपनाने के विरुद्ध हूं। उनींदेपन के परिणामों के भय ही से उनींदापन उत्पन्न होता है।

यह विश्वास कि उसे नींद नहीं आएगी, उनींदापन के रोगी के लिए बहुत खतरनाक है। जब सोने के प्रयत्त असफल होते हैं तो वह घबरा जाता है। वह पहले ही यह महसूस करने लगता है कि रात बेचैनी से कटेगी। फिर जितना ही वह सोने की कोशिश करता है, उतनी ही आंखें खुली रहती हैं, क्योंकि चिन्ता और घबराहट के कारण फालतू रक्त मस्तिष्क में रहता है। अगर नींद न आ रही हो तो बिना घबराए यह कहना चाहिए इससे क्या फर्क पड़ता है? जब तक नींद नहीं आती, मैं आराम से लेटा हुआ हूं। फिर जाने कब नींद आ जाएगी। कुछ लोग

ठंडे पानी से नहाकर अथवा व्यायाम करके उनींदापन दूर करते हैं। इससे दिमाग का खून पुट्ठों और डोलों में आ जाता है। मानसिक प्रयत्न करने के बाजाय यह बेहतर उपाय है।

उनींदेपन के बहुत-से रोगी जागते रहने की हानि बढ़ा-चढ़ाकर कहते हैं, क्योंकि उन्हें दूसरे दिन थकावट महसूस होती है। यह थकावट खून में विष एकत्रित हो जाने का नतीजा है।

अगर आप इस विश्वास के साथ बिस्तर पर लेटें कि आपको नींद नहीं आएगी, क्योंकि आपकी हालत सामान्य नहीं है, क्योंकि आपने कॉफी पी ली है अथवा कोई ऐसी चीज खा ली है जो आपके मिजाज के मुताबिक नहीं है, तब वह चीज आपको जरूर परेशान करेगी।

इसके विपरीत नकारात्मक मानसिक स्थिति नींद फौरन लाती है। और वह भोजन अथवा पेय के कुप्रभाव को दूर कर देती है। स्थिति अथवा माहौल से ऊपर उठ जाओ। मैं एक आदमी को जानता हूं, वह जब भी चाहे कॉफी पीता है-आधी रात को भी पी लेता है और इसके बावजूद घोड़े बेच कर सोचता है।

जब बिस्तर पर लेटो तो यह धारणा बना लो कि नींद अभी आ जाएगी, रात-भर आराम से सोओगे और सुबह ताजादम जागोगे। अपने अवचेतन को विश्वास दिलाओ कि तुम्हारे लिए सो जाना ही ठीक है, यही प्रकृति है और इसके अलावा सब अप्राकृतिक है। रात को बार-बार जागना भी एक आदत है। जिस बात को हम दो-चार बार दोहराएं, वह फिर आप ही आप होने लगती है। अपनी सोने की क्षमता में विश्वास सौ इलाज का एक इलाज है। इस पर अविश्वास मत करो। यह विश्वास कि आप सोने जा रहे हैं, इसे अपनी आदत बना लो।

बिस्तर सोने के लिए है, सोचने या चिन्ता करने के लिए नहीं। यह कोई भी ऐसा भाव मन में लाने का स्थान नहीं, जो रक्तचाप को

बढ़ाए। यह वह स्थान है, जहां दिन-भर की सरगर्मियां भुला दी जाएं। यह निश्चिन्त होकर लेटने और विश्राम करने का स्थान है।

अगर आप सोते समय अपनी महत्त्वाकांक्षा, अपने आदर्श का चिंतन करें अर्थात् अपने विराट् रूप से बातचीत करें तो सोते समय आपका अवचेतन मन उसे आपके अस्तित्व का अंग बना देगा। सुबह जब आपकी आंख खुलेगी तो आप अपने भीतर अधिक विश्वास, अधिक साहस पाएंगे और विजय-भाव से ओतप्रोत होंगे। भविष्य के बारे में भय और शंकाएं कम हो जाएंगी।

यह कथन बिलकुल सही है कि 'चिन्ता हमें काम से अधिक थकाती है।' अगर हम उदास, हताश और निराश मन लेकर बिस्तर पर जाएं तो अंग-अंग दुःख रहा और शरीर टूट रहा होता है। आइना देखें तो चेहरा अप्रतिभ है, उस पर उत्साह का कोई चिन्ह नहीं है। ऐसी स्थिति मे आधा दिन शरीर को चुस्त बनाने और शक्ति बहाल करने में बीत जाता है।

अक्सर आदमियों पर बुढ़ापा दिन के बजाय रात को आता। दिन को जब वे काम में व्यस्त होते हैं तो उन्हें अपनी बीमारी, विपदा और व्यापारिक उलझनों के बारे में सोचने की फुरसत ही नहीं होती; लेकिन रात को जब बिस्तर पर लेटते हैं तो चिन्ताओं और परेशानियों के भूत-प्रेत मस्तिष्क में नाचने लगते हैं।

रात को जब हम परेशान होते हैं तो नाड़ी बड़ी तेज चलती है और अनियमित होती है। कुछ भय और चिन्ताएं ऐसी होती हैं कि उनसे रक्तचाप बहुत ज्यादा बढ़ जाता है। रक्त-प्रभाव अस्त-व्यस्त हो जाता है, दिल की धड़कनें कमजोर और अक्सर अनियमित होती हैं। गालों में खून चढ़ आता है। पुरानी चिन्ताओं से पुराने रोग पैदा हो जाते हैं और मेदे की पाचन शक्ति बिगड़ जाती है।

जो लोग रात को सो नहीं सकते और चिन्ताओं से परेशान रहते हैं, उन्हें गिल्टियों का रोग लग जाता है। डॉक्टरों का कहना है कि शक्कर की बीमारी भी पुरानी परेशानियों से पैदा होती है।

रात को मामूली परेशानियां भी भयंकर रूप धारण कर लेती हैं। जैसे अंधेरे में बहुत-सी चीजें बच्चों के लिए दानवाकार बन जाती हैं, वैसे ही ये रात को बड़ों के लिए दानवाकार बन जाती हैं। बच्चे की कल्पना अंधेरे मे भयंकर जीव-जन्तु देखती है और इस मामले में हम बड़ी उम्र के बच्चे ही हैं।

कल्पना को जब दिन में ठीक ढंग से इस्तेमाल किया जाए तो वह एक शानदार सहयोगी मित्र है; पर अगर हम रात को दिन की उलझनों और परेशानियों पर विचार करने लगें तो यह शत्रु बन जाती है। कल्पना एक प्रकार का टेलिस्कोप है, जिसमें हम अपनी विपदाओं और मुसीबतों को बढ़ा-चढ़ाकर देखते हैं।

मैं ऐसे लोगों को जानता हूं, जो रात को बिस्तर पर जाते हुए घबराते हैं क्योंकि वहां वे देर तक पड़े करवटें बदलते रहते हैं और सोने से पहले बहुत दिमागी परेशानी उठाते हैं।

दरअसल परेशान दिमागों को नींद बहुत कम आती है। अक्सर लोग इसे समझते ही नहीं, क्योंकि उनकी यह आदत बन चुकी है। परेशान दिमाग को राहत देने वाली आरामदेह नींद आ ही नहीं सकती।

लोग नहीं समझते कि हम हर रोज क्यों सोते हैं, अपने जीवन का एक-तिहाई भाग बिस्तर पर क्यों बिताते हैं। इसका एकमात्र उद्देश्य काम से थक जाने के बाद ताजादम होना है। शरीर की मशीनरी दिन-भर काम करने से घिस-पिट जाती है और नींद उसे ओवरहाल कर देती है। यह तभी सम्भव है, जब हम बिलकुल निश्चिन्त होकर, घोड़े बेचकर सोएं।

काहे होत अधीर

"जल्दी मत करो, हमारे पास खाने के लिए समय नहीं है।" एक बड़े सर्जन ने अपने सहायक से कहा। वह एक औरत की जिन्दगी बचाने के लिए एक गम्भीर ऑपरेशन करने जा रहा था। सर्जन जानता था कि इस समय दिल और दिमाग को शान्त रखना निहायत जरूरी है। जल्दबाजी से दिमाग घबरा जाता है। घबराहट में आदमी गलती करता है और समय नष्ट होता है।

क्या आपने कभी देखा कि जब आपको दफ्तर पहुंचने में देर हो रही हो तो आप जल्दी-जल्दी कपड़े पहनते हैं और आपकी अंगुलियां कहीं-की-कहीं जा पड़ती हैं? आप बटन टटोलते रह जाते हैं, कोई चीज गिर पड़ती है, टाई की गांठ बहुत भद्दी लगती है। अगर आप जल्दी मचाने के बजाय धीरे-धीरे शान्त मन से कपड़े पहनते हैं तो निश्चित रूप से आपका कम समय लगता।

और इस दौरान में आपके अन्दर क्या हो रहा है? चिन्ता का शैतान आप पर आ कब्जा जमाता है। वह शोर मचाता है–'जल्दी, जल्दी, जल्दी! यह बस अथवा यह गाड़ी मिस न हो जाए!'

जल्दबाजी हमारी आदत बन गयी है और यह एक बुरी आदत है। हम जल्दी-जल्दी नाश्ता करते हैं, गाड़ी या बस पकड़ने के लिए हो-हल्ला करते हैं और दिन-भर आग बुझाने वालों की तरह दौड़ते रहते हैं। इस दौड़-धूप में अपनी उम्र बरबाद कर लेते हैं। गोया हम श्मशान की ओर दौड़ते रहते हैं।

कुछ दिन पहले मैं एक आदमी से उसकी इसी आदत के बारे में बात कर रहा था। वह बोला–'मेरे दोस्त, मैं जल्दी चलने का इतना अभ्यस्त हो चुका हूं कि घर पर भी चैन से नहीं बैठ सकता। भोजन

के उपरान्त अगर मुझे बाहर न जाना हो तो मैं कमरे में ही इधर से उधर घूमने लगता हूं। मैं बैठकर आराम नहीं कर सकता। अगर बैठ जाऊं तो तबीयत बेचैन रहती है। अगर मैं हफ्ते-दो, हफ्ते की छुट्टी मनाऊं तो उससे कुछ अन्तर नहीं पड़ता। जल्दबाजी और उतावलापन मेरे जीवन का अंग बन चुका है।'

यह मनुष्य अपने भीतरी तनाव और बेचैनी के कारण कुर्सी के बाजू अनजाने ही मजबूती से पकड़े रहता है। जब वह कार में बैठा हो तो उसका कोई भाग यों पकड़े रहता है, जैसे सीट से ऊपर उठने की कोशिश कर रहा हो। वह एक क्षण के लिए भी शान्त नहीं रहता। यही कारण है कि वह हर काम अस्थिर मन से जल्दी-जल्दी कराता है।

तनाव के मरीज अपनी नसों और पुट्ठों को मजबूती से पकड़े रहते हैं। उन्हें इस तनाव से कभी राहत नहीं मिलती। ऐसे लोग बड़े ही भावुक चिड़चिड़े और अधीर होते हैं। कोई भी काम ढंग से करने के लिए उनके पास समय नहीं होता।

जब नसें तनी हुई हों तो समझ लो कि दिमाग में भी तनाव है, क्योंकि नसें विचार का आदेश मानती हैं। अधिक तनाव के कारण नाड़ियां काम करने से रह जाती हैं। जो लोग हमेशा उतावले और अधीर रहते हैं, वे बीमारियों को निमन्त्रित करते हैं।

दिल्ली और बम्बई जैसे बड़े शहरों में आपको अक्सर ऐसे महत्त्वाकांक्षी व्यापारी या नेता मिलेंगे, जो हर वक्त इधर से उधर दौड़ते रहते हैं और एक मिनट के लिए भी आराम से नहीं बैठते। जब वे थककर चकनाचूर हो जाते हैं, महत्त्वाकांक्षा तब भी उन्हें कुछ न कुछ करने के लिए उकसाती रहती है।

महत्त्वाकांक्षा उनके लिए रोग बन जाती है, जिसे वे समझ नहीं पाते। अगर उनसे गली में भेंट हो जाए, तो वे बात करने के लिए रुकेंगे

नहीं। अगर आप उन्हें प्रणाम करें तो वे झट घड़ी दिखाकर बताएंगे, हमें एक जगह पहुंचना है और पहले ही देर हो गई है। वे हमेशा हबड़ा-तबड़ी में रहते हैं, और देखने में लगता है कि कोई अदृश्य हाथ उन्हें पीछे से हांक रहा है।

ऐसे महत्त्वाकांक्षी लोगों की हालत बड़ी करुणाजनक होती है। उनकी हालत उस खरगोश के समान है, जो शिकारी से बच निकला है और अंधाधुंध भाग रहा है। भागते-भागते थक गया है, फिर भी ठहर नहीं सकता, क्योंकि उसे पीछा कर रहे कुत्तों की आवाज सुनाई पड़ती है। ऐसे लोगों को देखकर यही प्रभाव मन पर पड़ता है।

जैसे-जैसे उद्योगीकरण बढ़ रहा है, अधीरता और चिन्ता हमारा राष्ट्रीय स्वभाव बनती जा रही हैं। वे स्वास्थ्य और प्रसन्नता की दुश्मन हैं। पहले लोग बुढ़ापा, तपेदिक या हैजे से मरते थे, लेकिन अब हृदय-रोग की नई बीमारी चल पड़ी है। इस रोग से लोग एक मिनट में खत्म हो जाते हैं। वे कुर्सी या बिस्तरे में निर्जीव पड़े मिलते हैं।

उतावले व्यक्ति के बारे में यह चुटकुला कि 'वह सुबह का समय बचाने के लिए रात ही को नाश्ता कर लेता है,' बहुत ही दिलचस्प है। ऐसे मूर्खों की कमी नहीं। वे नाश्ता जल्दी-जल्दी निगलते हैं, और अन्तिम ग्रास मुंह में रखकर चल पड़ते हैं। चलती बस या गाड़ी पकड़ने की कोशिश में वे अपने प्राण या शरीर का कोई अंग जोखिम में डाल देते हैं। दरअसल उनका सारा जीवन हबड़ा-तबड़ी और बेचैनी में गुजरता है। लेकिन लाभ? इससे समय की भी बचत नहीं होती। जो लोग बहुत 'जल्दी करो, जल्दी करो' मचाते हैं, वे दरअसल 'अधीर मन, रफ्तार कम' की प्राचीन कहावत को चरितार्थ करते हैं।

मैं ऐसे लोगों को जानता हूं, जो अगर किसी दिन जल्दी न मचाएं

और अपने दिमाग में तनाव महसूस न करें तो समझते हैं कि उन्होंने कोई काम नहीं किया। वे हबड़ा-तबड़ी को ही बिजनेस समझते हैं, यह नहीं सोचते कि अधीर मन रचनात्मक काम नहीं कर पाता।

बहुत-से लोग अपने-आपको चुस्त-चौकस रखने के लिए नशे का प्रयोग करते हैं, सिगरेट और सिगार फूंकते हैं, शराब पीते हैं और तरह-तरह की दवाएं खाते हैं। वे समझते हैं कि वे बिजनेस कर रहे हैं, दरअसल वे अपनी कब्र खोद रहे होते हैं।

मैं एक व्यापारी को जानता हूं, जो सुबह दफ्तर में आते ही बड़ा हो-हल्ला मचाता है-"यह स्टूल यहां से हटाओ। वह ट्रे वहां क्यों पड़ी है?" छोटी-छोटी चीजें उसे बहुत परेशान करती हैं। नतीजा यह होता है कि वह इन्हीं से अपने को इतना थका देता है कि जब असल बड़ा काम करने का समय आता है तो उसे करने के लिए समुचित शक्ति और धैर्य नहीं रहता।

अजीब बात है कि लोग इतने महत्त्वाकांक्षी हैं कि अपने समय के हर क्षण का सदुपयोग करना चाहते हैं और अपनी शक्ति के हर औंस को काम में लगा देना चाहते हैं, दरअसल वही अपना समय और शक्ति अधिक बरबाद करते हैं। इस मामले में अंग्रेज दूसरों से ज्यादा समझदार हैं। वे अपना काम धीरज मन से करते हैं, उनके लंच का समय लम्बा होता है और तिपहरी में चाय पीने के लिए सुस्ताते हैं। इससे काम करने की क्षमता बढ़ती है, सेहत बढ़ती है और उम्र बढ़ती है।

लगातार हबड़ा-तबड़ी से दिमाग में भाप चढ़ जाती है, जो काम की रफ्तार को मद्धिम कर देती है और विचार-शक्ति कुंठित हो जाती है।

अगर आप अपने मन को शान्त रखें और इस भाप को पैदा ही

न होने दें, घर लौटकर विश्राम करें, रात को निश्चिन्त होकर सोएं, तो आप बहुत-सी मानसिक और शारीरिक शक्ति को नष्ट होने से बचा सकते हैं।

कुण्ठित व्यक्तित्व

जिस मस्तिष्क में विनाशकारी व्यर्थ विचार भरे हों, वह उस बाग के समान है, जिसमें घास-फूस उगी हो। अगर आपके मन में भय, निराशा, ईर्ष्या और हीन भावनाएं भरी हैं, तो उसमें उत्कृष्ट सुन्दर भावनाओं के लिए कोई स्थान नहीं रहेगा। घास-फूस और फूल एक साथ उग और बढ़ नहीं सकते।

घास हर प्रकार की मिट्टी में जल्द जड़ पकड़ जाती है और फिर वह कोई उपयोगी चीज उगने नहीं देती। चिन्ता भी इस घास के सदृश है और उसने जाने कितने व्यक्तियों का विकास कुंठित किया है।

संतों का कहना है–"चिन्ता मन का रोग है, चिन्ता चिता समान।" इसमें जीवन का अनुभव समो दिया गया है, तन के रोगी को चैन मिल सकता है, पर मन के रोगी को चैन मयस्सर नहीं है। वह दिन-रात अपनी आग में सुलगता रहता है। चिंता से भूख मर जाती है, व्यक्तित्व का विकास रुक जाता है और वह जिंदा भी शव के समान है।

बहुत-से लोग अपना सारा जीवन चिंता में बिताते हैं। एक ओर भूख और गरीबी बचपन ही से उनके व्यक्तित्व को कुंठित करती है और दूसरी ओर माता-पिता उनके मस्तिष्क में तरह-तरह के अन्धविश्वास, भय और भ्रम ठूंस देते हैं। नरक-स्वर्ग, पुण्य-पाप और भूत-प्रेतों के जो अस्पष्ट और भयंकर विचार उनके मन में भर दिए जाते हैं, वे

उम्र-भर उनका पीछा नहीं छोड़ते। स्वतंत्र सोचने और स्वतंत्र रूप से काम करने की उनमें प्रतिभा और इच्छा ही पैदा नहीं होती। छोटे- छोटे झूठ, जिन्हें वे महान सत्य समझते हैं, उनकी जिन्दगी का रोग बन जाते हैं।

भय मनुष्य से उसकी जबान छीन लेता है। जो लोग जन्म के दब्बू और भीरु हैं, वे अपने मनोगत भाव कभी व्यक्त नहीं कर सकते। उन पर मूड के दौरे पड़ते हैं। उन्हें अपने सामने हमेशा कुछ ऐसा दिखाई देता है, जिससे वे डरते हैं।

मैं एक महिला को जानता हूं। अगर वह किसी-न-किसी बात को लेकर चिन्तित न हो तो वह समझती है कि मैं अपने पारिवारिक कर्तव्य का पालन नहीं कर रही। किसी बच्चे को मामूली सिरदर्द है, जरा जुकाम है, तो वह उसके लिए बेचैन और परेशान रहती है। अगर बच्चे स्कूल में पढ़ने गए हों, तो उसे यह चिन्ता लगी रहती है कि लौटते समय बस या कार के नीचे न आ जाएं, अगर वे देहात में घूमने गए हों, तो वह सोचती रहती है कि कहीं किसी पेड़ पर से न गिर पड़ें और किसी नदी या तालाब में न डूब जाएं। अमंगल की आशंका उसे हर वक्त सताया करती है।

मेरे एक मित्र की पत्नी का भी यही हाल है। मित्र की उम्र पैंतालीस साल के करीब है और वह तीन बच्चों का बाप है, लेकिन उसे दफ्तर से लौटने में जरा भी देर हो जाए तो पत्नी टेलीफोन खटखटाती है, पूछती है कि वे अब तक घर क्यों नहीं पहुंचे। एक दिन उनका बड़ा लड़का, जिनकी उम्र सत्तह साल है, अपने सहपाठी की वर्षगांठ पर उसके घर चला गया। सहपाठी ने उसे रात को लौटने नहीं दिया, अपने पास ठहरा लिया, लेकिन लड़के की मां को नींद नहीं आई। वह रात-भर चिन्ता में घुलती रही। सुबह-सवेरे उठकर बच्चे की खबर लेने गई।

बच्चा तो सकुशल घर पहुंच गया, लेकिन मां खुद सर्दी लग जाने से बीमार पड़ गई।

क्या आपने कभी सोचा कि कितने प्रतिशत लोग जिन्दगी-भर जेल में बन्द रहते हैं? अफसोस की बात यह है कि इस जेल का निर्माण वे खुद करते हैं। वे अपने ही सन्देहों, भ्रमों और चिंताओं की चारदीवारी में बन्द रहते हैं।

मैं एक आदमी को जानता हूं। जवानी की एक गलती ने उसकी सारी जिन्दगी खराब कर दी है। इस गलती के लिए उसने चन्द महीने जेल भी काटी, पर वह अपनी गलती को भुला नहीं सका। वह उसके तन का रोग बन गई है और वह उसी के कारण जल्दी मर जाएगा। वह एक भला आदमी है और जीवन को सफल बनाने के लिए सख्त मेहनत करता है, पर अतीत का यह पाप उसका पीछा नहीं छोड़ता। उसे डर है कि कहीं उसकी बीबी और बच्चों के कान में इस पाप की भनक न पड़ जाए। वह अखबार की सुर्खियां पढ़ते हुए डरता है कि कहीं उसका पाप तो नहीं छप गया। उसने मुझे बताया कि उसने अपने दफ्तर में विष रख छोड़ा है, जिसे वह अपने इस पाप के अखबार में छपते ही खा लेगा। और उसे विश्वास है कि यह एक-न-एक दिन जरूर छपेगा।

उसके लिए जीवन कितना भयंकर है! वह कहीं भी जाए, एक काला बादल सिर पर मंडराता है। वह इसकी परछाई से नहीं बच सकता। चालीस साल से यह परछाई उसका पीछा कर रही है। इसके कारण वह जल्द बूढ़ा हो गया।

दुःख जो वह भोग रहा है, इससे उसके पाप का प्रायश्चित भी नहीं होता। अगर वह प्रायश्चित करके अतीत को भुला सकता, तब भी कोई बात थी। इससे तनिक भी लाभ नहीं। इसके कारण उसके भविष्य को

ग्रहण लगा हुआ है। उसके मन की शान्ति नष्ट हो गई है और वह इत्मीनान से काम नहीं कर पाता।

आपको 'पिलग्रिम्ज प्रोग्रेस' के क्रिश्चन की कहानी याद होगी।

वह पीठ पर बहुत-सा बोझा लादकर किस तरह यात्रा पर रवाना होता है! आज हममें से अधिकांश ऐसे ही बोझ तले झुके हुए लड़खड़ा रहे हैं। हमने हर तरह के भय, सन्देह और अन्धविश्वास अपनी पीठ पर लाद रखे हैं। हम उनके मारे सीधे खड़े नहीं हो सकते। इस भयंकर बोझ ने हमें वक्त से पहले बूढ़ा बना दिया, सिर्फ इतना ही नहीं, अतीत के बोझ से हम पहले ही इतने लदे हुए हैं कि आज के बोझ को उठाने में समर्थ नहीं हैं और कर्तव्य का पालन करने में अक्षम हैं। हमारी पीठ पर बहुत ज्यादा बोझ है।

हममें से अक्सर ने यह बोझ बचपन से उठाना शुरू किया और जिन्दगी-भर यह बढ़ता ही रहा। अब इसके मारे हमारे हाथ धरती को जा लगे हैं। पर इससे हमें लाभ क्या हुआ है? यह बोझा ढोने से हमें प्राप्त क्या हुआ है? कुछ नहीं, बल्कि हमारी शक्ति का ह्रास हुआ है और हमारे सपने धुंधले पड़ गए हैं। कमर झुक जाने के कारण हम दूर तक नहीं देख सकते।

एक मामूली परेशानी को मन में स्थान देने से दूसरी परेशानियों के लिए रास्ता खुल जाता है, फिर उनके पीछे और आती हैं, और आती हैं, यहां तक कि वे हमारे पूरे मन पर अधिकार जमाकर हमारे प्रयत्नों की हत्या कर डालती हैं।

कुछ लोगों को मौत का भय है। वे ज्योतिषियों के पास भागे फिरते हैं, और इसी चिन्ता में उम्र के कई साल कम कर लेते हैं। जब आप जानते हैं कि एक तथ्य को आप किसी उपाय से भी नहीं टाल सकते, तो फिर चिन्ता क्यों करते हैं? जितने दिन जीना है, उतने दिन तो प्रसन्न रहें।

हजारों-लाखों आदमी ऐसे हैं, जो व्यर्थ की चिन्ताएं पालकर अपनी पचास प्रतिशत आयु व्यर्थ खो देते हैं। जब भी आप किसी भ्रम या चिन्ता में ग्रस्त होते हैं, अपनी भीतरी शक्ति बाहर बह जाने के लिए फाटक खोल देते हैं। उन फाटकों और नालियों को बन्द कर दो, जिनके द्वारा आपकी जीवन-शक्ति बहकर नष्ट हो रही है।

भय, भ्रम, ईर्ष्या आदि आपके शत्रु हैं, उन्हें उनके विघ्न उपायों द्वारा नष्ट कर दो। इसके लिए मानसिक रसायन का मामूली ज्ञान काफी है। दो विपरीत विचार अथवा भावनाएं एक साथ मन में नहीं ठहर सकतीं। एक दूसरी को खत्म कर देगी। घृणा प्रेम की उपस्थिति में एक क्षण नहीं ठहर सकती, चिन्ता और भय, साहस और निश्चय की मौजूदगी में भाग खड़े होते हैं।

जो बातें मन को विपन्न और कुंठित बनाती हैं, उन्हें पास मत फटकने दो। कुंठित मन का मतलब है कुंठित व्यक्तित्व।

संयम

आत्मनियंत्रण की शुरुआत विचार से होती है। जो विचार हमारा स्वभाव बन जाए, उसे धीरे-धीरे सारा शरीर आत्मसात् कर लेता है, अगर हमारे विचार संयत हैं, अगर हम मानसिक क्रिया को नियंत्रित कर सकते हैं तो हम जीवन की समस्त परिस्थितियों का सामना करने में सक्षम हैं।

अगर हम देखें कि कोई व्यक्ति दलदल में फंसा हुआ है और बाहर निकलने के लिए संघर्ष कर रहा है, तो क्या हम निस्संकोच उसकी सहायता के लिए नहीं दौड़ेंगे? हम उसे और आगे धकेलकर उसकी जान

कदाचित् खतरे में नहीं डालेंगे। लेकिन जब कोई आदमी क्रोध में होता है, तो खुद शान्त रहकर उसे शान्त करने के बजाय हम भी आपे से बाहर हो जाते हैं और उसके क्रोध को बढ़ा देते हैं। लेकिन जो लोग गुस्सैल स्वभाव के हैं, वे हमेशा उनके कृतज्ञ होते हैं, जो उन्हें शान्त करते हैं और ऐसे शब्द कहने से बचाते हैं, जिनके लिए बाद में अफसोस करना पड़े।

हम जानते हैं कि अपनी भावनाओं और विचारों को उस समय संयत रखना कितना कठिन है, जब क्रोध खून गरमा दे। हम यह भी जानते हैं कि स्वभाव का गुलाम होना भी कितना खतरनाक है। इससे सिर्फ योग्यता और क्षमता का ह्रास होता है, बल्कि यह भी सिद्ध होता है कि हम हलके व्यक्ति हैं और अपने-आपको संयत नहीं रख सकते।

किसी लेखक का कहना है–अगर एक व्यक्ति किसी विकट स्थिति में घिर जाने पर अपना मन शान्त रखे तो उस स्थिति से उसके सुरक्षित निकलने की बड़ी सम्भावना है। और उस समय ठंडे और शांत मन से सोचने के लिए जो शक्ति दरकार है, वह उसी समय उत्पन्न नहीं होती, बल्कि दैनिक जीवन के सतत अभ्यास से आती है। संकट के समय उचित व्यवहार का निर्णय छोटी-छोटी घटनाओं में संयत व्यवहार से होता है। संकट में कई बार उन लोगों को भी शान्त करना होता है, जो मानसिक क्रिया-पंगु हो जाने के कारण अपने को शान्त नहीं रख सकते। असाधारण आचरण का तजाका ही यह एहसास दिलाने के लिए काफी है कि इस समय अपने को संयत रखने की जरूरत है।

एक बच्चा भी अपने अनुभव से यह सीख जाता है कि अगर उसने गर्म चीज को छुआ तो वह जलाएगी और तीखी चीज घाव करेगी। लेकिन हम बालिग उम्र के आदमी कभी क्रोध से बचना नहीं सिखते, जो जलाता और घाव भी करता है।

जो व्यक्ति अपने को संयत नहीं रख सकता, वह उस नाविक के समान है, जिसके पास कम्पास न हो, हवा उसे जिधर चाहे, ले जाए। क्रोध का हर झोंका और अविचार की हर तरंग उसे इधर से उधर ले जाती है और उसके लिए अपनी मंजिल पर पहुंचना असम्भव हो जाता है।

संयम मानव-चरित्र का बहुत बड़ा गुण है। उत्तेजित स्थिति में भी बिना क्रुद्ध हुए शान्त और स्थिर मन से दूसरे की आंखों में झांकने से बड़ा बल मिलता है। यह एहसास कभी-कभी नहीं, बल्कि आप हमेशा अपने-आपको संयत रख सकते हैं, आपके चरित्र को प्रतिभा और दृढ़ता प्रदान करता है।

जो आदमी अपने-आपको संयत नहीं रख सकता, जिसका मिजाज उसकी इच्छा के विरुद्ध बदलता रहता है, वह एक निर्बल व्यक्ति है और परीक्षा के क्षणों में भी वह निर्बल सिद्ध होगा।

जो अपना प्रभु आप है, जिसकी विचार-शक्ति प्रशिक्षित है, उसे घृणा और द्वेष को मन से निकालने में, अपने-आपको संयत रखने में और विपरीत परिस्थिति में उत्साही और प्रसन्न रहने में कठिनाई नहीं होगी। जैसे ड्राइवर रेलगाड़ी को एक पटरी से दूसरी पटरी पर ले जाता है, वह भी अपना मूड सहज में बदल सकता है।

गौतम बुद्ध ने अपने शिष्यों से कहा-"वह, जो क्रोध उत्तेजित होने पर मन को शान्ति की दिशा में मोड़ सकता है, जैसे वह रथ का रास्ता बदलता है, उसे मैं सारथी कहता हूं। जो ऐसा नहीं कर पाते, उन्होंने महज बागें थाम रखी हैं।"

फिर आगे कहा है-"मनुष्य क्रोध पर अक्रोध से, असाधुता पर साधुता से, कंजूसी पर उदारता से और झूठ पर सत्य से विजय प्राप्त करें।"

लोग अक्सर अपने दुर्भाग्य का रोना रोते दिखाई देते हैं। उन्हें हमेशा विपरीत परिस्थिति और मौसम की खराबी की शिकायत रहती है। वे हमेशा अपने नुकसान की, बीमारी की और दूसरों की बेमुरब्बती और बेवफाई की बात करते हैं। वे अपनी बातचीत में लोगों की निन्दा करते हैं, उनकी आलोचना करते और दोष निकालते हैं। वे नहीं समझते कि इसमें उनकी हानि है। अपने इस आचरण से वे अपना शारीरिक और मानसिक स्तर गिराते हैं।

वैज्ञानिकों का कहना है–"किसी भी एक ग्रह का संतुलन बिगड़ जाने से समस्त ब्रह्मांड अस्त-व्यस्त हो जाएगा।" इसी प्रकार किसी भी स्त्री और पुरुष का मानसिक संतुलन बिगड़ जाने से सारे शरीर में विकार फैलता है।

क्रोधावेश इसका उदाहरण है। असंयत क्रोध के कुछ क्षण मनुष्य के चेहरे को इतना विकृत कर देते हैं कि उस समय उसके घनिष्ठ मित्र भी उसे मुश्किल से पहचान पाते हैं। उस समय वह पागल होता है। क्रोध शान्त, गम्भीर और प्रसन्न मुखमुद्रा को एक राक्षस की भयंकर मुखमुद्रा में बदल देता है। इससे नाड़ी-मण्डल को जो आघात पहुंचता है, उसके कारण एक हृष्ट-पुष्ट, स्वस्थ व्यक्ति भी यों दिखाई पड़ता है जैसे वह एक लम्बी बीमारी से उठकर आया हो।

रासायनिक प्रक्रिया जिसने रस को विषाक्त बनाया, अपनी द्रुतगति में बिजली के समान है। कार्य और कारण के, मस्तिष्क और नाड़ियों के विषैला होने के दरमियान चेतना का एक भी क्षण नहीं बीतता। यह एक आकस्मिक विस्फोट है। क्रोध के उस असंयत क्षण में मनुष्य दूसरे को कई बार इतनी घातक हानि पहुंचा देता है कि होश आने पर खुद पछताता है और अपने प्राण तक देकर इस हानि के प्रभाव को दूर करना चाहता है। उसके मस्तिष्क में जब रासायनिक विस्फोट हुआ तो वह

मनुष्य नहीं, बर्बर था; क्योंकि उसे अपने-आप पर काबू नहीं था, वह आवेश का प्रभु बनने के बजाय उसका दास बन गया था।

मैं एक औरत को जानता हूं, जिसको क्रोध के दौरे पड़ते हैं। प्रत्येक दौरे के बाद उसे सिरदर्द हो जाता है। इन दौरों के दौरान ऐसा जान पड़ता है, जैसे उसमें भूत-प्रेत घुस आया हो। वह पागलों की तरह चीखती चिल्लाती है और अन्त में थककर बेहोश हो जाती है। इसमें तनिक भी सन्देह नहीं कि ये दौरे मस्तिष्क और नाड़ियों में विष फैला देते हैं और इसी का नतीजा सिरदर्द होता है।

क्रोधावेश से न सिर्फ शरीर में निहित कीटाणु प्रोत्साहित होते हैं, बल्कि मिरगी, जिगर और मेदे के रोग भी पैदा होते हैं। मस्तिष्क का विस्फोट इतना भयंकर होता है कि रक्त-प्रवाह की नाड़ी अगर कमजोर हो, जो बुढ़ापे में अक्सर कमजोर होती है, तो टूट जाने की सम्भावना रहती है। क्रोध के कारण दिमाग की नाड़ी फट जाने से कई बार मनुष्य की मृत्यु हो जाती है।

जो स्त्री और पुरुष सचमुच महान और गम्भीर हैं, विशाल हृदय रखते हैं, वे तुच्छ बातों से नहीं घबराते। अगर ऐसा व्यक्ति कहीं जाना चाहता है तो वह बस या गाड़ी न पकड़ सकने पर अथवा वर्षा आ जाने पर रोता-झींकता नहीं। अन्तिम समय अगर किसी प्रकार की बाधा पड़ जाने से वह न जा सके तो न सही। वह बिना बड़बड़ाए अपने को परिस्थिति के अनुकूल ढाल लेता है। इसके विपरीत आचरण उसका छोटापन है।

एक सुयोग्य लेखक का कहना है, "जिस तरह पानी सुखाकर अथवा नदी की दिशा बदलकर एक दलदल को हरा-भरा गेहूं का खेत अथवा फलदार बाग बनाया जा सकता है, उसी तरह जो व्यक्ति अपने मन को शान्त और संयत रखता है और विचार-तरंग की दिशा बदल सकता है, वह वीर, धीर और योगी है।

साहस

सुबह को जब आप अपने काम की शुरुआत करते हैं तो आपके मन में क्या विचार होते हैं? क्या आपकी मुखमुद्रा आपके इस मानसिक सन्देह को व्यक्त करती है, 'न जाने अब मुझ पर क्या बीतेगी?' अथवा क्या आप अपना काम साहसपूर्वक शुरू करते हैं?

मनुष्य, जो कभी साहस नहीं छोड़ता, वह कभी नहीं हारता। मिल्टन ने लिखा है, "लड़ाई हार गए तो क्या परवाह है, सब तो नहीं हारे? अपराजित निश्चय और साहस कभी हार नहीं मानता।"

यह एक पुरानी कहावत है कि 'हिम्मत का खुदा हाफिज।'

पहले भी और आज भी मनुष्य की महानता उसके साहस से मापी जाती है। अगर वह साहसी और पराक्रमी है, जैसे शेरशाह और शिवाजी थे, तो दुनिया उसके गुण गाती है, उसे वीर और निर्माता कहती है। उसके जीवन से बहुतों को प्रेरणा मिलती है। सभ्यता और संस्कृति का निर्माण हमेशा साहसी और दूरदर्शी लोगों ने किया है।

साहस का टॉनिक बेहतरीन मानसिक औषधि है। अगर आप आशावादी हैं, अगर आपको विश्वास है कि आप महान कार्य सम्पन्न कर सकते हैं, और आपकी आत्मा साहस से ओत-प्रोत है तो आपको कोई नहीं रोक सकता है। अगर कहीं पराजित भी होना पड़े तो पराजय क्षणिक होगी। अन्त में विजय आपके पांव चूमेगी।

इसके विपरीत अगर आप अपने को अकिंचन, हीन व्यक्ति समझते हैं और एक विशेष सीमा के आगे बढ़ सकने का आप में विश्वास और साहस ही नहीं है, तो आप कभी उस सीमा को लांघ नहीं सकते। आत्मनिन्दा और कायरता न सिर्फ उन्नति में बाधक है, बल्कि शारीरिक स्वास्थ्य को भी नष्ट कर देते हैं।

"साहस अवसर पहचानता है।" यह शेक्सपियर का कथन है। अगर आप कोने में बैठकर जिन्दगी बसर करें, तो यह बेहतरीन टॉनिक आपको कोई लाभ नहीं पहुंचाएगा। हर रात सोने से पहले और हर सुबह काम शुरू करने से पहले कहिए, 'मैं कर सकता हूं और करूंगा।' इसे अपना आदर्श बनाइए और इस विश्वास के साथ आगे बढ़िए कि कुछ भी आपकी पहुंच से बाहर नहीं है।

"मैं हमेशा का लड़ाका हूं-एक लड़ाई और-मैं इसे प्राणपण से लड़ूंगा।" ब्राउनिंग का कथन है। मृत्यु का मुसकराते हुए स्वागत करो। मानव-इतिहास में जो कुछ पठनीय है, वह साहस, वीरता और पराक्रम की कहानी है, जो असम्भव जान पड़ता था, उस पर विजय प्राप्त करने के दृढ़ निश्चय की कहानी है। दुनिया के वैज्ञानिक विचारक और विजेता असम्भव को सम्भव बनाते रहे हैं। इसीलिए वे नेता हैं। नेपोलियन ने कहा था, "कोई एल्प्स नहीं है।" वह अपनी सेना पहाड़ों के पार इटली में ले गया और विजय प्राप्त की। द्वितीय विश्वयुद्ध के नेताओं ने भी इसी अदम्य साहस का परिचय दिया।

चित्रकला, संगीत, साहित्य और विज्ञान का इतिहास पढ़िए, आपको मालूम होगा कि नेता हमेशा साहसी लोग रहे हैं। पिछले दिनों मैं तेनसिंह की कहानी पढ़ रहा था। वह एक साधारण कुली था। उसने कितने ही लोगों को एवरेस्ट पर चढ़ने का प्रयत्न करते देखा था। तेनसिंह ने बचपन ही में अपने मन में निश्चय कर लिया था कि एक दिन मैं संसार की इस सबसे ऊंची चोटी पर चढ़ूंगा। वह कई अभियानों में साहब लोगों के साथ ऊपर गया। बहुत-सी मुसीबतें झेलीं, लोगों को मरते देखा; मगर उसने हिम्मत नहीं हारी। हर बार नया अनुभव प्राप्त किया और चोटी पर चढ़ने के निश्चय को दोहराया; आखिर उसकी मनोकामना पूरी हुई और

उसने दुनिया की सबसे ऊंची चोटी पर विजय प्राप्त करके देश और राष्ट्र का नाम ऊंचा किया।

आप कितने विरोध, कितनी भ्रांतियों और कितनी विपदाओं का सामना कर सकते हैं? क्या विरोध आपको झुका लेगा या आप गर्दन अकड़ाकर अपना निश्चय दोहराएंगे? आपने अडिग रहकर कितना सहन किया है? यही परख है। आपकी सफलता का यही एक मापदंड है। अगर आप शिकस्त पर शिकस्त सहकर भी संघर्ष जारी रखते हैं, अगर आप अपने जीवन के अन्धकारमय दिनों में भी साहस की पताका फहरा सकते हैं तो दुश्मन आपको हरा नहीं सकता।

साहस क्या है? यह अनुभूति की शक्ति से उत्पन्न होने वाला विश्वास है। यह किसी भी संकट से जूझने का अदम्य निश्चय है। आत्मसम्मान, आत्माभिमान और आत्मविश्वास से हम साहस की भावना को विकसित कर सकते हैं। कोई भी बात जो हमारी योग्यता में हमारे विश्वास को दृढ़ बनाती है, वह हमारा साहस बढ़ाती है। जिस आदमी में आत्मविश्वास नहीं, वह साहसी नहीं हो सकता। किसी काम को करने का सामर्थ्य साहस नहीं; साहस उस काम के प्रति आपका रवैया है। और वही सफलता-असफलता की विभाजन-रेखा है। कोई व्यक्ति एक काम को भली-भांति कर सकता है; लेकिन अगर वह उसे अनिश्चित मन से डरते-झिझकते शुरू करता है, तो आधी बाजी उसी समय हार देता है।

आत्मविश्वास और साहस बच्चे की शिक्षा का महत्त्वपूर्ण भाग है हम दूध पीते बच्चों को साहस की शिक्षा नहीं दे सकते। ज्योंही बच्चा चलने लायक हो जाए, आप उसे अपनी शक्ति पर भरोसा करना और बिना भय के आगे बढ़ना सिखा सकते हैं। उसमें यह विश्वास पैदा कीजिए कि तुम कर सकते हो। यह विश्वास उसके सारी उम्र काम

आएगा। उसे शुरू ही से साहसी बनाओ। अगर साहस दृढ़ है तो वह सारी उम्र दृढ़ रहेगा और अगर कमजोर है तो कमजोर रहेगा। बाकी सारे गुण इसके अधीन हैं।

कई बार एक कमजोर, बीमार बल्कि चारपाई पर लेटी हुई औरत भी आपत्काल और संकटकाल में उत्तेजित होकर अदम्य साहस और धैर्य का परिचय देती है। उसमें यह परिवर्तन कैसे आया? हताश स्थिति ने उसमें यह साहस उत्पन्न किया। अगर यह गुण सारे कमजोर, बीमार और हमाश लोगों के चरित्र का स्थायी अंग बन जाएं तो मानव-जाति का कितना भला हो!

तैयारी से भी साहस बढ़ता है। सर्जन को विश्वास है कि वह एक मुश्किल और खतरनाक ऑपरेशन कर सकता है और इस विश्वास के पीछे उसका सालों का अनुभव और तैयारी है। निपुणता का अपने व्यवसाय के विशेषज्ञ होने का एहसास और यह एहसास कि हम दूसरों से शायद कुछ बेहतर कर सकते हैं, हमारे साहस को चार चांद लगा देता है। ब्वाय स्काउट का मॉटो और उनकी सफलता का रहस्य यह है, "तैयार रहो!"

कार्लाइल का कथन है, "अपने काम को समझो और फिर दानव की तरह उस पर पिल पड़ो।"

अक्सर एक वक्ता आरम्भिक संकोच और दुविधा को इस एहसास से दूर कर देता है कि उसे एक संदेश देना है-जिसके लिए वह शायद दूसरों से बेहतर तैयारी करके आया है और जो श्रोताओं के लिए उपयोगी है। कुछ वाक्य चाहे अटपटे हों, लेकिन वह शीघ्र ही सन्देश में लीन हो जाएगा।

हम युद्ध-क्षेत्र में साहस की बात बहुत सुनते हैं, लेकिन घर पर इसकी और भी अधिक आवश्यकता है। चाहे कुछ भी हो, हर एक

परिस्थिति में दुनिया का मुसकराते हुए सामना करने के लिए उत्कृष्ट साहस दरकार है। अपने विश्वास पर अडिग रहने और भीड़ के विरोध की परवाह न करने के लिए भी साहस की जरूरत है।

आपका सन्देश क्या है?

"आपने कल रात क्या सुना?"

"कौन-सा स्टेशन प्रसारित कर रहा था?"

"आपको इतिहास पर डॉक्टर 'क' का भाषण कैसा लगा?"

अब जबकि घर-घर में रेडियो है, हम इस प्रकार के सवाल अक्सर सुनते हैं। रेडियो खोलकर लोग संगीत, नाटक, भाषण जो भी चाहें, सुनते हैं। सशक्त स्टेशन लता मंगेशकर की आवाज हर जगह पहुंचा देते हैं। सूचना-प्रसारण एक विशाल उद्योग है, फिर भी इसके निर्माता कहते हैं कि इसका अभी बचपन है।

जब मैं वायरलेस की बात सुनता हूं तो मुझे एक और ब्रॉडकास्टिंग स्टेशन की याद आ जाती है, जो इतना ही सशक्त है और जो हजारों-लाखों सेटों तक अपना सन्देश भेजता है।

यह स्टेशन मानव-मस्तिष्क है; और जिन सेटों तक वह अपना सन्देश भेजता है, वे हमारे शरीर में फैले हुए सेल हैं। उनकी ग्रहण-शक्ति इतनी सूक्ष्म है कि केन्द्रीय मस्तिष्क के तनिक-से संकेत को झट पकड़ते हैं।

अगर आप उल्लास, साहस और विश्वास का संदेश भेजते हैं तो उनमें यही स्वर मुखरित हो उठता है और सारे शरीर में आनन्द की तरंग दौड़ जाती है।

इसके विपरीत अगर आप निरुत्साह, उदासी और परेशानी का संदेश भेजें तो ये सेल-रूपी नन्हे मस्तिष्क भी उदास और परेशान हो जाते हैं।

कोई भी सेल निर्जीव नहीं है। वे अपने कर्तव्य के प्रति सजग और जागरूक हैं और बड़ी तत्परता से शरीर के हर भाग की जरूरत पूरी करते हैं। उदाहरण के लिए एक ग्रुप भोजन पचाने और रक्त की नई सप्लाई पहुंचाने में लगा हुआ है, और दूसरा ग्रुप किसी दूसरे काम में व्यस्त है। जो कुछ हम उन तक पहुंचाते हैं, वे ईमानदारी से आगे पहुंचा देते हैं। इसीलिए जो सन्देश भी हम प्रसारित करते हैं, उसके प्रति हमें सतर्क और सावधान होना चाहिए। हमारे सन्देश का उन पर बड़ा प्रभाव पड़ता है।

बहुत-से लोग भोजन करने बैठते हैं, तो कहते हैं, "मुझे डर है कि इससे मेरा मेदा और खराब हो जाएगा। मुझे यह पसन्द है, मगर मैं इसे पचा नहीं सकता। पेट में कुछ गड़बड़ है।" जब आप यह विचार उन तक पहुंचाते हैं तो भोजन पचाने वाला सेल-ग्रुप ठीक ढंग से काम करेगा?

हमारे शरीर का हर सेल सोचता है, क्योंकि हम सिर्फ मस्तिष्क से नहीं सम्पूर्ण व्यवस्था से सोचते हैं। जिसे हम चेतना कहते हैं, वह शरीर के हर सेल की सक्रियता का परिणाम है, अकेले मस्तिष्क की नहीं।

अगर एक मेढक के भीतर से मस्तिष्क निकाल दिया जाए, तो वह अपने शरीर पर तेजाब की जलन को उसी तरह महसूस करता है, जैसे मस्तिष्क निकालने से पहले करता था। जलन को हटाने के लिए वह अपना हर एक पांव इस्तेमाल करता है। अगर एक टांग काट ली जाती है तो वह जलन हटाने के लिए दूसरा पांव इस्तेमाल करता है। इससे सिद्ध होता है कि दिमाग के अलावा शरीर के दूसरे भागों में भी चेतना है।

दिमाग निकाल लेने के उपरांत इसी प्रकार के परीक्षण दूसरे पशुओं पर भी किए गए हैं।

शरीर के किसी एक अंग पर विचार केन्द्रित करने से वह बहुत अधिक प्रभावित होता है। इससे जाहिर है कि उस अंग के सेल-रूपी नन्हे मस्तिष्क केन्द्रीय मस्तिष्क से प्रभावित होते हैं। अगर सेलों में चेतना न हो, वे सिर्फ निर्जीव प्रकृति-मात्र हों, तो उन पर यह प्रभाव नहीं हो सकता। मस्तिष्क में विचारों और भावनाओं की जो तरंगें उठती हैं, उनसे अंग की सक्रियता मद्धिम और तेज होती रहती है।

उदाहरण के लिए हम जानते हैं कि हमारे दुःख और भय से गुर्दे तुरंत प्रभावित होते हैं। अगर हमें भाषण देने जाना हो और हम श्रोताओं से घबरा रहे हों, तो इस घबराहट का असर गुर्दों पर पड़ता है। हमारा मेदा हमारी भावनाओं से प्रभावित होता है। अगर किसी सगे-सम्बन्धी अथवा मित्र की मृत्यु का तार आ जाए, तो पाचन-प्रक्रिया फौरन बन्द हो जाती है, गला सूख जाता है और हम ज्वर-सा महसूस करने लगते हैं। इस स्थिति में सभी अंग प्रभावित होते हैं और आघात अधिक गहरा हो तो कई बार मृत्यु भी हो जाती है।

अगर हम शरीर के किसी अंग पर ध्यान केन्द्रित करें, क्योंकि उस पर चोट लगी है, तो खून उस ओर दौड़ता है और दर्द बढ़ जाता है।

अगर हम शरीर के किसी अंग की दुर्बलता ही के बारे में सोचते रहें ता सेल-रूपी नन्हे मस्तिष्क प्रभावित होते हैं। वे उस अंग को स्वस्थ बनाने के प्रयत्न में पहले ही थक गए होते हैं, अब उनका काम और भी कठिन हो जाता है। कहने का तात्पर्य यह है कि निराशावादी विचार अंग के स्वस्थ होने में बाधक होते हैं, बल्कि असम्भव बना देते हैं।

इन छोटे स्टेशनों पर केन्द्रीय स्टेशन के प्रभाव को कई तरह परखा जा सकता है। यह न सिर्फ शारीरिक स्वास्थ्य को ही नियंत्रित कर सकता

है, बल्कि दूसरी क्रियाओं को भी।

अगर आप यह सोचकर सोएं कि आपको सुबह तीन बजे उठना है और आपको मन की शक्ति पर विश्वास है, तो वह अवश्य पूरे तीन बजे जगा देगा। अलबत्ता अगर आपको सन्देह है कि शायद न जगाए; तो संभव है कि आप न जाग सकें।

अगर आप मस्तिष्क को यह काम सौंपते हैं तो उस पर विश्वास भी कीजिए।

अजीब बात है कि प्रतिभा का संचालन अवचेतन मन करता है। चित्रकार, कवि, लेखक और दूसरे कलाकारों को अपनी कलाकृतियां महान विश्व-चेतना से रेडीमेड मिलती हैं। हमारी महान् कलाकृतियां, हमारे शाहकार रेडीमेड हम तक पहुंचे हैं। कलाकार और साहित्यकार उसके माध्यम बनते हैं। इस चेतना का प्रभाव उन पर इतना अधिक होता है कि उनके लिए लिखना, चित्रित करना और मूर्ति को संगमरमर की शिलाओं से तराशना कठिन हो जाता है।

हम लगातार अपने को यह विश्वास दिलाते रहें कि हमारे लिए हर बात सम्भव है। हम अपने सेलों को सफलता के विचार से ओत-प्रोत करते रहें।

दोहराने से जिन्दगी की बहुत-सी चीजों में विश्वास बढ़ता है। बार-बार के विज्ञापन से विश्वास और विश्वास से गुण उत्पन्न होता है।

इसके विपरीत जब आप कहते हैं, 'मैं यह काम अभी नहीं कर सकता, मैं जानता हूं कि मैं नहीं कर सकता,' तो आप अपने सेलों की सक्रियता असम्भव बना देते हैं। जब भी आप यह कहते या सोचते हैं, 'मैं गरीब हूं, मुझे संदेह है कि मेरी हालत कभी सुधरेगी भी,' तो आप अपने को और अधिक गरीब बना देते हैं। इस स्थिति से उभरने का एकमात्र उपाय यह है कि आप गरीबी के विचार को समृद्धि से काट दें।

लोग निश्चय धारण करते हैं और फिर दूसरे ही क्षण उसे सन्देह की भेंट चढ़ा देते हैं। वे कभी इससे और कभी उस बात से डरते रहते हैं। वे सोचते हैं कि काम शुरू करने का यह उचित अवसर नहीं, परिस्थितियां अनुकूल नहीं। सन्देह कान में फुसफसाता है, 'अभी इन्तजार करो। यह तो तुम्हारे बायें हाथ का काम है। ज़ब चाहोगे, कर लोगे।' और करने का समय कभी नहीं आता।

आज से निश्चय करो कि तुम हमेशा वही बात प्रसारित करोगे, जो तुम्हारा और दूसरों का उत्साह बढ़ाती है।

अपने शरीर के सेलों को घृणा, झूठ और धोखा-फरेब का संदेश कभी न दो। उनके लिए प्रेम और विश्वास प्रसारित करो। जो कुछ तुम प्रसारित करोंगे, उनसे वही कुछ प्रतिध्वनित होगा।

सेलों से हीन भावना की नहीं, बल्कि श्रेष्ठ भावना की बात करो।

याद रखो कि जो कुछ तुम विश्व-चेतना से कहते हो, उसे तुम्हारे शरीर के सेल भी सुनते हैं। इसीलिए अधिकारपूर्वक बात करो, सेल तुम्हारा आदेश मानेंगे। जो कुछ तुम्हें मिलता है, विश्व-भण्डार से मिलता है। अतएव विश्व-भण्डार से कह देने भर की जरूरत है, जो कुछ तुम चाहते हो, वह मिल जाएगा।

इसमें तनिक भी संदेह नहीं कि हमारे अस्तित्व का मूलाधार अजर, अमर, सर्वशक्तिमान है; अर्थात् हम विधाता ही का दूसरा रूप हैं। इसलिए हम अपने हर सेल में अमरत्व का विचार भर दें। उन्हें अमर होना चाहिए, क्योंकि जैसे अपूर्ण के लिए पूर्ण का निर्माण सम्भव नहीं, उसी प्रकार नश्वर मस्तिष्क अमर का निर्माण नहीं कर सकता।

विश्व का विशाल हृदय एक सशक्त तरंग हमारे हर सेल में भेजता रहता है। यही तरंग दैवी शक्ति है; लेकिन हम इसे समझ नहीं पाते। महान् रचनात्मक शक्ति से हमारा स्थाई सम्बन्ध है।

सत्य, जो स्वाधीन बनाता है

एक लोककथा के अनुसार भगवान ने कुत्ते को बनाकर उसकी अभिलाषा पूछी तो कुत्ते ने कहा, "मैं संसार में उस स्वामी का सेवक बनना चाहता हूं, जो सबसे अधिक निडर और बलवान है।" भगवान ने कुत्ते को संसार में भेज दिया और कहा कि वह अपना स्वामी ढूंढ ले।

हाथी डीलडौल में सब प्राणियों से बड़ा था और बलवान जान पड़ता था, इसलिए कुत्ते ने उसे अपना स्वामी बनाया; लेकिन उसे जल्द ही मालूम हो गया हाथी शेर से डरता है। कुत्ते ने हाथी को छोड़कर शेर को अपना स्वामी बनाया! लेकिन उसे अनुभव से मालूम हुआ कि शेर मनुष्य से डरता है। कुत्ता मनुष्य के पास गया और उसे अपना स्वामी बना लिया। वह फिर कहीं नहीं गया, मनुष्य को हमेशा के लिए अपना स्वामी मान लिया। उसे अनुभव से मालूम हो गया कि संसार में मनुष्य ही सबसे अधिक निडर और बलवान प्राणी है।

मनुष्य तभी बलवान है, जब वह इस सत्य को आत्मसात् कर ले कि वह सर्वशक्तिमान भगवान का एक अंश है। यह सत्य उसे भय और चिन्ता की बेड़ियों से मुक्त कर देता है।

प्राचीन अध्यात्मविद्या के अनुसार भगवान एक रहस्य था। वह स्वर्ग में अथवा सातवें आकाश पर रहता था। मनुष्य ने न उसे कभी देखा था और न कभी देख सकता था; लेकिन आधुनिक आत्मविद्या के अनुसार भगवान सर्वव्यापक है। यह विद्या हमें बताती है कि हम भगवान के अतिरिक्त और कुछ नहीं देखते हम हमेशा भगवान में विचरते हैं और वास्तव में उससे कभी अलग नहीं होते। पथकता का भाव ही हमें उससे अलग करता है।

हर स्त्री-पुरुष को घर में, दफ्तर में और कारोबार में ऐसे अवलम्ब की जरूरत है, जो उसे उसके दैनिक कष्ट, चिन्ताएं, असफलताएं और हानियां सहन करने में समर्थ बनाए। नया दर्शन ही यह अवलम्ब है। यह अवलम्ब मनुष्य को कारोबारी धक्कों, सामाजिक धक्कों और घरेलू धक्कों से टूटने नहीं देता, क्योंकि उसे विश्वास है कि वह सर्वव्यापक और सर्वशक्तिमान में विचर रहा है। अभाव, दरिद्रता और रोग उसे छू नहीं पाता; कुछ भी उसे हानि नहीं पहुंचा सकता।

जो व्यक्ति अपनी दैवी शक्ति की एक झलक देख लेता है, वह हर परिस्थिति का निस्संकोच सामना करने का साहस रखता है। वह फिर मौत से भी नहीं डरता, क्योंकि उसे विश्वास है कि वह अजर, अमर, अनन्त का एक अंश है, उसकी आत्मा अमर है।

अध्यात्मवाद का यह नया दर्शन स्वामी विवेकानन्द ने दुनिया को दिया। कारण यह कि उन्होंने खुद दैवी शक्ति की झलक देखी थी।

सारे भारत का भ्रमण करके जब स्वामीजी कन्याकुमारी पहुंचे तो वहां उनके मन में देश-सेवा की तरंगें उठने लगीं। एक दिन जब वे समुद्र तट पर खड़े थे तो उन्हें कोई दो सौ गज की दूरी पर एक चट्टान दिखाई दी। समुद्र की तरंगें उस चट्टान से टकरा रही थीं और इधर देशभक्ति की तरंगें स्वामीजी के हृदय में उथल-पुथल मचा रही थीं। वह चट्टान उन्हें अपने मन का प्रतीक लगी और वे तुरन्त समुद्र की तरंगों में कूदकर उस चट्टान पर जा पहुंचे। चट्टान बहुत बड़ी थी और उसमें से ताजे पानी का एक चश्मा फूटकर निकल रहा था। चारों तरफ समुद्र ही समुद्र था। अनन्त जलराशि-वैभव नियति के सौन्दर्य का बोध करा रहा था। इस सौन्दर्य से पुलकित होकर स्वामीजी ध्यान-मग्न हो गए और तीन दिन तक समाधि में रहे। तीन दिन के ध्यान के बाद उन्हें मार्ग दिखलाई दिया। वह निर्भीकता और देशभक्ति का मार्ग था। उन्होंने देशवासियों

को यही मार्ग दिखाने का संकल्प धारण किया। संकल्प धारण करने से उनकी आत्मा शान्त हुई और वे चट्टान पर से कूदकर तट पर आए।

नया दर्शन हमें सिखाता है कि हम सब में राम, कृष्ण और स्वामी विवेकानन्द की आत्मा है। नया दर्शन विवेक, बुद्धि, आनन्द और शक्ति का स्रोत है। इससे जीवन की पहेली हल होती है। यह बोध कि हम विधाता का एक अविच्छेद अंग हैं, तमाम रहस्यों का उद्घाटन कर देता है।

किसी लेखक का कहना है, "अगर मनुष्य हमेशा उस परम आत्मा का ध्यान रखे, जो उसमें वास करती, चलती-फिरती और सांस लेती है, तो वह धीरे-धीरे अपने सब शत्रुओं पर विजय प्राप्त कर लेगा। वह न सिर्फ हर एक पशु को अपने अधीन कर लेगा; बल्कि उस दानव को भी, जो उसके भीतर रहता है। जब यह एहसास पैदा हो जाए कि हम वास्तव में क्या हैं, तो मिथ्या विचार और मिथ्या भावनाएं पास नहीं फटकतीं।"

सेंट पाल का कहना है कि हम पर वह बोझ नहीं लादा जाता, जिसे हम सहन न कर सकें। हम संसार में कोई एक काम करने आए हैं और अगर हम अपनी शक्ति को समझ लें तो वह काम हमारे सामर्थ्य से बाहर नहीं है। यह कोई प्रवचन नहीं, सहज बुद्धि की बात है। पाल खुद उस मनुष्य का एक ज्वलंत उदाहरण है, जो इसलिए विजयी हुआ कि वह डरता नहीं था। उसने रोम साम्राज्य की विशाल शक्ति का सामना किया और अन्त में कहा, "यह एक अच्छी लड़ाई थी। मैं अपने विश्वास पर अडिग रहा।"

"चिन्ता हमें विरासत में नहीं मिली। इसे हमारी अज्ञानता ने निमंत्रित किया है। ज्ञान और विवेक हमें इससे मुक्त कर सकता है।"

हमारे ज्ञान के अनुपात से हमारे भय कम हो जाते हैं। अज्ञानता

के अंधकार में हर प्रकार की भयंकर चीजें आ धमकती हैं; पर जैसे-जैसे विवेक बढ़ता है, ये भागती हैं और साहस और विश्वास बढ़ता है। जीवन भर यही क्रम जारी रहता है। हम जितना अधिक जानते हैं और हम जितने अधिक विवेकशील हैं-हम अपने भय, भ्रम और अन्धविश्वास पर उतना ही अधिक विजयी होते हैं।

साहित्य का उद्देश्य ही सत्यान्वेषण के लिए शास्त्रों और उपनिषदों की रचना हुई। ज्ञान सत्य ही का दूसरा नाम है। सत्य, जो भय और अन्धविश्वास से मुक्त करता है, वही ज्ञान है। मनुष्य को ज्यों-ज्यों अपनी और प्रकृति की शक्तियों का बोध होता जा रहा है, उसका आत्मविश्वास बढ़ रहा है। वह भय, द्वेष और घृणा से मुक्त होकर भविष्य में झांकता है और बड़े गर्व से कहता है।

भाग - 2

आप ही अपना हित कीजिए

संसार में ऐसा मनुष्य कठिनता से मिलता है जिसका शरीर पूरी तरह अपने वश में हो। ऐसा व्यक्ति भी कोई बिरला ही मिलता है जो हाथ में लिए काम पर पूरा अधिकार रखता हो, जिसे पहले ही यह विश्वास हो कि मैं इस काम को अवश्य पूरा कर सकूंगा। अपनी विजय का विश्वास, समस्याओं से भिड़ने का साहस, फुर्ती और कार्यकुशलता मनुष्य के दुर्लभ गुण हैं।

यदि मनुष्य अपने-आपको अपनी सर्वोत्तम अवस्था में रखना चाहता है तो उसे आप ही अपना हित करना होगा। इसके लिए आवश्यक है कि मनुष्य अपनी निन्दा न करे। जो अपनी निन्दा करता है वह भगवान की निन्दा करता है, क्योंकि भगवान ने ही मनुष्य को बनाया है। उपनिषदों में भी लिखा है : "अपनी निन्दा न करें मनुष्य का जन्म उस दिव्य शक्ति ईश्वर से हुआ है।" इसलिए मनुष्य को अपनी योग्यता का सम्मान करना चाहिए। उसे अपने भविष्य पर विश्वास रखना चाहिए। ऐसा न करने से जीवन में और कार्यों में शिथिलता आ जाती है, मनुष्य की कार्य करने की शक्ति घट जाती है।

कुछ लोग अपनी दुर्बलताओं, रोगों और त्रुटियों को ही देखने में लगे रहते हैं। वे सोचते हैं, 'हम किसी गिनती में नहीं और न कभी हो सकते हैं।' ऐसे व्यक्ति सदा ही अपनी कमियों को बढ़ा-चढ़ाकर देखा करते हैं।

वे लोग अपने मन में अपना हीन, तुच्छ, घृणा योग्य और सूखा-सड़ा चित्र बनाया करते हैं, और अन्त में सचमुच वैसे ही बन जाते हैं।

मनुष्य, अपने मन में जैसा अपने बारे में सोचता है, वैसा ही बन जाता है। उपनिषदों का वचन है, "मनुष्य जो मन में ध्यान करता है, वह वाणी से कहता है। जो वाणी से कहता है, वही कर्म करता है। जैसे कर्म करता है, वैसे फल पाता है।"

यदि आप अपने को सबसे उत्तम रूप देना चाहते हैं, तो कभी भी अपने मन में उसके विपरीत चित्र मत बनाइए। आप अपने मन में अपना ऐसा चित्र बनाएं, जो पूर्ण स्वस्थ, सुन्दर तथा श्रेष्ठ जीवन वाला हो। अपने-आपको हंसी के योग्य नर या नारी के रूप में देखने का प्रयत्न मत कीजिए। आप अपने स्वरूप का जो अनुमान अपने मन में करते हैं, उसका आप पर गहरा प्रभाव पड़ता है।

यदि हम अपने जीवन का सबसे उत्तम फल पाना चाहते हैं, तो हमें अपना भला सोचना चाहिए। यही नहीं, हमें अपने शरीर के प्रति भी न्याय करना चाहिए। तभी हम सबसे ऊंचे दर्जे के और सबसे प्रवीण प्राणी बन सकेंगे। शरीर का निर्माण, उसकी शक्ति और सुन्दरता का विकास करना उतना ही आवश्यक है जितना कि मानसिक विकास करना। ऐसे बहुत-से लोग हैं जो-दूसरों के लिए भले हैं, परन्तु अपने प्रति वे भले नहीं हैं। वे अपने शरीर के स्वास्थ्य का खयाल नहीं रखते। वे अपनी शक्तियों का संग्रह नहीं करते, वे अपने साधनों को एकत्र नहीं करते, वे दूसरों के सेवक हैं, पर अपने प्रति अत्याचारी हैं। दूसरों के प्रति ईमानदार होना एक उत्तम गुण है; पर अपने प्रति ईमानदार होना भी उतना ही आवश्यक है, अपना हितचिन्तन न करना उतना ही बड़ा पाप है, जितना कि दूसरे का हितचिन्तन न करना। मनुष्य का यह पवित्र कर्तव्य है कि वह शारीरिक रूप में तथा मानसिक रूप में अपने-आपको

ऊंची से ऊंची सतह पर रखे; नहीं तो वह संसार को वह सन्देह न दे पाएगा जिसके लिए उसने संसार में जन्म लिया है। प्रत्येक मनुष्य का यह पवित्र कर्त्तव्य है कि वह अपने-आपको उत्तम स्थिति में रखे। तभी वह अपना सबसे उत्तम कार्य कर सकता है। यह बड़ा भारी पाप है कि मनुष्य अपने-आपको टूटी-फूटी गिरी-पड़ी अवस्था में रखे। ऐसा करने से वह समय की मांग को पूर्ण करने में समर्थ नहीं हो सकता है। वह संकट आने पर साहस के साथ उसका सामना नहीं कर सकता।

संसार में ऐसे बहुत-से लोग हैं, जो ऊंचे दर्जे की योग्यता रखते हुए भी जीवन में साधारण कार्य ही करते हैं। इसका कारण है कि वे अपने शरीर तथा मन को सर्वोत्तम दशा में नहीं रखते।

व्यापार-व्यवसाय के प्रत्येक स्थान पर हमें ऐसे लोग देखने को मिलते हैं जो प्रायः आधे जागरित हैं, आधे जीवित हैं। उनके शरीर मृत और विषैले अणुओं से भरे होते हैं। जो दोषपूर्ण जीवन बिताते हैं, दोषपूर्ण विचार रखते हैं, दोषपूर्ण आदतें रखते हैं, वे जीवन में बहुत कम काम कर पाते हैं। कई लोग अधेड़ उम्र हो जाने पर भी जहां के तहां हैं; जहां वे स्कूल व कालेज छोड़ने के बाद थे, वहीं अब भी हैं। वे कुछ भी उन्नति क्यों नहीं कर सके? उनकी सबसे बड़ी कमी यही है कि वे अपने स्वास्थ्य के प्रति असावधान हैं। वे अपने शरीर की उपेक्षा करते हैं। वे अपनी शक्तियों का अपव्यय करते हैं। वे अनियमित जीवन बिताते हैं। वे गंदी आदतें रखते हैं। ये दोष विशेष बुद्धि वाले लोगों की उन्नति में भी बाधक बन जाया करते हैं।

एक लेखक की पुस्तक यदि पाठक को उत्साह नहीं देती, तो प्रकट है कि उस लेखक में उत्साह की कमी थी। एक पादरी या उपदेशक का अपने श्रोताओं पर कुछ प्रभाव नहीं पड़ता। क्यों? कारण यह है कि उसका शरीर सहनशीलता, शक्ति और उत्साह से शून्य है। वह मानसिक

रूप से दुर्बल है, क्योंकि उसका शरीर दुर्बल है। एक अध्यापक अपने छात्रों को उत्साह या प्रेरणा नहीं दे पाता, क्योंकि उसके अपने अन्दर जीवन नहीं, उत्साह नहीं, उसका मस्तिष्क और उसकी नस-नाड़ियां थकी हुई हैं। उसका बल क्षीण हो चुका है; कारण यह है कि वह अपने प्रति अच्छा नहीं रहा, उसने स्वयं अपना हित नहीं किया।

जो उत्साहहीन है, वह काम को ठीक तरह से कैसे करेगा? काम करने में जिसे आनन्द नहीं मिलता, उसकी बनाई वस्तु में सुन्दरता कैसे आ सकती है? लोग अपने व्यापार तथा उद्योग-धन्धे में फिजूलखर्ची से बचने की शिक्षा लेते हैं। क्या वे शरीर की शक्ति के अपव्यय से भी बचने की शिक्षा लेते हैं? हम स्वयं ही अपने बड़े-से-बड़े शत्रु हैं। हम शरीर से बड़े काम की आशा करते हैं, पर उसको उन कार्यों को पूर्ण करने योग्य दशा में नहीं रखते। या तो हम अपने शरीर पर आसक्त हो जाते हैं या फिर उसका जरा भी ध्यान नहीं रखते। या तो हम शरीर को खूब हृष्ट-पुष्ट कर लेते हैं, या फिर उसकी बिलकुल उपेक्षा कर देते हैं।

बहुत कम लोग अपने शरीर की, बहुमूल्य सम्पत्ति की तरह देखभाल और संभाल रखते हैं। गांधीजी ने एक बार विद्यार्थियों से कहा था, "शरीर में भगवान का निवास है। इसको स्वस्थ रखना सबका धर्म है।"

खेद का विषय है कि हम इस बात को भूल जाते हैं। शरीर को बिगड़ने देते हैं। हमारे अन्न को पचाने वाले अंग सारे शरीर को गति की शक्ति प्रदान करते हैं। पर लोग इस संस्थान को भली-भांति कार्य करने के लिए अवसर ही नहीं देते हैं। हम मात्रा से अधिक और व्यर्थ खा जाते हैं। पाचक अंगों की बहुत-सी शक्ति उन पदार्थों को हज़म करने में ही लगी रहती है। इन व्यर्थ पदार्थों को पचाने में हमारे मेदे, जिगर, तिल्ली आदि की इतनी शक्ति खर्च हो जाती है कि शरीर के लिए नितांत

आवश्यक पदार्थों को हजम करने की उनमें शक्ति नहीं रह जाती। जब आमाशय या मेदा पूर्णरूप से थक चुका होता है, तब लोग उसको गरिष्ठ और न पचने वाले पदार्थों से ऊपर तक भर देते हैं, जिनसे पाचन में बाधा पड़ जाती है। इससे शरीर काम करने में असमर्थ हो जाता है। बहुत-से लोग पर्याप्त भोजन नहीं करते और अपने भोजन में विविधता का ध्यान नहीं रखते, यहां तक की उनके शरीर की मांसपेशियां आधी भूखी रह जाती हैं। इससे शरीर के किसी भाग में एक प्रकार के तत्त्वों की माला अधिक हो जाती है और किसी अन्य भाग में उन तत्त्वों की माला कम हो जाती है। इससे शरीर के अंगों का तालमेल या समन्वय नष्ट हो जाता है। इससे कई बार असाधारण प्रकार की भूख भी भड़क उठती है, जिससे वह मनुष्य शराब आदि दुर्व्यसनों में फंस जाता है। उस अनोखी भूख को शान्त करने के लिए बहुत-से लोग भयंकर उत्तेजक दवाइयों का प्रयोग आरम्भ कर देते हैं, जबकि शरीर को पौष्टिक भोजन की आवश्यकता होती है।

शरीर में विभिन्न प्रकार के केवल बारह किस्म के तन्तु होते हैं और उनकी आवश्यकताएं बहुत साधारण-सी हैं। शरीर-यन्त्र के तन्तुओं की प्रायः सारी आवश्यकताएं दूध तथा अण्डे से पूर्ण हो सकती हैं। यह ठीक बात है कि तरह-तरह का भोजन अधिक अच्छा होता है। भोजन का चुनाव व्यक्ति के काम-धन्धे के अनुकूल होना चाहिए। हमारे शरीर को भी उचित माला में विविध प्रकार के भोजन, प्रचुर जल, स्वच्छ पवन और धूप की आवश्यकता होती है। भोजन उचित माला में करने पर अपच, चिड़चिड़ापन, सिरदर्द आदि विकार नहीं होते। और बातों में हर तरह चतुर, समझदार लोग भी बचत के नाम पर अपने आपको धोखा देते हैं और उनकी वह कंजूसी अन्त में उन्हें महंगी पड़ती है।

यदि कोई नाई खुंडे उस्तरे लेकर दुकान चलाना चाहे, तो क्या

परिणाम हो? एक बढ़ई कुंद आरी-तेशे से लकड़ी का सामान बनाने लगे तो क्या होगा? कोई चित्रकार चित्र या इंजीनियर भवन बनाना चाहता है तो उसके पास अवश्य ही सर्वोत्तम साधन और सामग्री होनी चाहिए, नहीं तो उसका काम बढ़िया नहीं होगा।

जीवन में कार्यकुशलता एक महत्त्वपूर्ण बात है। इसी से संसार में आपका कुछ मूल्य है। आपकी कार्यकुशलता और आपका समय दोनों आपकी सफलता के लिए पूंजी है। आप चाहे और कुछ करें, अपने बल का पोषण अवश्य करें, शक्ति की रक्षा अवश्य करें। जिसके शरीर की शक्ति कायम है, वह उस मनुष्य से अधिक धनी है जिसके पास धन तो काफी है पर जिसने शारीरिक शक्तियों को खो दिया है। जीवन-शक्ति की तुलना में सोना तो कूड़ा है, हीरा धूल है और जमीन तथा मकान तुच्छ वस्तु हैं।

यदि आप अपनी योग्यता का प्रयोग करने की शक्ति नहीं रखते, तो उस योग्यता का लाभ ही क्या है? उन शक्तियों का लाभ ही क्या है जो कायर हैं? मस्तिष्क की शाक्ति या प्रतिभा का लाभ ही क्या है, यदि आप शारीरिक रूप में निर्बल हैं? दुर्बल शरीर के सामने जब कोई महान अवसर आएगा, तो आपकी थकी-हारी कार्यशक्ति उसका लाभ नहीं उठा सकेगी। यदि आपने शरीर की शक्ति को व्यर्थ बह जाने दिया है, तो जब कोई महान् अवसर आएगा, तब आप कांपते-कांपते, डरते-डरते काम करेंगे। उस समय आप में आत्मविश्वास के स्थान पर सन्देह होगा। आप में अपनी सामर्थ्य की चेतना विद्यमान न होगी। और आप जानते हैं कि जीवन में स्वर्ण अवसर खोने से कितना दुःख होता है? यदि आप अपनी अधिक-से-अधिक उन्नति करना चाहते हैं, तो अपनी शक्ति को दुर्बल करने वाली सब बातों को छोड़ दीजिए। जो बातें आपको पीछे खींचने वाली हैं, उन सबको त्याग दीजिए।

चिड़चिड़ेपन से, चिन्ता से, असन्तोष से, और दूसरों के दोष देखने से बड़ी बहुमूल्य शक्ति नष्ट होती है। इनसे मनुष्य निकम्मा और थका-हारा बन जाता है। कुछ लोग अपने घर में पियानो या वीणा को बेसुरा नहीं होने देते। परन्तु वे इस महान वाद्य-यन्त्र यानी शरीर के प्रति भारी लापरवाही दिखलाते हैं।

आपके जीवन का महान लक्ष्य यह होना चाहिए कि आप अपनी शक्तियों को उच्चतम स्तर पर रखें। आपको अपनी सामर्थ्य की रक्षा करनी चाहिए, अपने स्वास्थ्य की रक्षा करनी चाहिए, ताकि आप प्रत्येक अवसर को महान अवसर बनाने में समर्थ हो सकें। हमें इस मनुष्य-शरीर रूपी अद्भुत यन्त्र की जितनी सराहना और संभाल करनी चाहिए, उससे आधी भी हम नहीं करते। शरीर ब्रह्म का मन्दिर है, इसके अन्दर जो दिव्य-पुरुष विद्यमान है, उसकी हम पहचान नहीं करते।

स्वामी रामतीर्थ ने लिखा है, "मनुष्य स्वयं अपना भाग्य-विधाता है। गरीब-से-गरीब होकर भी मनुष्य अपने को देश का सबसे बड़ा धनी बना सकता है; जैसा कि कुछ लोगों ने किया भी है। भिखारी भी अपने को लोकमान्य और लोकविख्यात बनाने में सफल हुए हैं। नीची-से-नीची और घृणित दशाओं में पैदा होने वाले व्यक्ति भी अपने को उन्नति के शिखर पर पहुंचाने में सफल हुए हैं। बस केवल अपने ऊपर दृढ़ विश्वास की आवश्यकता है।"

दुर्भाग्य की बात है कि हममें से अधिकतर लोग अपने अन्दर ईश्वर को अनुभव नहीं कर पाते। हमें अपनी शक्तियों का ज्ञान ही नहीं होता। हम अपनी दिव्यता को आंख से ओझल कर देते हैं। हम पशु की तरह जीवन व्यतीत करने लगते हैं। अपनी योग्यता के अनुसार हम ऊंचा नहीं उठते। हम आप ही अपना हित नहीं करते। मित्रवर! अपना हित कीजिए, अपने लिए आप अच्छे बनिए।

कंजूसी और उससे हानि

एक बैंक का क्लर्क बैंक के काम से जा रहा था। उसके हाथ में एक थैला था, जिसमें हजारों रुपये के नोट थे। जाते-जाते उसके हाथ से एक अठन्नी गिर गई और नाली में जा पड़ी। उसने थैला रख दिया और अठन्नी ढूंढ़ने में लग गया। वह अठन्नी को ढूंढ़ने में इतना मग्न हुआ कि उसे पता ही न लगा कि हजारों रुपये का थैला कौन ले गया।

इसे कहते हैं, 'अशर्फियां लुटें, कोयलों पर मोहर।' बहुत-से धनी लोग ऐसी बचत किया करते हैं कि जिसके बदले में उन्हें सौ गुना व्यय करना पड़ता है। बीमार होने पर दवाई के पैसे की बचत करने वाले भी कई मिल जाएंगे। ऐसे लोगों को रोग बढ़ जाने पर फिर कई गुना व्यय करना पड़ता है और शारीरिक हानि अलग होती है।

कई लोग सीढ़ियों में बत्ती नहीं लगाते, चाहे इससे घुटने टूट जाएं या बच्चे चढ़ते-उतरते गिर पड़ें। बहुत-से लोग छोटी-छोटी वस्तुओं की बचत करते हुए इस सीमा तक पहुंच जाते हैं कि उन्हें ध्यान नहीं रहता कि कितना मूल्यवान समय इस प्रकार गंवा दिया।

वास्तव में धन की बचत करना और बात है तथा कंजूसी और तंग-दिली एक अलग बात है। वास्तविक बचत या किफायतशारी का अर्थ है, अपने पास विद्यमान धन का उचित ढंग से उपयोग। इसके लिए अपने खर्च की हर एक मद पर सही ढंग से विचार करना आवश्यक होता है। 'चमड़ी चली जाए पर दमड़ी ना जाए', यह कोई बुद्धिमत्ता की बात नहीं। चवन्नी को बचाने के लिए पांच रुपये का समय गंवाना उचित नहीं है।

बचत के बारे में बहुत ही कम लोगों का दृष्टिकोण स्वस्थ होता है। बचत के असली अर्थ को जानने वाले बहुत ही कम लोग हैं।

मैं एक नवयुवक को जानता हूं, जिसने उन्नति के अनेक अवसर खो दिए। व्यापार में वह असफल रहा, क्योंकि वह कपड़ों के बारे में अनुचित बचत करता रहा। उसका यह विश्वास रहा कि कपड़े पुराने पहनने चाहिए, जब तक कि वे पूरी तरह फटकर जवाब न दे दें। उसने दूकान पर आए ग्राहक की कभी चाय, लैमन या सादे पानी से भी सेवा नहीं की। साथियों के साथ कहीं जाने पर उसने अपने बटुए को कभी हवा लगाने तक का प्रयत्न नहीं किया। यहां तक की दूकान की सजावट पर व्यय करने को भी वह अपव्यय ही समझता रहा। परिणाम यह हुआ कि लोग उससे व्यवहार और व्यापार करने से भी कतराने लगे और धीरे-धीरे उसका काम ठप्प हो गया। बचत उसे बड़ी महंगी पड़ी।

बहुत-से लोग बचत के पीछे पागल हो अपने स्वास्थ्य को खो बैठते हैं। यदि आपके मन में अपने काम को सबसे उत्तम रूप में करने की आकांक्षा या चाह है, तो इस प्रकार की बचत से दूर रहिए, जो आपको बाद में महंगी पड़े।

ऊंची आकांक्षा रखने वाला कोई भी व्यक्ति गलत ढंग की बचत के फेर में नहीं पड़ता। अपने मस्तिष्क और शरीर को भूखा रखकर कोई भी व्यक्ति ऊंचा नहीं उठ सकता। इस प्रकार की बचत वैसी ही मूर्खता होगी, जैसे कोई कारखानेदार कोयला महंगा देखकर बचत के लिए लकड़ी का बुरादा जलाने लगे और इस प्रकार अपने माल को मिट्टी कर डाले या मशीनरी को खराब कर डाले। चाहे आप कुछ भी करें, चाहे कितने भी तंग क्यों न हों, अपने भोजन में थोथी बचत की चेष्टा न करें। तनिक सूझ-बूझ और उद्यम से आप सस्ती, परन्तु शरीर को पुष्टि और बल देने वाली वस्तुएं खरीदकर ला सकते हैं। आप रुपये सेर की सब्जी लाने की सामर्थ्य नहीं रखते, तो उद्यम और समझदारी से ऐसी सब्जी चुन सकते हैं जो कम दाम में आती हो, परन्तु शरीर

का सही पोषण करती हो। शरीर की शक्ति को कायम रखना आपका प्रथम कर्तव्य है, क्योंकि वही आपकी सब प्रकार की उन्नति का आधार है। आपके शरीर की गति के लिए, हलचल के लिए शक्ति की आवश्यकता है। आपके मस्तिष्क को सोचने के लिए, विचार करने के लिए बल की आवश्यकता है। यदि आपका शरीर और आपका मस्तिष्क सबल रहे, तो आप अधिक कमा सकेंगे। इनके निर्बल होने पर आप काम क्या करेंगे? बचत के नाम पर अपने शरीर और मस्तिष्क को आधा भूखा या निर्बल रखना अपने-आपको धोखा देना है। जो व्यक्ति अपने जीवन में सर्वोत्तम कार्य करना चाहता है, उसे ऐसी बचत से दूर रहना चाहिए जो शरीर और मस्तिष्क को दुर्बल और निकम्मा बनाती हो।

जो किसान अपने खेत से अच्छी-से-अच्छी उपज प्राप्त करना चाहता है, वह सदा बोने के लिए अच्छे-से-अच्छा बीच चुनता है। वह अपनी बहुमूल्य धरती को रद्दी बीजों द्वारा खराब नहीं करता; वह अपनी जमीन की बदनामी करवाना पसन्द नहीं करता। जो मनुष्य अपने शरीर और मस्तिष्क से उत्तम काम लेना चाहता है, वह घटिया, बासी और पौष्टिक तत्त्वों से रहित भोजन को पसन्द नहीं करता।

अपने प्रति अच्छा होना सबसे बड़ी बचत है। कभी-भी और किसी प्रकार की परिस्थितियों में भी अपने शरीर और मस्तिष्क को धोखा देने वाली बचत नहीं करनी चाहिए। इसमें कोई सन्देह नहीं कि अनुचित प्रकार के भोजन से ही अधिकांश लोगों की कार्य-शक्ति कई प्रतिशत कम हो जाती है। मान लीजिए, भोजन में आपने चार आने बचाए और शरीर की कार्यशक्ति को आपने पचीस प्रतिशत कम कर कर डाला, तो आपने क्या बचत की?

कार्य में तथा खेल में आप अपनी कम-से-कम शक्ति को व्यय करें। इसका तात्पर्य यह नहीं कि आप पूरे उत्साह या जोश से काम और खेल

में न लगें। इसका अर्थ इतना ही है कि आप व्यर्थ में अपव्यय से बचें। अब आपको रेल द्वारा कहीं जाना है, और सोने के लिए आपको सीट मिल सकती है, तो आप उसको 'बुक' करा लें; क्योंकि यदि रात को आपके शरीर ने विश्राम कर लिया है, तो दूसरे दिन वह पूरे उत्साह और जोश से कार्य कर सकेगा। और यदि आपने जागते हुए या स्थान न मिलने के कारण खड़े-खड़े ही रात काटी है, तो दूसरे दिन आप काम क्या करेंगे? यात्रा में आपको अपने भोजन का और भी अधिक ध्यान रखना चाहिए। आपका भोजन ठीक हो, समय पर हो और नियमित रूप से हो। क्योंकि तनिक-सी असावधानी या उपेक्षा से, हो सकता है कि आपका शरीर शिथिल हो जाए और जिस काम के लिए आप सफर कर रहे हैं उस काम को ही आप पूरा न कर सकें।

कंजूस-मक्खीचूस व्यक्ति के विचार छोटे और हीन हो जाते हैं। उसके प्रयत्नों में उत्साह नहीं होता; उसमें साहस नहीं होता; उसमें मधुरता नहीं होती; क्योंकि वह सही भोजन नहीं करता। बासी, सड़ा-गला खाना खाने के बाद विचार भी बासी और सड़े-गले ही होते हैं। उदार व्यक्ति यदि समझदारी के साथ काम करे तो उतने ही खर्च में वह दूनी सुख-सुविधा प्राप्त कर सकता है, क्योंकि जब वह परदेस में जाकर उत्साह से भरा रहता है, स्वस्थ रहता है, तो उसके दिमाग में नई-नई बातें सूझती हैं। नए-नए ढंग के काम करके वह पर्याप्त धन कमा लेता है। ध्यान रहे कि अपव्यय और उदार हृदयता में बड़ा अन्तर है। फिजूलखर्ची कोई अच्छी बात नहीं, परन्तु मक्खीचूस होना और भी बुरी बात है।

कोई भी व्यक्ति यदि अपनी सर्वोत्तम अवस्था में नहीं है, तो वह अपने कार्य को भी सर्वोत्तम रूप से नहीं कर सकता। स्वस्थ शरीर और निर्मल मस्तिष्क हमारी सबसे बड़ी पूंजी है। इन्हें खो दिया तो कमाई क्या करेंगे?

ऊंची-से-ऊंची आकांक्षा का उद्देश्य है शक्ति। जिस वस्तु से मनुष्य की अपनी शक्ति बढ़ती है, जिससे उसके शरीर या मन की सामर्थ्य बढ़ती है, जिससे संसार में उसका मूल्य बढ़ता है, वह वस्तु मनुष्य को अवश्य ग्रहण करनी चाहिए।

जिस वस्तु से आपकी कमाने की, उन्नति करने की और सफल होने की शक्ति बढ़ती है, उन वस्तुओं पर उदारता से खर्च कीजिए। जो वस्तुएं आपको विशाल बनाती हैं, आपकी योग्यता को अधिक बढ़ाती हैं, उन पर उदारता से व्यय कीजिए।

कम रोशनी में काम करके आंखों की रोशनी खो देना कोई अच्छी बात नहीं। आंखों में कष्ट होने पर डॉक्टर को न दिखलाना बचत नहीं, जूते खरीदते समय ध्यान रखिए कि कहीं थोड़ी-सी बचत करके आप ऐसा जूता तो नहीं खरीद रहे जो आपके पैर को काटकर आपको कई दिन तक घर से बाहर जाने के योग्य भी न छोड़े! बहुत-से लोग बचत के नाम पर किसी इलाज को दिनों और महीनों तक टाल देते हैं। बाद में उन्हें भारी इलाज के लिए या ऑपरेशन के लिए महंगे-से-महंगे डॉक्टर की शरण लेनी पड़ती है। जीवन में सिद्धान्त बना लीजिए कि जो बात आपकी उन्नति में बाधा पहुंचा रही है, उसे दूर करने में कभी देर न कीजिए, उसमें कंजूसी मत कीजिए। हमें बहुत कम ज्ञान है कि जरा-सी कंजूसी या असावधानी बाद मे हमारा बड़ा भारी नुकसान करती है। फिर हमें भारी शक्ति व्यय करनी पड़ती है और पैसा भी बहुत खर्च करना पड़ता है।

बहुत-से लोग अपना बहुमूल्य समय इस बात में ही व्यय कर देते हैं कि सौदा खरीदते हुए बचत कैसे हो। वे दूकान-दूकान घूमते-फिरते हैं चाहे दो घण्टे खर्च कर दें, पर ऐसी दूकान ढूंढ़कर ही रहेंगे जहां दो आने की किफायत हो। वे पुराने कपड़े खरीदना उचित समझते हैं,

क्योंकि उस समय उनके पैसे की बचत होती है, चाहे पुराने कपड़े महीने-भर बाद ही फट जाएं।

कुछ सौदेबाज केवल इसलिए चीजें खरीद लेते हैं कि वे सस्ती हैं; फिर भले ही उन चीजों की उनको आवश्यकता न हो। तब वे आपके सामने अपनी बड़ाई करेंगे कि उन्होंने कैसा बढ़िया सौदा किया। वे कबाड़ से अपने घर को भर लेंगे। प्रत्यक्ष है कि उनके मस्तिष्क में भी विचारों का कबाड़ ही भरा होता है। यदि वर्ष के बाद वे हिसाब लगाकर देखें, तो उन्हें पता लग जाएगा कि कबाड़ के उन सौदों से लाभ नहीं बल्कि हानि ही हुई। यदि वे केवल उन पदार्थों को खरीदते जिनकी उन्हें वास्तव में आवश्यकता थी, तो वे लाभ में रहते।

कई लोगों को नीलामी का माल खरीदने का बड़ा शौक होता है। वे नीलामी की मोटर खरीद लेंगे, चाहे वह तीन महीने चलकर ही बस हो जाए; फिर चाहे उस मोटर को धक्का लगाकर ही चलाना पड़े। इस प्रकार के लोग ऐसा फर्नीचर खरीद लेंगे जा सस्ता हो, भले ही उससे उनके घर की शोभा बढ़ने की बजाय घट जाए। वे पुरानी 'सेकण्डहैण्ड' मशीनें खरीद लेंगे, भले ही उनकी मरम्मत पर दोगुना समय और पैसा खर्च हो जाए। ऐसे लोग कभी पहले दर्जे का माल नहीं बना सकते; और कमाई तो दूर रही, पल्ले से कुछ गंवाते ही हैं। जो वस्तु या मशीन आपके निरन्तर प्रयोग में आनी है, उसे खरीदते हुए यह ध्यान रखिए कि वह बढ़िया किस्म की हो और देर तक चलने वाली हो।

एक बार एक महिला ने जमीन पर पड़ा हुआ एक आना उठा लिया। उसे एक आने का लाभ हुआ, परन्तु उसकी साड़ी मैली हो गयी और उस पर उसे रुपया व्यय करना पड़ा हममें से बहुत-से लोग इसी तरह की बचत किया करते हैं।

ऐसी बहुत-सी महिलाएं हैं जो एक नया पैसा भी यों ही फेंकने को

कभी तैयार नहीं हो सकती। यह एक अच्छी बात है। पर वे रुपये आठ आने का खाना कूड़े पर यों ही नित्य फेंक देंगी; अनेकों बासी रोटियों को रोज यों ही फेंक देंगी; इसका उन्हें कभी विचार नहीं होगा। यह आश्चर्य की बात है कि बहुत-से कंजूस लोग नगद पैसे की तो बड़ी कद्र करते हैं, परन्तु पैसों से खरीदे गए पदार्थों को वे निर्दयता से नष्ट कर देते हैं। विशेषतया उनके घर में खाने-पीने का सामान बहुत-सा यों ही व्यर्थ फेंक दिया जाता है। उनकी बहुत-सी कमाई चौके-चूल्हे में ही उड़ जाती है।

कंजूसी अच्छी नहीं है और न ही फिजूलखर्ची अच्छी है, दोनों के बीच का मार्ग ही उत्तम है। ठीक तरह से प्रतिदिन काम न करना बुरी बात है; परन्तु कभी भी छुट्टी न मनाना भी झूठी बचत है। जुए, शराब, सिनेमा और मनोरंजन में ही सारी कमाई लुटा देना बुरी बात है; परन्तु मनोरंजन पर कभी भी कुछ न खर्च करना मनहूस बनना है। किफायत का अर्थ कमीनापन नहीं है। सच्ची बचत का मूलमन्त्र यह है कि अपनी आय सदा ही व्यय से अधिक होनी चाहिए। बहुत-से लोग अपने सबसे उत्तम काम को पूर्ण करने में असफल रहते हैं। इसका कारण यह होता है कि वे खर्च करते समय वस्तुओं को ठीक और उचित महत्त्व नहीं देते, वे व्यर्थ की वस्तुओं में इतना व्यय कर देते हैं कि उनके काम में सहायक बनने वाली महत्त्वपूर्ण वस्तुओं के लिए उनके पास पैसा ही नहीं बचता। अपने लक्ष्य पर दृष्टि स्थिर न रखने से ऐसा ही होता है। इस प्रकार के लोग उत्तम अवसर पर भी उन्नति नहीं कर पाते।

इससे बड़ा भ्रम नहीं है कि सस्तेपन से जरूर बचत होती है। हमें कुछ ऐसे दूसरे लोगों का पता है जो भवन बनवाते हुए सस्ते ठेकेदार की तलाश में रहे और अन्त में उन्होंने सबसे सस्ते ठेकेदार को मकान बनाने का ठेका दे दिया। कुछ महीने बाद ही मकान में दरारें पड़ी हुई

थीं। सस्तेपन के पीछे दौड़ने की अपेक्षा यदि विश्वासपात्र ठेकेदार के हाथ में काम सौंपा जाता, यदि ठीक तरह से व्यय का अनुमान लगाकर और माल की जांच-परख करके भवन बनवाया जाता, तो बुरा परिणाम क्यों निकलता?

एक व्यापारी जब यह समझता है कि सस्ते मजदूर या सस्ता, घटिया माल लगाकर वह बचत कर लेगा, तो वह भारी भ्रम में है। कहावत है कि 'सस्ता रोए बार-बार, महंगा रोए एक बार।' जो व्यक्ति घटिया तरीकों से बढ़िया परिणाम पैदा करना चाहता है, वह आत्मवंचना करता है। जो घटिया माल लगाकर बढ़िया सामान बनाना चाहता है वह अपने-आपको ही धोखा देता है। जब आप रद्दी माल बनाकर बेचना चाहते हैं, तब आप अपने आपको धोखा देते हैं; क्योंकि उस माल के सबसे पहले खरीदार या ग्राहक आप ही हैं।

घटिया रसोइए और तीसरे दर्जे के बैरे रखने के कारण ही कई होटल बन्द हो गए। बहुत-से होटल बढ़िया माल लगाकर, उत्तम रसोइए रखकर, प्रशिक्षित बैरे रखकर, कहां-के-कहां पहुंच गए।

कुछ लोग पैसे और आनों से ऊपर कभी नहीं जाते। वे पैसे और आने बचाने में ही लगे रहते हैं, चाहे रुपये यों ही चले जाएं या उनका वह बहुमूल्य समय यों ही चला जाए, जिसमें वे कमा सकते थे। व्यर्थ की निकम्मी कंजूसी और बचत की चिन्ता छोड़कर अधिक कमाने की ओर ध्यान दीजिए। तभी आपका विकास हो सकता है। तुच्छ बातों में ही आप लगे रहेंगे, तो तुच्छ ही बने रह जाएंगे।

जो मनुष्य अपना काम सबसे उत्तम रूप में करना चाहता है, उसे अपने मानसिक और शारीरिक स्तर को अवश्य ही सबसे उत्तम रखना होगा। उसे अपना मस्तिष्क स्पष्ट और साफ रखना पड़ेगा। उसे अपना मस्तिष्क सन्तुलित रखना होगा, तभी वह उत्साहपूर्वक अपनी उन्नति

के उपाय सोच सकेगा। यदि उसकी धमनियों में साफ रक्त नहीं बह रहा, तो वह साफ तौर पर किसी के बारे में नहीं सोच सकेगा। स्वच्छ का अर्थ महंगा भोजन कदापि नहीं। मस्तिष्क की कार्यशक्ति को ठीक रखने के लिए मनुष्य को फिर से तरोताजा करने वाली निद्रा और प्रसन्नता देने वाले मनोरंजन की भी नितांत आवश्यकता है।

अच्छे भोजन, ठीक नींद और प्रसन्नता देने वाले मनोरंजन से मनुष्य में डटकर काम करने की और कठिनाई को झेलने की सामर्थ्य पैदा होती है। उत्तम महत्वाकांक्षा का उद्देश्य शक्ति है, अर्थात मनुष्य ऊंची-से-ऊंची उन्नति इसलिए करना चाहता है कि उसे शक्ति प्राप्त हो। वह शक्ति अपने शरीर तथा मस्तिष्क कि सशक्त रखने से ही प्राप्त होती है। हम मानते हैं कि पैसे के अभाव से कई बार उत्तम भोजन खरीदने कि मनुष्य में शक्ति नहीं होती, परंतु थोड़े पैसों में भी यदि तनिक उद्यम और विवेक से कम लें तो पोषक भोजन खरीदा जा सकता है। पैसा होने पर भी जो घटिया, रद्दी और पुष्टिकारक तत्त्वों से रहित भोजन खरीदने में बचत समझते हैं, उन्हें क्या कहा जाए? जिस वस्तु से मनुष्य कि शक्ति बढ़ती है, उस पर चाहे कितना ही खर्च हो जाए, परवाह नहीं करनी चाहिए; परंतु इस बात का ध्यान अवश्य रखना चाहिए कि वह अपनी जेब कि शक्ति से बाहर न हो जाए।

जो वस्तु हमारे उद्देश्य के मार्ग पर हमें आगे बढ़ाती है, उस पर उदारतापूर्वक व्यय किया जाना चाहिए। जिन वस्तुओंसे या कार्यों से हमारा दूसरों पर अच्छा प्रभाव पड़ता है, वे वस्तुएं हमें अवश्य ही खरीदनी चाहिए और वे कार्य हमें अवश्य ही करने चाहिए।

जो व्यक्ति जीवनक्षेत्र में उतरने वाले हैं, उन्हें उचित वस्तु को उचित महत्त्व देने का ढंग अवश्य आना चाहिए। उस समय दृष्टिकोण बड़ा विशाल होना चाहिए, नहीं तो जीवन का भविष्य बिगड़ जाता है।

आज के संसार में व्यक्ति के आकार-प्रकार, वेश आदि का बड़ा असर पड़ता हैं। केवल योग्यता ही उन्नति का कारण नहीं। प्रथम दर्शन का दूसरों पर जो प्रभाव पड़ता है, व्यक्ति की उन्नति में उसका बड़ा हाथ रहता है। विशेषतया बड़े नगरों में मनुष्य की वेशभूषा का बड़ा अधिक महत्त्व है। कहावत भी है : 'गहनों से टूटा-साहूकार, कपडों से टूटा-बेकार।'

गांवो में और छोटे कस्बों में लोग प्रायः एक-दूसरे की आर्थिक स्थिति और योग्यता से परिचित होते हैं। परन्तु बड़े नगरों में जिसके पास उत्तम तथा साफ-सुथरे कपड़े नहीं, उसे तो लोग बस में भी साथ बिठाने को तैयार नहीं होते, नौकरी मिलने की तो बात ही क्या!

आज लाखों लोग निर्धन हैं, सहस्रों लोग मध्यमवर्ग में जैसे-तैसे गुजारा करते हैं। बहुत ही कम लोग ऐसे हैं, जो अच्छी दशा में हैं, और वे ऐसे ही लोग हैं जो वस्त्रों का ठीक महत्त्व समझते हैं। जो जानते हैं कि अच्छे, साफ-सुधरे कपड़े और साफ-सुथरा घर मनुष्य की उन्नति का मूल है, वे अवश्य उन्नति करते हैं।

यदि आपका शरीर स्वस्थ है, दृढ़ है, तो आप कठिन से कठिन काम का बोझ भी उठा सकेंगे, नहीं तो आपका शरीर बुढ़ापे से पहले ही बूढ़ा हो जाएगा और आपके धन कमाने के वर्ष कम को जाएंगे।

जो व्यक्ति अपने जीवन में सर्वोत्तम काम को सर्वोत्तम रीति से पूर्ण करना चाहता है, उसे अपने शरीर को उत्तम स्थिति में अवश्य ही रखना होगा। जीवन को तुच्छ, क्षुद्र और हीन मत मानिए। अपने शरीर की संभाल करने का यदि आपको मन्त्र दिया जाता है, तो इसलिए नहीं कि आप स्वार्थी बन जाएं। यह मन्त्र इसलिए दिया जाता है, कि यदि आपका शरीर स्वस्थ है, दृढ़ है, समर्थ है, तो आप किसी दूसरे के कष्ट में काम आ सकेंगे, अन्यथा आप ही दूसरों पर बोझ बन जाएंगे।

जो व्यक्ति वस्त्रों पर, यात्रा पर, उत्तम पुस्तकों तथा पत्रिकाओं पर व्यय नहीं करता, आज के युग में उसको कोई भी नहीं चाहता। थोड़ी-सी बचत के लिए अपनी बड़ी हानि करने वाले व्यक्ति आपको हर जगह मिलेंगे।

जब विचार उदार हो जाएं, भावनाएं ऊंची हो जाएं, आकांक्षाएं महान् हो जाएं, तब मनुष्य के सभी लोग संगी-साथी, मित्र और सहायक बनने लगते हैं। तब उसके अपने हित के साथ औरों का हित अपने-आप होने लगता है मक्खीचूसों का जमाना गया। आज तो उदार व्यक्ति का ही सब जगह स्वागत होता है; उदार का ही सम्मान होता है। आज बड़ी महान् योजनाएं बनाई जाती हैं, बड़े-बड़े काम किए जाते हैं। विशाल दृष्टिकोण वाले कि ही आज प्रतिष्ठा है। जो दिल खोलकर बीज डालता है, उसके खेत में उपज भी जी खोलकर होती है।

आपकी शक्ति कहां जाती है?

एक टन कोयले से जो प्रकाश और शक्ति प्राप्त होती है, उसका 99 प्रतिशत भाग बिजली के बल्ब तक पहुंचते-पहुंचते नष्ट हो जाता है। दूसरे शब्दों में एक टन कोयले से उत्पन्न हुए प्रकाश के 99 भाग विद्युत-बल्ब तक पहुंचने से पूर्व नष्ट हो जाते हैं, केवल एक भाग बल्ब तक पहुंचकर प्रकाश के रूप में प्रकट होता है। आज के वैज्ञानिकों के सामने यह भी एक बड़ी समस्या है कि उन 99 भागों को नष्ट होने से किस प्रकार बचाया जाए।

ठीक इसी प्रकार मनुष्य कि शक्ति का 99 प्रतिशत भाग व्यर्थ चला जाता है। उसके कार्यों और प्रयत्नों के 99 प्रतिशत भाग के ऐसे परिणाम

होते हैं जिनका कुछ भी मूल्य नहीं होता। उसकी शक्तियों का केवल एक प्रतिशत ही ऐसे कार्यों में लग पाता है जिसका वास्तव में उसके जीवन में मूल्य होता है।

जिस समय एक नवयुवक जीवन के कार्यक्षेत्र में उतरता हैं, उस समय उसके पास बल का विशाल भंडार होता है। उस समय उसके पास शक्ति का एक विराट् संग्रह होता है। उसके मस्तिष्क में, उसकी नस-नाड़ियों में और उसकी मांस-पेशियों में उस समय बड़ी शक्ति होती है। उस समय उस नवयुवक को यह अनुभव होता है कि मानो उसके अन्दर शक्तियों का अखण्ड स्रोत है। उस समय वह अपने भीतर ऐसी पूर्णता का अनुभव करता है जो कभी कुचली नहीं जा सकती। उस समय उस नव-युवक को विश्वास होता है कि वह अपनी उन शक्तियों से आश्चर्यजनक कार्य करेगा उसे विश्वास होता है कि अपनी सम्पूर्ण शक्ति को वह प्रकाश में बदल डालेगा, सफलता में परिणत कर देगा। अपने यौवन और शक्ति के अभिमान में वह सोचने लगता है कि उसकी शक्ति की कोई सीमा नहीं है। बस, इस अभिमान से वह अपनी शक्ति को हर तरफ यों ही फेंकने लगता है और उस समय एक अपव्ययी की तरह वह अपनी शक्तियों को उच्छृंखलता से लुटा देता है। वह अपनी शक्ति को कभी एक सिगरेट में जला देता है या शराब के एक प्याले में बहा देता है। अपने पेट को वह भारी बोझिल मिठाइयों से दबा देता है। उस समय वह देर से सोने में शान समझता है। वह दोषपूर्ण जीवन व्यतीत करने में अपनी सामर्थ्य मानता है। वह, आलस्य में पड़े रहना, अपने को रईस होने की निशानी समझता है। एक स्थान पर स्थिरता से काम करने में वह अपनी मानहानि समझता है। वह आवारा घूमने में फैशन और चतुराई मानता है। अन्त में जब उसको धक्का लगता है तब वह अपने मन से ही पूछता है, 'वह बिजली का प्रकाश कहां है, जिसे मैं अपनी

सम्पूर्ण शक्तियों से पैदा करना चाहता था? आज तो यह धुंधली-सी रोशनी है, जो मेरी उन असीम शक्तियों से पैदा हो सकी है। यह मन्द प्रकाश तो मेरे ही जीवन-मार्ग को प्रकाशित करने के लिए काफी नहीं है।' इस प्रकार आरम्भ में जिसे विश्वास था कि वह संसार में चकाचौंध करने वाले प्रकाश को पैदा करेगा, आज वह अपने लिए भी दूसरों से प्रकाश मांगता फिरता है। उसकी सारी शक्तियां मार्ग में ही खत्म हो गईं। हम अपनी शक्तियों को कार्य में प्रयोग करके नष्ट नहीं करते, बल्कि उनको निकम्मे कार्यों में वृथा उड़ा देते हैं। यदि एक नवयुवक अपने पिता के दस हजार रुपये एक रात में खर्च कर डाले तो सब लोग कहेंगे कि यह बड़ी भयंकर बात है। परन्तु क्या यह भयंकर बात नहीं कि एक नवयुवक अपनी हजारों दिनों की एकत्र की हुई शक्ति को व्यर्थ खर्च कर डाले? जिन शक्तियों को काम में लाने से शारीरिक और मानसिक कार्यों में सफलता प्राप्त हो सकती थी, उनको तो उस नादान युवक ने यों ही लुटा दिया। इस हानि की तुलना में रुपये-पैसे की हानि क्या महत्त्व रखती है! जीवन-शक्ति की तुलना में हजारों रुपये क्या चीज हैं? खोया या उड़ाया हुआ धन तो शायद फिर मिल जाए, परन्तु खोया स्वास्थ्य और बिगड़ा हुआ चरित्र फिर कभी नहीं मिल सकता।

मनुष्य केवल चरित्रहीनता के कारण ही अपनी शक्तियों का नाश नहीं करता। शक्तियों के अपव्यय के और भी कई रास्ते हैं। अमेरिका में एक बार छः दिन की साइकिल-दौड़ हुई थी। इसमें जिन युवकों ने भाग लिया था वे बड़े उत्साही थे। उनके शरीर स्वस्थ और सुदृढ़ थे। परन्तु जब साइकिल-दौड़ समाप्त हुई, तो उन युवकों में से कुछ तो बेदम होकर धरती पर गिर पड़े; जो नहीं गिरे उनकी भी सांस इतनी फूली हुई थी और शक्ति इस प्रकार नष्ट हो चुकी थी कि उन्हें उनकी साइकिलों से उठाकर स्ट्रेचरों पर लिटाना पड़ा। इस प्रकार की अति

से मनुष्य की शारीरिक शक्ति सदा के लिए समाप्त हो जाती है। जब आप व्यायाम करते हैं तो आपके मस्तिष्क के कुछ अणु पुराने होकर फूट-फूटकर झड़ जाते हैं। उन अणुओं को शिराएं पुनः शुद्ध और सजीव करने के लिए हृदय में लाती हैं। जब आप आवश्यकता तथा शक्ति से अधिक व्यायाम करने लग जाते हैं, तब आपकी शिराएं काम अत्यधिक होने के कारण उन अणुओं को मस्तिष्क से हटाने में असमर्थ हो जाती हैं। उनसे मस्तिष्क विषैले अंश से भर जाता है। शरीर के दूसरे अंगों की भी यही दशा होती है।

संतुलन और संयम से आप अपनी शक्तियों की रक्षा कर सकते हैं। एक प्रसिद्ध डॉक्टर का कथन है कि मनुष्य प्रायः हर एक काम में आवश्यकता से दसगुना अधिक शक्ति लगाता है। कुछ ही मनुष्य इसका अपवाद होते हैं। बहुत-से मनुष्य कलम को मुगदर की तरह और पेन को तलवार की तरह उठाते हैं। लिखते हुए उनकी बांह की मांस-पेशियां अकड़ी हुई रहती हैं। वे अपना हस्ताक्षर भी करेंगे तो अपनी बांह पर इतना बोझ डालेंगे, जैसे कोई खिलाड़ी लोहे का गोला फेंक रहा हो।

पूर्ण विश्राम से ही मनुष्य अपनी खोई हुई शक्तियों को दोबारा प्राप्त करता है। इसी से उसके घाव भरते हैं। इसी से उसकी क्षय हुई शक्तियों का दोबारा संचय होता है। परन्तु कई लोग उचित समय पर विश्राम न करने में ही वीरता मानते हैं। जो लोग खेलों में, काम में, व्यापार में या और किसी तरह अपने शरीर या मन को अतिशय थका देते हैं, वे अपने साथ शत्रुता करते हैं। उनसे बढ़कर वे अपने साथ शत्रुता करते हैं, जो अत्यधिक थक जाने पर भी विश्राम न करने पर अपनी शक्ति का दिखावा करते हैं। धन के अपव्यय की अपेक्षा शरीर तथा मन की शक्तियों का अपव्यय ज्यादा हानिकारक होता है।

मनुष्य छोटे-छोटे व्यर्थ के अनेकों ही कामों में अपनी जरा-जरा

शक्ति फेंकता है और गंवाता चला जाता है। अन्त में एक दिन वह देखता है कि उसकी शक्तियों का भण्डार खाली हो चुका है। छोटे-छोटे क्रोध के दौरों में, वचन से आग उगलने में, शिकायतों में, दूसरों के दोष देखने में या छोटे-छोटे व्यर्थ के कार्यों में या चेष्टाओं में मनुष्य अपनी बहुमूल्य शक्ति को गंवा देता है। अन्त में वह देखता है कि उनकी नस-नाड़ियां थक चुकी हैं। वह चिड़चिड़ा हो गया है, उसका शरीर बेकार हो चुका है, वह जीवन से ऊब गया है। यदि कहीं उसने अपनी शक्तियों को विवेक से काम में लगाया होता, यदि उन्हें सोच-समझकर प्रयुक्त किया होता तो उसकी वह दशा न होती।

अपनी शारीरिक तथा मानसिक-शक्तियों के भण्डार को यथाशक्ति सुरक्षित रखिए, उन्हें केवल आवश्यक कार्यों में नियोजित कीजिए और अपने उद्देश्य में लगाइए।

बहुत-सी महिलाएं अच्छे कार्यों और निकम्मे कार्यों में पहचान नहीं कर पातीं। वे दिन-भर अपने शरीर को कार्यों से इस तरह थका डालती हैं कि रात होते ही उन्हें पता लगने लगता है कि उनकी शक्तियों का भण्डार समाप्त हो गया है। ऐसी महिलाएं 30-35 साल की आयु तक पहुंचते ही बूढ़ी-सी लगने लगती हैं।

गीता ने कहा है : "मनुष्य को कर्म, अकर्म तथा विकर्म का अवश्य ही बोध होना चाहिए।" केवल चरित्रहीनता के कारण ही मनुष्य की शक्तियों का नाश नहीं होता अज्ञान से, अनाड़ीपन से और लापरवाही से भी शक्तियों का नाश हो जाता है। शक्तियों की बहुत-सी मात्रा तब क्षय हो जाती है जब मनुष्य किसी रीति, क्रम या नियम के बिना काम करता है। तब भी शक्तियों का नाश होता है जब मनुष्य को आरम्भ में ही अपने लक्ष्य का पता न हो। पहले ही से बहुत से लोग व्यर्थ की चिन्ता और सोच-विचार में अपनी शक्तियों को नष्ट कर डालते हैं।

जब हम किसी काम के बारे में चिन्ता करते हैं, तब हम उस काम को वास्तव में करने से पहले ही मानसिक रूप से बार-बार करते हैं। इनसे हमारा मस्तिष्क थक जाता है। फिर जब हम असल में काम करने लगते हैं, तब हमारे मस्तिष्क में काम करने की शक्ति ही बाकी नहीं होती। उस समय हमारी दशा उस आग बुझाने वाले इंजन जैसी होती है जो आग बुझाने से पहले ही मार्ग से सारा पेट्रोल फूंक आया हो और आग के स्थान पर पहुंचकर ठंडा हो गया हो।

हममें से बहुत से लोग बहुत-से काम करने की चाह में अपने जीवन को प्रभावशून्य और शक्तिहीन बना डालते हैं। यदि हम किसी एक लक्ष्य पर अपनी शक्तियों को केन्द्रित करना चाहते हैं, तो हमें अन्य वस्तुओं से उन्हें हटना पड़ेगा। यदि हम अपनी शक्तियों को अनेक कार्यों में थोड़ा-बहुत बांट देंगे, तो हमारे पास सबसे मुख्य काम के लिए थोड़ी ही शक्ति बाकी रह जाएगी।

बहुत-से लोग बड़े उत्साह और निश्चय से काम का कार्यक्रम बनाते हैं, परन्तु उसको अमल या प्रयोग में नहीं लाते। वे लोग यह नहीं जानते कि वे इस प्रकार से अपनी शक्तियों का कितना अपव्यय करते हैं। वे नहीं जानते कि दिन के सपनों में और हवाई किले बनाने में वे अपनी कितनी ताकत गंवा देते हैं।

अपनी शक्तियों को चूसने वाली बातों से बचें। ऐसे कामों और चेष्टाओं से बचें जिनसे आपका बल नष्ट होता है। यदि आप कोई गलत कदम उठा चुके हैं, कोई भूल कर चुके हैं, तो अपना कदम वापस ले लीजिए। पछतावे में अपना रक्त मत सुखाइए। जब किसी काम को पूर्ण करने में आपने कुछ उठा नहीं रखा और वह फिर भी नहीं हुआ, तब उसकी चिन्ता छोड़ दीजिए। सदा के लिए उससे पछतावे का रोग लगाने की आवश्यकता नहीं। कहावत है: "बीती ताहि बिसारि दे, आगे की सुध लेय।"

जीवन के प्रत्येक क्षेत्र में हम ऐसे नवयुवकों तथा नवयुवतियों को देखते हैं जो अपनी शक्तियों को खो चुके हैं। वे अपने काम को पूरे बल, उत्साह, उमंग और साहस से पूरा करने में असमर्थ हैं। वे अपने काम के मार्ग में आने वाली बाधाओं को दूर करने, समस्याओं को सुलझाने की शक्ति नहीं रखते। वे अपने काम पर सारे दिन जम्हाइयां लेते, ऊंघते, उबासियां लेते मिलेंगे। उनमें तनिक भी उत्साह, साहस, ताजगी और तरंग नहीं मिलेगी। इसका कारण यह है कि ये सैकड़ों मूर्खतापूर्ण तरीकों से अपनी शक्तियों को बिखेरते रहे हैं। काम के समय उनके पास वह शक्ति बाकी नहीं बची।

जिस समय काम करने वाले में शक्ति न हो, तो उसके काम में भी जान नहीं पड़ सकती। कर्ता में यदि प्राणों का आवेग नहीं, तो उसकी कृति में भी प्राणों का संचार नहीं हो सकता। एक लेखक, वक्ता, उपदेशक या अध्यापक अपने काम में सफल नहीं हो सकता, यदि उसमें शारीरिक एवं मानसिक शक्ति, बल, क्षमता और सामर्थ्य सुरक्षित न हो। दुर्बल व्यक्ति की रचना भी दुर्बल ही होगी।

अब आप विचार कीजिए कि आप अपनी शक्तियों का क्या कर रहे हैं। क्या आप उनका प्रयोग प्रकाश बनाने में कर रहे हैं या उन्हें वृथा जलाकर या बिखेर कर नष्ट कर रहे हैं? अपने प्रति ईमानदार बन जाइए। यदि आप अपने प्रति ईमानदार नहीं हैं, तो आपका दूसरों के प्रति ईमानदार होना कठिन है। अपनी शक्तियों की जानकारी प्राप्त कीजिए। यदि आपने अपनी शक्तियों का ज्ञान प्राप्त कर लिया और अपने शरीर को पूरी तरह वश में कर लिया, तो वह काम पूरी तरह आपके वश में होगा जिसे पूर्ण करने का आपने निश्चय किया है।

दिखावे की शान

शान-शौकत का दिखावा, वस्त्रों आभूषणों और रहन-सहन में झूठा प्रदर्शन कोई बुद्धिमत्ता की बात नहीं है। अमेरिका में एक स्त्री ने अपने पति के विरुद्ध तलाक की प्रार्थना करते हुए कहा कि वह उसे 40 हजार डालर प्रति वर्ष वस्त्रों के लिए नहीं देता और इससे कम में उसका गुजारा नहीं हो सकता। भारत में इस तरह की बात तो नहीं होती, परन्तु बढ़िया साड़ी या आभूषणों के दिखावे में यहां की नारियां भी कम नहीं हैं। पति ने चाहे 12 आने गज की कमीज पहन रखी हो, परन्तु पत्नी जरी की साड़ी की मांग करने में न कतराएगी। गली-मोहल्ले में जिस तरह के कपड़े देखेंगी उसी तरह के कपड़ों की मांग वह भी पति के सामने रख देगी। इस मामले में वह अपना हित नहीं देखेगी।

वस्त्रों तथा आभूषणों के फेर में बहुत-सी स्त्रियां अपना इतना समय खो देती हैं कि उनके पास अन्य महत्त्वपूर्ण बातों और कार्यों के लिए समय ही नहीं रह जाता, दूसरों की नकल करने की आदत भी मनुष्य को बहुत तंग करती है। विश्व-कवि रवीन्द्रनाथ ठाकुर ने अपने 'नकल का निकम्मापन' नामक लेख में लिखा है : "नकल करके वस्त्रों के आयोजन और चेष्टा में लगे रहने से बढ़कर मूर्खतापूर्ण कार्य मुझे दिखाई नहीं देता।" हमारा उद्देश्य इस बात की निन्दा करना नहीं है कि धनी लोग रुपये का अपव्यय करते हैं। हमारे कहने का तात्पर्य यह स्पष्ट करना है कि किस तरह अपने शौक और दिखावे के चाव में वे साधारण वित्त वालों को कठिनाइयों में डाल देते हैं, क्योंकि साधारण वित्त वाले उन्हीं का अनुकरण करते हैं। धनी लोगों के दोषपूर्ण उदाहरणों को सामने रखकर वे चलने की कोशिश करते हैं और अपने-आपको कई तरह की पारिवारिक कठिनाइयों तथा कलह-क्लेश में फंसा लेते हैं।

झूठ दिखावे के पीछे बहुत-सी स्त्रियां अपने बच्चों की ठीक तरह से देख-भाल नहीं कर पातीं। वे घर-गृहस्थी के कार्यों को ठीक तरह से संभाल नहीं पातीं। इसका यह तात्पर्य नहीं है कि अच्छे पहनावे न पहने जाएं या शोभा का ध्यान ही न रखा जाए। पर हर एक बात की एक सीमा होनी चाहिए। झूठी शान-शौकत या धनियों के नकल के पीछे बावले बनकर अपने कर्तव्य से गिर जाना कहां तक उचित है। अपने घर की सुख-शांति और अपनी हर प्रकार की उन्नति को मिथ्या प्रदर्शन पर बलिदान करना कहां तक उचित है?

धनी लोगों का भी इस विषय में कुछ कर्त्तव्य है। केवल धनी होने से ही मनुष्य को यह अधिकार नहीं मिल जाता कि वह अपने समाज के लोगों को पतित बनाए। उसे अधिकार नहीं मिल जाता कि वह आसपास के लोगों को यह सिखलाए कि अपने-आपको धनी दिखाना अच्छी बात है। धनी होने के दिखलावे के लिए मनुष्य को बड़ा कष्ट उठाना पड़ता है। धनी लोग जब दिखावा करते हैं तो बाकी लोग उनका अनुकरण करते हैं। गीता में कहा गया है : "श्रेष्ठ लोग जैसा आचरण करते हैं, दूसरे लोग भी वैसा ही करने का प्रयत्न करते हैं। वे जितने परिणाम तक किसी कार्य को करते हैं, लोग उसका अनुकरण उतने ही परिणाम तक करने का प्रयत्न करते हैं।"

बहुत-से धनी लोग अपने धन के दिखावे को उचित सिद्ध करने के लिए कहते हैं कि इससे लोगों को काम-धन्धा और रोजगार मिलता है। उनका कथन है कि इससे लोगों की बेकारी दूर करने में सहायता मिलती है। पर यह मिथ्या भ्रम है। बनावट-दिखावट के कारण जितना दुराचार फैलता है, जितना लोगों को कष्ट होता है, उसकी तुलना में यह लाभ कुछ भी नहीं है।

यह सत्य है कि बहुत-सी निर्धन लड़कियां, बहुत-से बच्चे शृंगार

की सामग्रियां बनाने में, जरी के काम में, झूठी दिखावट और बनावट की चीजें बनाने में लगे हुए हैं, पर उनका जीवन दयायोग्य है। बेचारे अपने जीवन के बहुमूल्य वर्ष और अपनी अपार शक्ति उन कामों में व्यर्थ ही खर्च कर देते हैं, जो काम समाज के किसी भी उपयोग के नहीं हैं। वर्ष-भर में परिश्रम करके एक गरीब लड़की ने यदि एक कढ़ाईदार साड़ी बनाई, तो वह किसी सेठानी के ट्रंक में बन्द होने के लिए। वर्ष में एक या दो बार उस साड़ी को पहनने का अवसर आता है। कल्पना कीजिए, उस गरीब लड़की का श्रम यदि किसी अन्य उपयोगी कार्य में लगाया जाता तो समाज को कितना लाभ पहुंचता! मनुष्य, जो भगवान की ही प्रतिमा है, क्या उसके भाग्य में यही लिखा है कि धनिकों की व्यर्थ रुचियों के पीछे जीवन गंवा दे? उन धनी महिलाओं के शौक को पूरा करने में ही वे हाथ लगे रहें, जो अपने हाथ से वर्ष-भर में एक आने का भी उपयोगी काम नहीं करतीं?

एक हजार रुपए की साड़ी पहनने की शौकीन महिला यह नहीं समझती कि उसका चाव पूरा करने के लिए अनेक नवयुवती लड़कियों को महीनों काम करना प्रड़ता है। धनी महिलाएं ब्याह-शादी में जो इस तरह का अपने धनी होने का दिखावा करती हैं, जो जलूस निकालती हैं, उसका अनुकरण करके साधारण वित्त वाली स्त्रियां अपना विनाश कर बैठती हैं। वे अपनी आर्थिक स्थिति बिगाड़ लेती हैं। वे घर की शांति नष्ट कर डालती हैं और कई तो चरित्र से भी हाथ धो बैठती हैं।

वस्त्रों की तरह, आभूषणों के पीछे बहुत-सी नारियां बावली हुई फिरती हैं। वे अपने वित्त को न देखकर दूसरों की नकल करने का प्रयत्न करती हैं। समझ में नहीं आता कि किसी विशेष प्रकार के बहुमूल्य गहने पहनकर ही कोई महिला किस प्रकार महान बन सकती है। बहुत-सी स्त्रियां तो अपने बच्चों का पेट काटकर और पति को अनेक प्रकार का

कष्ट देकर भी गहने बनवाकर ही रहती हैं। यह व्यर्थ का दिखावा बड़ा ही कष्टदायक होता है।

कपड़े और गहने की तरह आजकल लोगों में बढ़िया होटलों में खाना खाने का रिवाज भी बढ़ रहा है। वहां झूठी शान दिखाने के लिए अंधाधुंध खर्च करने में ही कई लोग अपनी शान समझते हैं; और इससे कई तरह की बुराइयां फैल रही हैं बड़े नगरों में ये बुराइयां अब विचारवान लोगों की दृष्टि में स्पष्ट आने लग गई हैं। व्यर्थ के दिखावे और प्रदर्शन के कारण ही बहुत-से लोग अपने वृद्ध माता पिता की सेवा करने से वंचित रह जाते हैं। होटल में जाकर एक बार में बीस रुपया व्यय करने के फेर में वे बीस रुपया मासिक अपने वृद्ध पिता को देने की सामर्थ्य नहीं रखते।

बहुत-सी नवयुवतियां यह समझती हैं कि यदि वे बहुमूल्य और भड़कीले वस्त्र पहनेंगी तो शायद उन्हें धनी वर मिलने की अधिक आशा होगी। यह भी एक झूठा भ्रम है। जो लड़कियां अपने वित्त से बढ़कर बहुमूल्य भड़कीले वस्त्र पहनती हैं, वे धनी लड़कों को अपनी ओर आकर्षित करने में सफल नहीं होती; बल्कि वे अपने समान वित्त के योग्य लड़कों को डरा अवश्य देती हैं। वे उनसे अन्य गुणों या योग्यताओं पर मुग्ध होकर उन्हें स्वीकार कर लेते; पर उनके भड़कीले और बहुमूल्य वस्त्रों को देखकर उन्हें डर लगने लगता है। अपव्ययी और तड़क-भड़क पर बहुत अधिक व्यय करने वाली लड़की से विवाह करने से पूर्व समझदार नवयुवक हजार बार सोचेगा। बुद्धिमान नवयुवक जानते हैं कि एक बार किसी युवती को तड़क-भड़क और दिखावे की आदत पड़ जाए तो वह कम ही छूटती है। वह तो लगातार बढ़ती ही जाती है और एक साधारण वित्त के मनुष्य के लिए उसकी मांगों को पूरा करना कठिन हो जाता है।

जो नवयुवती समझदार होती है, वह अपने वित्त के अन्दर ही अपने वस्त्रों पर व्यय करती है। वह साफ-सुथरे और सम्मान बढ़ाने वाले वस्त्रों को पहनना ही उचित समझती है। वह जानती है कि अपनी शक्ति से बढ़ कर वस्त्रों पर खर्च करना मूर्खता है। आवश्यकता से अधिक चकम-दमक, नकल और व्यर्थ की तड़क-भड़क के चक्कर में वह नहीं पड़ती, अपने परिवार की आय के अनुसार अपनी वेशभूषा रखती है। ऐसी नवयुवती से विवाह करने में नवयुवक अपना हित और गौरव मानते हैं।

धनी लोगों के दोषपूर्ण रहन-सहन और वेशभूषा का नवयुवतियों पर ही नहीं, नवयुवकों पर भी बुरा प्रभाव पड़ता है। वे भी धनियों की नकल में बढ़िया, दिखावटी और कीमती वस्त्रों के पीछे पागल हो जाते हैं। अपने वित्त को न देखकर वे कई बार कर्जा लेकर भी अपनी इच्छा पूरी करने का प्रयत्न करते हैं। परन्तु अपने वित्त से बाहर वेशभूषा में वे बड़े ओछे लगते हैं। अल्प वेतन वाले क्लर्क जब अपने अफसरों से बढ़िया वस्त्र पहनते हैं, तब हंसी आती है। क्या बिना अपने-आपको ऋण में फंसाए वे ऐसा कर सकते हैं?

मानव के इतिहास में बनावटी दिखावे की सनक कभी भी इतनी प्रबल नहीं थी, जितनी आज के युग में हम देखते हैं। आज प्रत्येक व्यक्ति के मस्तिष्क पर यह सनक सवार है कि वह अपने वस्त्रों से और रहन-सहन से अपने आपको इतना धनी दिखलाए, जितना कि वह वास्तव में नहीं। केवल इसलिए कि लोग हमें धनी समझें। अपनी हिम्मत से बाहर खर्च करना किसी तरह भी बुद्धिमत्ता नहीं है।

केवल इसीलिए किसी वस्तु पर व्यय करना कि दूसरे करते हैं, समझदारी नहीं है।

एक व्यक्ति लखपती समझा जाता था। जब उसकी मृत्यु हुई, तो

बैंक में उसके हिसाब में कुछ सहस्र रुपये निकले। उसका परिवार अत्यंत अपव्ययी था। उसकी सारी कमाई झूठी शान और दिखावे में बहती रही। बहुत-से लोगों की, जो आज बड़े धनी समझे जाते हैं, स्थिति ऐसी ही है। उनकी स्थिति बुलबुले के समान है, जो फटने पर शून्य रह जाता है। झूठी शान-शौकत और प्रदर्शन के चक्कर में हजारों लोग अपना गला सूदखोर महाजनों के हाथ में फंसा देते हैं। हमारे बड़े नगरों में इस प्रकार के बहुत-से लोग मिल जाते हैं जो शरीर के लिए आवश्यक भोजन नहीं प्राप्त कर सकते, क्योंकि उनकी आय का बहुत-सा भाग बनावट-दिखावट में व्यय हो जाता है।

दूसरे लोगों की आंखों को प्रसन्न करने के लिए तथा दूसरों की संतुष्टि के लिए हम कितनी असुविधा सहते हैं! कितनी कठिनाइयां झेलते हैं! कितने कष्ट उठाते हैं! हम अपने-आपको फैशन का कितना गुलाम, कितना मूर्ख बना लेते हैं! केवल इसलिए कि लोग हमें धनी समझें।

दूसरे को दिखाने के लिए हम पर कितना अधिक खर्च का भार पड़ता है! दूसरों को दिखाने के लिए हम अपनी प्रसन्नता, सन्तोष और शान्ति को नष्ट कर देते हैं। झूठे प्रदर्शन के लिए हम कितना श्रम, कितना कष्ट और कितना संघर्ष करते हैं! झूठे दिखावे के लिए किस तरह हम अपने आपको गुलाम और दास बनाते हैं!

यह मिथ्या जीवन है। दूसरों को अपने प्रदर्शन द्वारा, दिखावे द्वारा हम ठगना चाहते हैं, पर सबसे पहले हम स्वयं अपने-आपको ठगते हैं, क्योंकि इस पर हमारी ही कमाई खर्च होती है, हमारा ही परिश्रम व्यय होता है।

इस प्रकार के झूठे जीवन में हमारी वास्तविकता, हमारी असलियत और हमारा चरित्र नष्ट होता है। इससे हम बनावटी, अस्वाभाविक और

मिथ्या बन जाते हैं। अपने-आपको दूसरों के सामने गलत रंग में प्रकट करके हम स्वयं अपनी दृष्टि से गलत हो जाते हैं।

यदि आपकी वेशभूषा और आपका रहन-सहन ऐसा है, जो आपके वित्त के बाहर है, तो इसके लिए आपको सैकड़ों झूठ बोलने के लिए तैयार रहना पड़ेगा। इसके लिए आपको सदा अपने मन को कुचलकर झूठे बर्ताव के लिए तैयार रहना पड़ेगा। इससे एक ही परिणाम होगा कि आपका चरित्र ही झूठ का पुलिंदा बन जाएगा। कुछ समय के अनन्तर फिर आप इस बात को बुरा मानना भी छोड़ देंगे कि आप झूठ पहनते हैं, झूठ ओढ़ते हैं और झूठ बोलते हैं।

बहुत देर तक लोगों को आप धोखा नहीं दे सकते। आप कुछ हों और दिखावा कुछ करें, यह बात बहुत देर तक नहीं चल सकती। कारण यह है कि वास्तविकता सदा प्रकट होने को आतुर रहती है।

बहुमूल्य वस्त्र, बढ़िया रहन-सहन और ऊंची शान से किसी नवयुवक या नवयुवती का जीवन महान् नहीं बन सकता। सारे संसार की धन-सम्पत्ति भी मानव की उत्तमता में एक प्रतिशत की वृद्धि नहीं कर सकती।

श्रेष्ठ कार्यों में व्यय कीजिए; उत्तम जीवन व्यतीत कीजिए। ईमानदारी से जीवन बिताइए। सादगी में सफाई से रहिए। अपनी वास्तविक स्थिति में रहिए। उपयोगी जीवन व्यतीत कीजिए। इन बातों से आपका अत्यन्त उत्तम जीवन बनेगा और तब आपको सन्तोष भी बहुत प्राप्त होगा। विवेकानन्द, गांधीजी, रवीन्द्रनाथ ठाकुर, जमशेदजी नसरवानजी टाटा, सरदार पटेल-इनके जीवन-चरित्र पर दृष्टि डालिए। ये सब दिखावटी और बनावटी जीवन से दूर रहे। परन्तु जीवन में कितने ऊंचे उठे थे!

यदि हम खरे हैं, असली हैं, सच्चे हैं, तो हमें इस बात की परवाह न करनी चाहिए कि दूसरे लोग हमें क्या कहेंगे। दिखावे और बनावट के लिए कभी अपनी हिम्मत से बाहर खर्च मत कीजिए।

आलिवर क्रामवेल यूरोप की क्रांति का नेता था। एक चित्रकार ने उसका चित्र बनाते हुए उसकी आकृति को कोमल और सुन्दर बना दिया। क्रामवेल उससे बोला, "मेरा चित्र ठीक वैसा ही बनाओ जैसा मैं हूं। नहीं तो मैं तुम्हें एक पैसा न दूंगा।" आज इस प्रकार के खरे सोने जैसे चरित्र वाले लोगों की आवश्यकता देश को है।

प्रकृति में आनन्द

अंग्रेजी के प्रसिद्ध कवि वर्ड्सवर्थ ने कहा है कि प्रकृति के छोटे-से-छोटे फूल को देखकर मन में गहरे विचार उमड़ आते हैं। और अंग्रेजी कवि टेनीसन का कथन है कि वन-वन इस प्रकार के गीतों से भरे हैं कि जिनमें पाप का लेश भी नहीं हैं।

प्रकृति के पास जाने पर जहां हमें आनन्द मिलता है, वहां शिक्षा भी कम नहीं मिलती। पर वह शिक्षा उन्हें ही मिलती है, जो प्रकृति की सुंदरता को देखने के लिए अपनी आंखें खुली रखते हैं। अंग्रेजी के प्रसिद्ध लेखक रस्किन का कथन है: "संसार में मानव-आत्मा का सर्वोत्तम कर्म यह है कि वह किसी वस्तु को देखे और सरल ढंग से उसका वर्णन कर दे।" इस प्रकृति-प्रेमी ने जिस तरह संसार की वस्तुओं को देखा, वह दृष्टि यदि हमें भी मिल जाए, तो हम जीवन में कितना आनन्द और सुख प्राप्त कर सकते हैं! इस लेखक के लिए प्रकृति में सब जगह सुन्दरता और संगीत भरा हुआ था। वह प्रकृति के प्रत्येक पदार्थ में सर्वशक्तिमान ईश्वर के हाथों की छाप देखता था। वह एक पत्ते या फूल की रचना को देखकर ध्यानमग्न हो जाया करता था। वह एक मछली एक धूल के कण की रचना पर मुग्ध हो जाता था।

प्रकृति के आश्चर्यों का अध्ययन करना, उसके संगीत को सुनना और अपनी भाषा में उसका अर्थ करना ही उसके लिए संसार का सबसे बड़ा धन था।

जब हम सब जगह सुन्दरता के दर्शन करने की दृष्टि पा जाते हैं, तब हमें प्रकृति में, जीवन में, मनुष्य में, शिशु में, काम में और आराम में-बाहरी संसार में और भीतरी जगत् में-सब जगह भगवान् के दर्शन होने लगते हैं। जब हमें प्रकृति से प्रेम हो जाता है, 'जब हम सबको पढ़ने के योग्य हो जाते हैं, तब हम सब जगह सौन्दर्य ही सौन्दर्य देखने लगते हैं। इस दृष्टि को पाकर हम बलवान और आनन्दपूर्ण हो जाते हैं।

जब हम अपनी आत्मा, मन और इन्द्रियों को प्रकृति से जोड़ देते हैं, तो सचमुच ही जीवन का अपार आनन्द प्राप्त होने लगता है।

प्रकृति का आनन्द पाने के लिए बच्चे को आंखों और कानों का प्रयोग करना न सिखलाना एक अपराध है। चाहे हम नगर में हों या गांव में, हमारा सबसे पहला कर्तव्य यह है कि बच्चों को प्रकृति का आनन्द लेने की विधि सिखलाएं।

निर्धन से निर्धन बालक और बालिका को भी कुछ पैसे खर्च करके नगर के गांवों में भेजा जा सकता है। उस सुन्दरता के दर्शन का अवसर दिया जा सकता है कि जिसे देखकर एक देवता भी मोहित हो जाए।

बहुत-से लोग एक देश से दूसरे देश में महान चित्रकारों की कला को देखने के लिए जाते हैं। कागज या कपड़े के चित्रों को पाने के लिए वे बड़े से बड़ा धन खर्च कर डालते हैं, परन्तु संसार के सबसे बड़े कलाकार ईश्वर की इस चित्रशाला में जो एक से एक सुन्दर चित्र हैं, उनकी ओर लोगों का ध्यान कम जाता है।

हममें से अधिकांश लोग जीवन के मोह में बुरी तरह लीन हो जाते हैं। वे माया के फेर में पड़ जाते हैं। वे जीवन की समस्याओं में उलझ जाते हैं। उन्हें धन इकट्ठा करने की ही लगन लगी रहती है। वे काम-धन्धे या व्यापार में बुरी तरह फंस जाते हैं। व्यापार कैसे बढ़े, खोज कैसे पूरी हो, पुस्तक कैसे पूरी लिखी जाए, या जीवन की एक अथवा दूसरी इच्छा कैसे पूरी हो-इसी में हमारी सारी योग्यता खर्च हो जाती है। इसी में हमारा सारा जीवन व्यय हो जाता है।

कुछ लोग शहरी जीवन से तंग आकर, थककर या रोगी होकर आराम के लिए गांव में जाते हैं। वहां देर तक रहने के बाद जब लौटते हैं तो उनमें कुछ भी परिवर्तन नहीं हुआ होता। वे ज्यों-के-त्यों लौट जाते हैं। इसका कारण यह होता है कि वे प्रकृति के स्रोत से आनन्द लेने के बजाय अपनी ही चिन्ताओं में डूबे रहते हैं। वे आंख और कान खोलकर प्रकृति के आनन्द का प्रकृति के अमृत का रसपान नहीं करते। वे प्रकृति के आश्चर्य तथा आनन्द की ओर से आंख-कान बन्द कर लेते हैं। उनकी आत्मा इतनी कठोर हो गई होती है कि उन्हें प्रकृति के कण-कण में छाया हुआ सौन्दर्य अपनी ओर आकर्षित नहीं कर पाता।

संसार की कामनाओं का इतना बोझ वे लादे रहते हैं कि उन्हें प्रकृति की गोद में जाकर भी विश्राम नहीं मिलता। छल-बल से धन कमाने और जमा करने की उनके मन में इतनी हाय-हाय लगी रहती है कि प्रकृति के आनन्द में उनका मन नहीं भीग पाता।

लोग मन्दिरों और मठों, गिरजों और मस्जिदों में जाकर सिर झुकाते हैं, परन्तु प्रकृति-प्रेमी के लिए गांव में और वनों में पग-पग पर भगवान का विशाल मन्दिर है। जिस मनुष्य को ऐसा विशाल दृष्टिकोण मिल जाता है उसकी भावनाएं बदल सकती हैं, वह प्रकृति के सुन्दर दृश्यों को

देखकर मानो अमृत-रस पीता है। इस तरह की दृष्टि पा जाने पर मनुष्य जब प्रकृति के मुक्त पवन में सांस लेता है, तो उसका एक-एक सांस उसके लिए रसायन हो जाता है, उससे उसकी शक्ति बढ़ती है। प्रकृति का एक-एक दृश्य उसके लिए विश्राम देने वाला हो जाता है।

प्रकृति से सम्बन्ध जोड़ने का अर्थ है-प्राणों की प्राप्ति घायल हृदय के लिए स्नेहमय लेप की प्राप्ति, नवजीवन और नवयौवन की प्राप्ति। प्रकृति में कैसा जादू-भरा, कैसा आश्चर्यजनक, कैसा मोहक, कैसा प्राणों का संचार करने वाला कैसा नवजीवन दान करने वाला गुण भरा है! जब चिन्ताएं घेर लें, जब फूट और मतभेद हृदय को छिन्न-भिन्न कर दें, जब नस-नाडियां थक जाएं और आगे काम करने से जबाब देने लगें, तब गांव या वन में जाइए। वहां प्रकृति की गोद में विश्राम कीजिए और उसकी दुलार-भरी थपकी का प्रभाव देखिए।

जब हमारे शरीर का रोम-रोम प्रकृति के मुक्त पवन में उन्मुक्त वायुमण्डल में सुगन्ध, भीने अमृत-रस का पान करता तब उसके द्वारा किस तरह तन-मन के घाव भरते हैं, यह हम अनुभव से ही जान सकते हैं।

भगवान् की वाटिका में, मुक्त प्रकृति में एक ही दिन बिताने के बाद हम यह अनुभव करने लगते हैं कि हमारी आयु बढ़ गई है मानो हमने अमृत में स्नान कर लिया हो। मानो जीवनदायक रस पी लिया हो।

प्रकृति की सुन्दरता में अवकाश के दिन बिताकर जो व्यक्ति लौटता है, वह निश्चय ही पहले से बदला हुआ होता है।

संसार के महान पुरुषों ने प्रकृति की इस शक्ति को सदा ही पहचाना है। फूली हुई कलियों में, खिलते हुए फूलों में, जीवन के विकसित होते कण-कण में उन्हें सदा विभ्रान्ति और आनन्द प्राप्त होता रहा है।

झगड़े की आदत

छोटी-छोटी बातों को लेकर लड़ाई-झगड़ा, तर्क-वितर्क या बहस करने की आदत कोई अच्छी बात नहीं। इससे स्वास्थ्य और चरित्र की हानि होती है।

बड़े-बड़े परिवारों में प्रायः देखा जाता है कि घर के लोग दिन-भर के काम के बाद सायंकाल का समय प्रायः आपस के झगड़े और व्यर्थ की बहस में बिताते हैं। दिन-भर के काम से थके हुए उनके शरीर, मन तथा मस्तिष्क शाम को चिड़चिड़े हो जाते हैं। तब किसी व्यर्थ की बात को लेकर या किसी बहुत ही साधारण बात पर आपस में तू-तू-मैं-मैं होने लगती है। फिर रात तक वह घोर संग्राम मचता है कि कुछ वर्णन नहीं किया जा सकता। दूसरे दिन जब वे लोग सोकर उठते हैं तो उनमें काम के लिए कुछ भी उत्साह नहीं रहता। उनमें जरा भी ताजगी नहीं रह जाती।

न जाने हमें कब समझ आएगी कि शान्त चित्त रहने से ही शरीर तथा जीवन में सुन्दरता आती है तथा विकास होता है। मतभेद, विरोध, वितंडा, बहस, गर्जन-तर्जन और तू-तू-मैं-मैं के वातावरण में मनुष्य कभी भी अपना काम भली-भांति नहीं कर सकता। जहां जरा-सा भी विरोध हो, वहां मनुष्य की योग्यताएं और उसके गुण अपना काम ठीक तरह से पूर्ण नहीं कर पाते। उद्देश्य, शक्ति, मन की एकाग्रता, कार्य को ठीक ढंग से पूरा करने की योग्यता-ये गुण तभी सफल होते हैं, जब काम करने वाले का मन शान्त हो। काम करने वाले को स्वतन्त्रता की आवश्यकता है। इसके लिए घुटन का वातावरण बाधक होता है। बहुत अधिक नियम और पाबन्दियां मनुष्य की कार्यशक्ति को कुचल देती हैं।

झगड़े की आदत से, दूसरों के दोष निकालने की आदत से और

ताना कसने की आदत से कई लोगों ने अपने जीवन बिगाड़ लिए हैं। इस तरह के स्वभाव वाले लोगों को कोई भी काम पर रखने को तैयार नहीं होता।

आज हजारों घरों में हम ऐसे लोगों को देखते हैं, जो जीवन में आगे नहीं बढ़ सके। उनके विकास पर पाला पड़ गया है। वे अपनी योग्यता अनुसार उन्नति नहीं कर सके। वे आशा के अनुसार सफल नहीं हो सके। इसका कारण है कि उन्हें ऐसे गन्दे विचारों वाले वातावरण में रहना पड़ता है, जहां विरोध, मतभेद, आलोचना, झिड़की और लगातार डांट-डपट का चक्कर चलता रहता था। लगातार झिड़कने और डांट-डपट करते रहने के कारण ही अनेकों लड़के बुरी संगत में फंस जाते हैं। बहुत-सी लड़कियां लगातार की डांट-फटकार के कारण घरों से भागने पर विवश हो गईं; क्योंकि उन्होंने बुरी से बुरी जगह को भी घर की अपेक्षा अच्छा समझा। यह मत करो,' तुम यह क्यों करते हो? इस तरह के निरन्तर विधि-निषेधों से तंग आकर लड़के-लड़कियां माता-पिता या गुरु की आज्ञा मानना और भी छोड़ देते हैं। जिस घर में जुबान की कैंची तेज चलती रहती है वहां कोमल हृदय के बालक-बालिका तंग आ जाते हैं। उनके मन में विद्रोह उठ खड़ा होता है।

तरुण लड़कियां और लड़के बार-बार के उपदेश को अच्छी बात नहीं समझते। पल-पल में उनकी हर एक बात को गलत बताकर ठीक करने का यत्न किया जाना एक भूल है।

तरुणों की इच्छा होती है कि कोई उनका उत्साह बढ़ाए। वे अपने काम की प्रशंसा पाना चाहते हैं। जो माता-पिता और अध्यापक बुद्धिमत्ता भरे शब्दों का प्रयोग करते हैं, उनके लिए तरुण लड़कियां और लड़के कुछ भी करने को तैयार हो जाते हैं। जो माता-पिता तथा अध्यापक चाहते हैं कि बच्चे और तरुण उनकी इच्छानुसार काम करें, उन्हें चाहिए

कि वे उनके काम की प्रशंशा करें, उनको प्रोत्साहन दें। वे उनको बढ़ावा दें, न कि सारी शक्ति उनकी त्रुटियां निकालने में ही लगा दें।

जिन माता या पिता को डांटने-फटकारने की आदत पड़ जाती है, वे प्रायः कहा करते हैं कि प्यार के कारण ही वे ऐसा करते हैं। लगातार की छींटाकशी, लगातार के ताने, बात-बात में आलोचना, और 'यह न करो', 'वह न करो', 'ऐसा न करो' आदि निषेध-यही यदि प्यार है तो फटकार किसे कहते हैं? पल-पल में शब्दों के कोड़े मारना और फिर प्यार की दुहाई देना विचित्र बात है।

झिड़कियों में, फटकार में प्यार का लेश भी नहीं होता, भले ही फटकार करने वाला कितनी ही प्यार की बात कहे। फटकार का कारण होता है-फटकारने वाली की बेचैनी, थकावट, मतभेद और स्वार्थ।

दूसरों के दोष करने की आदत अच्छी नहीं, दूसरों की आलोचना करते रहने का स्वभाव अच्छा नहीं, क्योंकि इससे आपस की सारी मधुरता और उत्तमता नष्ट हो जाती है।

बालक या तरुण के दोष ही ढूंढ़ते रहने की आदत के कारण माता-पिता उसके विकास में बड़ी बाधा खड़ी कर देते हैं। कई तो कड़वे वचन बोलने में ही अपनी बड़ाई समझते हैं। हर समय आलोचना या नुक्ताचीनी की बात ढूंढ़ते रहना, त्रुटि या दोष की ही खोज में लगे रहना, संदेह करना-ये बातें अच्छी नहीं। इनसे अपने ही हृदय के दोष प्रकट होते हैं।

दोष-दर्शन और छिद्रान्वेषण का स्वभाव बन जाने पर मनुष्य के अंदर दोष ही बढ़ते हैं, गुण नहीं। अन्त में मनुष्य अपने हृदय की सारी सुंदरता, मधुरता और अच्छाई खो बैठता है।

यदि आपके विश्वास को धक्का लगा है तो धीरज रखिए; एकदम क्रोध में न आइए; मनुष्य पर अपना विश्वास न खो दीजिए। संसार

में अधिकांश लोग ईमानदार और सच्चे हैं और अपनी तरफ से अच्छे काम करना चाहते हैं।

बहुत-से व्यापारी ऐसे होते हैं, जिनकी यह आदत हो जाती है कि वे हर बात में दोष निकालते रहते हैं। वे हर किसी पर गुर्राने लगते हैं। यदि कहीं कोई वस्तु इधर की उधर रखी जाए, या कोई काम पूरी तरह उनकी इच्छा के अनुसार न किया जाए, तो वे क्रोध में भरकर कड़वे वचन बोलने लगते हैं, या कभी-कभी गालियों पर भी उतर आते हैं। वे हर किसी के दोष निकालने लगते हैं और अन्त में सबको नाराज कर डालते हैं।

दूसरे को सुधारने का यह उपाय पूरी तरह असफल हो चुका है। चिड़चिड़े माता-पिता, अध्यापक या मालिक के बारे में लोग कहने लगते हैं, 'उनकी तो आदत ही है, वे तो बोलते ही रहते हैं।' इस तरह उनके बोलने का प्रभाव ही समाप्त हो जाता है।

दूसरों पर कीचड़ उछालने वाला अपना मन गंदा करता है। दूसरों के लिए निराशा की बातें करने वाला सनकी कहलाने लगता है। वह अपने भविष्य की उज्ज्वलता पर विश्वास खो बैठता है। वह अपने मन की शांति भी खो बैठता है।

जिसे डांटने-फटकारने की आदत पड़ जाती है, वह दूसरे को सुधारने का और कोई उपाय नहीं जानता।

संसार में बहुत-सी निर्दयता अविचार के कारण होती है। यदि मनुष्य विचार करके काम करे तो इतनी निर्दयता कभी न हो। बहुत से लोग जानबूझकर दूसरे का जीवन दूभर नहीं करते, वे जानबूझकर दूसरों के रास्ते में कांटे नहीं बोते। वे अपनी इच्छा से दूसरों के हृदय घायल नहीं करते। वे अनजाने में ही चोट कर देते हैं और मूर्खता या अज्ञानवश क्षमा मांगने को भी तैयार नहीं होते।

जो व्यक्ति अपनी अधिक-से-अधिक शक्ति लगाकर किसी काम में सफल होने का यत्न कर रहा हो, उसका उत्साह तोड़ने से बढ़कर निर्दयता और क्या हो सकती है! जो कठिनाइयों में भी उन्नति करने का प्रयास कर रहा है, उसके मार्ग में बाधाएं खड़ी करने से बढ़कर और बुरी बात क्या हो सकती है!

कोई भी एक जीवन पूरी तरह दूसरे जीवन जैसा नहीं हो सकता। इसलिए मनुष्य को दूसरे पर विचार जबर्दस्ती थोपने का कोई अधिकार नहीं है। बरबस दूसरे को अपनी इच्छानुसार चलाने का हमें कोई हक नहीं है।

मनहूस आदमी दूसरों के सामने निराशा के ही चित्र खींचता है। वह दूसरों के दोष देखने में ही लगा रहता है। वह दूसरों के हृदय को व्यंग्य के तीर से छलनी कर देता है। ऐसे लोग जहां जाते हैं, अपनी मनहूस आकृति साथ ले जाते हैं। वे हर एक की आज्ञा तोड़ने का प्रयत्न करते हैं। वे जीवन में बहुत कम सुन्दरता या आनन्द देखते हैं। ऐसे लोग स्वयं असफल होते हैं। वे लोकप्रिय नहीं होते।

जो मनुष्य दूसरों को उत्साह देता है, प्रसन्नता देता है, आशा देता है, प्रेरणा देता है, वह श्रेष्ठ मनुष्य है। वह सदा दूसरों को सहारा देने के लिए तैयार रहता है। ऐसे व्यक्ति को जीवन-भर लोग प्यार करते हैं।

अप्रिय बनने का अधिकार

बहुत-से व्यापारी लोग अपने घर में, बात-बात पर आपे से बाहर हो जाया करते हैं। यदि वे लोग अपनी दूकान और कार्यालय में भी इसी तरह संयम खो दें, तो उनका व्यापार और कार्य

शीघ्र ही ठप्प हो जाए। प्रत्येक व्यापारी जानता है कि कड़वे कथन व्यापार को अपार हानि पहुंचाते हैं। कोई भी अच्छा व्यापारी अपना यश और अपनी प्रतिष्ठा नहीं खोना चाहता। वह सदा सतर्क रहता है कि उससे कोई अप्रिय शब्द न निकल जाए। परन्तु घर में वह संयम नहीं रख पाता। वहां वह अपनी जीभ को बस में नहीं रखता। वह जानता है कि उसकी पत्नी और बच्चे उससे दब जाएंगे। इसलिए वह घर में अपने कठोर से कठोर रूप को भी प्रकट करने में संकोच नहीं करता। ग्राहक से वह कोमल वाणी में, तरीके से बात करेगा। वहां वह अपनी शालीनता और शील प्रकट करने का प्रयत्न करेगा। परन्तु घर पहुंचते ही वह अपना संयम खो देगा। वहां प्रिय वचन की आवश्यकता ही वह नहीं समझता। वहां हर एक को डांटने, फटकारने, नीचा दिखाने और कटु वचन कहने को वह अपना अधिकार मानता है। हालांकि संसार में उसका घर ही उसके लिए सबसे पवित्र, सबसे शान्त तथा सबसे मधुर स्थान हो सकता है। पर वह अपने गर्जन-तर्जन से सारे घर की शान्ति और मधुरता पल-भर में नष्ट कर देता है।

शस्त्र का घाव भर जाता है, परन्तु वाणी का घाव आयु-भर नहीं भरता। यदि कोई व्यक्ति घर में आकर मनोरंजन साथी प्राप्त करता है और वहां भी मधुर वाणी बोलता है, तो उसका आनन्द बढ़ जाता है। वह अपनी पत्नी की इच्छा के आगे झुकता है, नौकरों के प्रति कृपालु है, बच्चों के साथ दया और प्रेम का बर्ताव करता है, तो उसका जीवन आनन्द से भर जाता है।

बहुत-से लोग घर में अतिथि के आने पर उसका बड़ा स्वागत-सत्कार करते हैं। जब तक अतिथि घर में रहता है, वे सबसे मीठे वचन बोलते हैं; पर ज्योंही अतिथि विदा होते हैं, वे फिर परिवार के हर एक व्यक्ति को, उचित-अनुचित हर बात पर

डांटने-फटकारने लगते हैं। घर में कुहराम-सा मच जाता है। सारी शान्ति नष्ट हो जाती है।

घर का मुखिया ही सदा दोषी नहीं होता। गृहिणियां या बच्चे यह समझते हैं कि घर में वे जितना चाहें क्रोध कर सकते हैं।

कई घरों के परिवारों में पारिवारिक कलह नित्य की बात हो गई है। जब कोई बाहर का व्यक्ति आता है, तो तूफान थम जाता है, पर ज्योंही वह व्यक्ति दरवाजे से बाहर हुआ, त्योंही फिर वही कठोर शब्दों की वर्षा एक-दूसरे पर शुरू हो जाती है।

बहुत-से लोग अपने परिवार के लोगों के कुछ अधिकार ही नहीं समझते। वे दूसरों से बात करते हुए तरीके और सलीके का खयाल रखते हैं, पर घर के किसी व्यक्ति से बोलते हुए वे ऐसा प्रकट करते हैं, मानो वह तुच्छ प्राणी हो।

दूसरों से बातचीत करने में लोग सावधानी बर्तते हैं, लोकाचार, सम्मान और शिष्टता का ध्यान रखते हैं। घर में सारी शिष्टता उठाकर ताक पर रख दी जाती है। दूसरों के सामने जो भलमनसाहत आवश्यक समझी जाती है, घर के लोगों के लिए उसको नष्ट करने में ही व्यक्ति अपने-आपको ऊंचा समझता है। घर में मनुष्य इस बात की स्वतंत्रता समझता है कि वह जितना चाहे चिल्लाए, शोर मचाए, गरजे और कटु वचन कहे।

जब में सामान्य शिष्टाचार और सद्व्यवहार छोड़ देने से मनुष्य की श्रेष्ठता की बड़ी हानि होती है। इससे घर का वातावरण अभद्र और अशान्त हो जाता है। इससे घर के सभी लोगों का चरित्र नीचे की ओर जाता है।

घर में जैसी आदत पड़ जाती है, बाहर भी वही आदत रहती है। इससे कई बार बड़ी हानि हो जाती है।

जब आप परिवार के लोगों से उचित व्यवहार न करेंगे तो आप उनसे अपने सम्मान की आशा क्या कर सकते हैं? इसी तरह जब आप अपने से नीचे काम करने वालों से कोमल और शिष्टता का व्यवहार नहीं करेंगे तो उनकी दृष्टि में आपका क्या सम्मान रह जाएगा? वे आपके सामने शायद न बोलें, पर पीठ-पीछे तो आपकी बुराई किए बिना न रहेंगे। जब आप उनका लिहाज न करेंगे, उनसे दया का बर्ताव न करेंगे, उनके सम्मान का ध्यान न रखेंगे, तो उनसे यह कैसे आशा कर सकते हैं कि वे आपकी आज्ञा का ठीक तरह से पालन करेंगे!

प्रायः ऐसा होता है कि एक नवयुवक एक सुन्दर, स्वस्थ और प्रसन्नचित्त लड़की को ब्याह कर घर लाता है। वह कुछ दिन चिड़िया की तरह चहकती है। परंतु फिर उसका पति उसे बात-बात में लगातार टोकने लगता है। तब कुछ ही दिनों में उस युवती का रंग पीला पड़ जाता है, उसका उल्लास समाप्त हो जाता है, उसकी चहकती बोली बन्द हो जाती है। बात-बात में घर के लोग उसकी हर एक चेष्टा की कठोर आलोचना करने लगते हैं। इससे उसकी स्वाभाविकता नष्ट हो जाती है। वह अपने विचार प्रकट करने में संकोच करने लगती है। उसका विकास रुक जाता है। उसके चरित्र का सौन्दर्य नष्ट होने लगता है।

जिन परिवारों में डांट-फटकार, नुक्ताचीनी, कठोर आलोचना प्रबल हो जाती है, उनमें बहुएं दुर्बल, दब्बू और डरपोक हो जाती हैं। उनके लिए अपने स्वतन्त्र विचार प्रकट करना असम्भव हो जाता है। इससे परिवार की उन्नति को क्षति पहुंचती हैं। कलह-क्लेश वाले घरों में निर्दय और कठोर लोग मजे में रहते हैं। जिनका चरित्र उत्तम और श्रेष्ठ होता है वे प्रायः भावुक होते हैं। शरारती लोग उन्हें तंग करने में सफल हो जाते हैं। कोमल स्वभाव वाले इच्छा होते हुए भी दुष्टों का विरोध नहीं कर पाते। वे अत्याचार को चुपचाप सहने लगते हं। घर में क्रूर सास

या निर्दय ससुर कई बार एक भोली और भली बहू का जीवन दूभर बना देते हैं। कई जगह बहू ऐसी कठोर आ जाती है कि वह सास-ससुर का जीना मुश्किल कर देती है।

भद्र व्यवहार और मधुर भाषण का स्वभाव बनाने के लिए घर ही सबसे उत्तम स्थान है। घर में कटु वचन, व्यंग्य और कठोर आलोचना की आदत होने पर बाहर भी व्यवहार में त्रुटियां हो जाती हैं। इससे बड़ी हानि होती है।

बहुत-से लोग भद्र और धनी महिलाओं से बातचीत करते हुए बड़ी शिष्टता दिखलाते हैं। परन्तु अपने अधीन काम करने वाली या अन्य साधारण वित्त वाली स्त्रियों से बातचीत करते हुए भद्रता और शिष्टाचार भूल जाते हैं। धनहीन या अपने अधीन काम करने बाली महिलाओं के प्रति और भी कोमल, शिष्ट तथा भद्र व्यवहार करने की आवश्यकता है। वे कोमल, दयापूर्ण और सान्त्वना-भरे शब्दों से ऐसी प्रसन्न होंगी कि हर जगह उनका यश गाएंगी।

जो मनुष्य अपने कार्यालय, कारखाने या फैक्टरी में स्त्रियों को काम देता है उसे उनके प्रति उदार होना चाहिए। उसे कठोर और अशिष्ट वाणी में कभी न बोलना चाहिए। किसी विवशता के कारण यदि कोई निर्धन स्त्री किसी छोटी नौकरी को स्वीकार करती है, तो इसका तात्पर्य यह नहीं कि उसमें आत्मसम्मान नहीं है। अपने अधीन काम करने वालों से कठोर शब्द कहना, बात-बात में उन्हें लताड़ना न तो शोभा की बात है, न दूरदर्शिता ही है।

अपने से कम पैसे वालों से कठोर बर्ताव करना, उनसे चुभते हुए शब्द कहना बहुत ही घृणा-योग्य बात है। दूसरों के सम्मान को कम करना, दूसरे का अपमान करना, भोले-भाले लोगों को व्यर्थ दबाना बहुत बुरा है। जिस तरह आपके अधिकार पवित्र हैं, उसी तरह दूसरों के भी

अधिकार पवित्र हैं। अपने किसी कर्मचारी पर कठोर शब्दों को लेकर टूट पड़ना कभी भी शोभा की बात नहीं। आप स्वामी हैं, वह सेवक है, यह केवल अवसर की बात है। आपसे बड़े अफसर या आपसे बड़े धनी यदि आपसे कठोर वर्ताव करें, तो क्या आपको दुःख न होगा? बस, इसी तरह दूसरे को भी दुःख होता है। बहुत-से धनी सुन्दर और बहुत बढ़िया कपड़े पहनकर अपने अधीन काम करने वालों पर कठोर और गन्दे शब्द लेकर टूट पड़ते हैं। वे घटिया मनुष्य होते हैं, इसमें सन्देह बिलकुल भी नहीं।

प्रेम का बर्ताव और उसके लाभ

एक राजा का एक ही बेटा था। राजा उसे बड़ा प्यार करता था। उसकी हर एक इच्छा पूरी करता था। परन्तु वह बालक किसी तरह प्रसन्न न हो पाता था। एक दिन राजा ने घोषणा की कि जो व्यक्ति मेरे पुत्र को प्रसन्नचित्त बना दे, उसे मैं मुंहमांगा पुरस्कार दूंगा।

एक जादूगर आया। उसने बालक के मुख पर अप्रसन्नता की झलक देखी। वह राजा से बोला, "मैं तुम्हारे बेटे को प्रसन्नचित्त बना सकता हूं। मैं मुस्कराहटें उसके चेहरे पर ला सकता हूं। परन्तु उस बालक को मैं यह रहस्य बताऊं, इससे पहले तुम मुझे इसका मूल्य दो।"

राजा ने कहा, "बहुत अच्छा। जितना तुम कहो, मैं मूल्य दूंगा।"

मूल्य पाकर वह जादूगर उस बालक को एकांत कमरे में ले गया। उसने एक सफेद कागज पर किसी सफेद वस्तु से कुछ लिखा। उसने बालक को एक मोमबत्ती दी और उसे कहा कि इसे जलाओ और कागज

के नीचे रखो; और तब देखो कि तुम क्या पढ़ते हो। बालक ने वैसा ही किया। वे सफेद अक्षर सुन्दर नीले रंग में बदल गए। उसमें ये शब्द लिखे थे : "किसी एक व्यक्ति पर प्रतिदिन दया का कोई काम करो।" राजकुमार ने उस सम्मति पर आचरण किया। उसके अनन्तर सारे राज्य में वह सबसे अधिक प्रसन्नचित्त बालक बन गया।

दयालुता के छोटे-छोटे कार्य, भद्रता के छोटे-छोटे व्यवहार, दूसरे का मन समझने की चेष्टा, दूसरे का सहायक बनने का प्रयत्न, सहानुभूति का भाव, स्वार्थ-रहित होना, दूसरों की भावनाओं को ठेस न पहुंचाना, दूसरों के दोष न उघाड़ना, दूसरों की दुर्बलताओं के प्रति उदार होना, ये हैं प्रेममय स्वभाव के चिन्ह।

पंचतंत्र में कहा गया है : "जो अपने जीवन से दूसरों के जीवन को जीने योग्य बनाता है, मधुर बनाता है, वह बहुत दिन जिए। यों तो कौए भी बहुत दिन जी जाते हैं और ज्यों-त्यों अपना पेट भर लेते हैं।"

जो जीवन में किसी की सहायता नहीं करता, वह आनन्दमय नहीं हो सकता। जो जीवन में प्रसन्नतामय तथा उल्लासमय नहीं है, वह सफल नहीं हो सकता। मधुरता, शान्ति, उत्साह, साहस, आशावाद और प्रसन्नता-ये ही वे गुण हैं जिनसे मनुष्य सफल होता है। प्रसन्नमुख होना, प्रसन्नहृदय होना, दूसरों को प्रसन्न करने की चेष्टा करना, दूसरे का हित करने का यत्न करना, सब मनुष्यों को भाई समझना-ये ऐसी खूबियां हैं जिनसे मनुष्य अपनी धन-सम्पत्ति, यश, आयु, विद्या और मानवता की रक्षा कर सकता है। इन विशेषताओं द्वारा मनुष्य जितनी चाहे उन्नति कर सकता है।

रेडियम एक आश्चर्यजनक पदार्थ है। वह प्रति सेकण्ड लाखों परमाणुओं को बाहर की ओर बिखेरता है, परन्तु परमाणु उससे अलग नहीं होते। उसका आकार और उसके गुण कम नहीं होते।

इसी तरह जो मनुष्य प्रसन्नता बखेरता है, जो अपनी वाणी से दूसरों को उत्साह देता है, उसकी प्रसन्नता और उत्साह कम नहीं होते। दूसरों की सहायता करना, दूसरों को प्रेरणा देना, दूसरों का साहस बढ़ाना- इनसे कोई भी मनुष्य छोटा नहीं होता, न ही घटता है। मनुष्य के जीवन की यह दुर्बलता है कि वह दूसरों की अच्छाइयों की तरफ से आंखें मूंद लेता है। न जाने मनुष्य को कटु वचन कहने में क्या मिलता है? न जाने मनुष्य को दूसरों का जी दुखाने में क्या प्राप्त होता है?

कुछ लोगों का स्वभाव ही ऐसा ओछा होता है कि वे किसी भी मनुष्य में कुछ अच्छाई नहीं देखते। चाहे उनका अपना कुछ भी लाभ न हो, पर वे सदा वक्रता से, व्यंग्य से, ताने से ही बात करने में गर्व अनुभव करेंगे। वे दूसरों के उद्देश्यों और चरित्र को तुच्छ बताने में ही गौरव अनुभव करेंगे।

छोटे और तुच्छ हृदय वाले लोग जब अपने मुकाबले पर किसी भी मनुष्य की सफलता का समाचार सुनते हैं, तो जल उठते हैं। वे दूसरे के गुण या योग्यता को सदा कम करके बताते हैं। वे कहेंगे : "वह है तो बहुत योग्य, परन्तु..." वे किसी की बढ़ाई के अवसर को बिगाड़े बिना नहीं रहते।

जो दूसरे की निन्दा करता है, वह एक तरह से अपना ही ढिंढोरा पीटता है : "मैं हीन हूं, छोटा हूं, ओछा हूं, तुच्छ हूं, ईर्ष्यालु हूं। मैं दूसरों की उन्नति पर जलने वाला हूं। मैं सज्जन नहीं हूं, लोकाचार जानने वाला नहीं हूं, भला नहीं हूं। मैं सन्तुलित मस्तिष्क वाला नहीं हूं।"

किसी ने ठीक ही कहा है : "दुष्ट व्यक्ति दूसरे के सरसों के बीज बराबर दोष को भी देखता है और अपने बिल्व के बराबर बड़े दोषों को भी देखकर अनदेखा कर देता है।"

उदारता की भावना, दया की भावना, ये आत्मा की महानता की निशानी हैं।

ईर्ष्या, हसरत, जलन, कुढ़न-ये तुच्छ स्वभाव के चिन्ह हैं, दूसरों को किसी काम के लिए जो बढ़ाई मिलती है उसे मिलने दीजिए।

दयालुता की भावना के साथ ही उदारता और विशालता आती है। इससे चरित्र भी महान् बनता है। जो मनुष्य अपने मुकाबले पर काम करने वालों की निन्दा करता है, या उनकी प्रशंसा के अवसर पर नीचता से चुप रह जाता है, वह संसार को अपनी तंगदिली साफ दिखला देता है।

कई बड़े आदमी भी घोर ईर्ष्यालु होते हैं। एक तरफ जहां उन्हें भगवान से प्रतिभा या विशेष बुद्धि मिली होती है, वहां साथ ही उन्हें ईर्ष्या से भरा मन भी मिला होता है। वे दूसरे को उन्नति करते देखकर बेतरह जल उठते हैं।

कुछ कलाकार, संगीतकार तथा चित्रकार और यहां तक कि उपदेशक भी एक-दूसरे पर कीचड़ उछाले बिना नहीं रहते। जब किसी अन्य व्यक्ति की प्रशंसा होती है तब वे उसे सहन ही नहीं कर पाते। वकीलों, डाक्टरों तथा राजनीतिज्ञों में इस तरह की ईर्ष्या बहुत अधिक देखी जाती है।

हम इच्छा के अनुसार उन्नति नहीं कर पाते; क्योंकि हम उदार नहीं हैं, दानी नहीं हैं, दूसरों के प्रति सहानुभूति नहीं रखते। हम दूसरों को उत्साहित नहीं करते। यदि हम अधिक प्रोत्साहन चाहते हैं तो हमें दूसरों को अधिक प्रोत्साहन देना चाहिए। यदि हम अधिक धन चाहते हैं तो हमें अधिक दान करना चाहिए।

जो मनुष्य सहानुभूति, सहायता, प्रसन्नता, और प्रोत्साहन में कंजूसी दिखलाता है, वह अपने स्वभाव को संकुचित कर लेता है। वह संकीर्ण-हृदय बन जाता है।

जब मनुष्य उदार बन जाता है, उस समय उसका बड़ी तेजी से विकास होता है, उसकी आश्चर्यजनक उन्नति होती है। छोटी आयु में

ही सबसे मेलजोल और प्रेमभाव बनाने की आदत से मनुष्य की जितनी उन्नति होती है, उतनी और किसी बात से नहीं होती।

संसार में सबसे अच्छी वस्तु है-सहृदयता। जिसका हृदय मधुर है, वह हर समय आनन्द में भरा रहता है। वह अच्छा साथी, अच्छा पड़ोसी और अच्छा मित्र होता है। वह हर तरह की परिस्थितियों में अपने-आपको दूसरों के अनुकूल बना लेता है।

मधुर हृदय, दयालु स्वभाव, स्वच्छ मन, शिष्ट व्यवहार, उदार चित्त-ये ऐसे गुण हैं, जो मनुष्य को सर्वप्रिय बनाते हैं। जिसके पास ये गुण हैं, उसका एक लखपती धनी से भी बढ़कर सम्मान और स्वागत होता है।

कहा भी है, "उदार चित्त वालों का तो सारा संसार ही कुटुम्ब होता है।"

ऐसे मनुष्य से लोग प्रेम किए बिना रह ही नहीं सकते। उदार चित्त वाला व्यक्ति कई बार सारी जाति को ऊंचा उठा देता है। अहा! मधुर हृदय कितना धनी होता है! उसका मुखड़ा कैसा खिला हुआ होता है! उसका बर्ताव कितना मीठा होता है! वह जहां जाता है कितनी मधुरता, कितना उत्साह और आनन्द बखेरता है! उसे देखकर दुःख और खेद से दबे हुए लोग सुख और आनन्द पाते हैं।

हम एक-दूसरे को गलत समझते हैं। हम दूसरों की त्रुटियों और कमजोरियों को बहुत बढ़ा-चढ़ाकर देखते हैं। यदि हम प्रत्येक मनुष्य में भगवान को देखने लगें, तो हमारे हृदय वास्तव में बदल सकते हैं।

लोभ के कारण हममें से कई लोगों के हृदय स्नेहहीन हो जाते हैं। स्वार्थ के कारण हमें लोगों में अच्छाई ही दिखाई नहीं देती। जब हम लोगों को अच्छा समझने लगेंगे तो वास्तव में हम अच्छे बनने लगेंगे। एक-दूसरे के प्रति सद्भावना रखकर ही हम समाज में शान्तिमय क्रान्ति

ला सकते हैं। हम सबकी उन्नति चाहें, सर्वोदय की भावना से प्रेरित होकर सबसे बर्ताव करें, तो हमारे समाज की महान् उन्नति हो सकती है।

मधुर स्वभाव वास्तव में एक तिलिस्म या जादू है। धन की अपेक्षा इसकी शक्ति अधिक है। हीरे-मणियों से बढ़कर इसका मूल्य है। मधुर स्वभाव एक सुगन्ध है, जिसका सौरभ धरती को स्वर्गीय सुरभि से भर देता है।

न्यूयार्क की एक महिला ने एक बार एक फटे कपड़ों वाले भिखारी को अपने घर बुलाकर उसे पेटभर भोजन कराया। साफ कपड़े पहनने को दिए। उसे उत्साह और प्रेरणा से भरे कुछ शब्द भी कहे : "तुम मनुष्य हो। तुम्हारा स्वास्थ्य अच्छा है, तुम बुद्धिमान हो। इस प्रकार भीख मांगकर जीवन को बरबाद करना अपमान की बात है।"

एक वर्ष बीत गया। वह महिला उस घटना को भूल गई। अचानक उस महिला पर धन का संकट आ गया। उसे किसी के पांच सौ डालर चुकाने थे; पर प्रबन्ध कहीं से भी नहीं हो रहा था। दूसरे दिन उसे बड़ा अचम्भा हुआ। एक अपरिचित व्यक्ति आया और उसने उक्त महिला के आगे पांच सौ डालर रख दिए। उस व्यक्ति ने कहा, "मुझे पता चला है कि तुम संकट में हो। तुम्हें पांच सौ डालर चाहिए। तुमने आज से एक वर्ष पहले मुझसे भाई की तरह व्यवहार किया था। तुम्हारे वचनों को मन्त्र मानकर मैंने उनका पालन किया। भीख मांगना छोड़ दिया और मैंने अपने पैरों पर खड़े होने का यत्न किया। आज भगवान् की मुझ पर दया है। फिर मैं अपनी बहिन के प्रति कृतज्ञता क्यों न प्रकट करूं; जिसने मेरे जीवन को ऊंचा उठाया!"

लोग धन के लोभ में कइयों को कुचलने के बाद आगे बढ़ने में

लगे रहते हैं, मानो हममें और दूसरे लोगों में मानवता के संम्बन्ध ही न हों। सच मानिए, एक दूसरे की सहायता करने से बढ़कर धनी और सुखी बनने का और कोई तरीका नहीं है।

जो मनुष्य अपने ही स्वार्थ और अहंकार में फूला रहता है, उससे बढ़कर बुरा कोई नहीं है। अति लोभ से मनुष्य के हृदय की कोमलता कुचली जाती है। अति लोभी को दूसरे मनुष्य-मनुष्य नहीं बल्कि चीटियां नजर आने लगते हैं।

खुले दिल के आदमी बनो। दूसरों से नम्रता और मधुरता का बर्ताव करो। हृदय में दयालुता की भावना का विकास करो। दूसरों की उचित प्रशंसा करने से मत चूको। दूसरों की सहायता के लिए आगे बढ़ो। दूसरों को अपने हृदय का आनन्द बांटो। लोगों से मीठा और सत्य का व्यवहार करो। तब तेजी से आपके जीवन का विकास होगा। दूसरों के मन को ऊंचा उठाओ। दूसरों को जरा और अच्छा बनाने का प्रयत्न करो। दूसरों पर प्रकाश की, आनन्द की, आशा की, सद्भावना की पुष्प-वर्षा करो। इससे आपके लिए प्रकाश और आनन्द के सभी द्वार खुल जाएंगे। आपकी सहानुभूति, दयालुता और प्रोत्साहन से दूसरों के हृदय ऊंचे उठेंगे। संसार में ऐसे हृदय अधिक हैं, जो धन की अपेक्षा आपसे मधुर शब्द, सहानुभूति भरे शब्द पाना चाहते हैं।

धन नहीं, बल्कि विशाल हृदय

हम सब उस व्यक्ति को बहुत चाहते हैं जिसके हृदय के कपाट हमारे लिए हर समय खुले रहते हैं। उसकी नमस्ते में एक मिठास होती है। उससे हाथ मिलाने में एक हर्ष की लहर दौड़ती है।

वह जिससे मिलता है उसे ही अपना भाई समझता है। वह किसी को भी अपना विरोधी नहीं मानता, शत्रु तो वह किसी को मान ही नहीं सकता।

जो मुक्त-आत्मा है, उदारहृदय है, खुले विचारों का है, दयालु है- वह संकुचित और अनुदार व्यक्ति की अपेक्षा अधिक लोकप्रिय होता है। जो मनुष्य उत्साह के साथ दूसरों से नहीं मिलता, जो दूसरों पर सन्देह करता है, जो दूसरों के आगे हृदय नहीं खोलता-वह जनप्रिय नहीं हो पाता। हम किसी की भाषा नहीं जानते तो भी अपनी मुस्कान से उसका सत्कार कर सकते हैं। मुस्कान की भाषा संसार के सब देशों के मनुष्य समझते हैं। मुस्कान भाईचारे की भाषा है। यह सहृदयता की भाषा है।

कुछ लोग ऐसे होते हैं कि आप उनके हाथों में चाहे अच्छा से अच्छा सितार या वायलिन दे दें, वे पहला ही सुर ऐसा छेड़ेंगे कि आप तंग आ जाएंगे। इसी तरह कुछ लोग भेंट होते ही ऐसा मनहूस चेहरा बनाते हैं, या शुरू में ही ऐसे शब्द कह देते हैं कि सारा आनन्द नष्ट हो जाता है।

इसके विपरीत कुछ लोगों से मिलते ही ऐसा लगता है, जैसे उषा का सुनहला प्रकाश फैल गया हो। वे बोलते हैं तो ऐसा लगता है मानो मोती बखेर रहे हों। वे हंसते हैं तो प्रतीत होता है मानो पुष्प अपनी पंखुड़ियां खोल रहे हों उनकी बात-बात में प्रेरणा भरी होती है। वे जहां जाते हैं, फूल बखेरते जाते हैं। उनकी वाणी में संगीत की मधुरता भरी होती है। वे कुरूप को सुन्दर बना देते हैं। वे विरोध को मेलजोल में बदल देते हैं। वे मनुष्य के अन्दर झांककर उसके उत्तम गुणों को देखते हैं। वे लोगों को मीठे वचन कहते हैं। वे लोगों की सहायता करते हैं।

आइए, हम मुक्त स्वभाव के बनें, विशाल हृदय वाले बनें। हम अपने हृदय के द्वार खोलें और उसमें प्रकाश और प्रेम की किरणें आनें

दें। हम अपने हृदय में दया-भावन का प्रवेश करने दें। हम पतित से पतित मनुष्य को भी दया-भावना के द्वारा ऊंचा उठाएं।

सबका उदय हो, सबका भला हो, सबका कल्याण हो, सब सुखी हों-यह विशाल हृदयता जिसमें आ जाती है, वह छोटे से छोटे मनुष्य में भी भगवान को देखता है। सर्वोत्तम की यह दृष्टि जिसे प्राप्त हो जाती है, उसका मनुष्यों में बढ़ा प्रभाव बढ़ जाता है, वह जन-जन के हृदय में विराजमान हो जाता है।

चाहे कोई अपरिचित हो, या विदेशी ही क्यों न हो, यदि हम उससे मित्रता का बर्ताव करेंगे, तो हम उसे अपना मित्र बना लेंगे। यदि हम उन्हें जानने का प्रयत्न करेंगे, तो हम उन्हें मित्र बनाने में अवश्य सफल होंगे।

उदार हृदयता से हम दूसरों के प्रति सहानुभूति या हमदर्दी का बर्ताव करने लगते हैं। यदि हम दूसरों को मित्रता तथा सहायता देंगे, तो बदले में वे हमें मित्रता तथा सहायता देंगे।

यदि हम अपने दिल को छोटा कर लेंगे, हम संकीर्ण, क्षुद्र और स्वार्थी बन जाएंगे, तो दूसरे हमको किस तरह स्नेह कर सकेंगे।

यदि आपका स्वभाव कठोर है, तो आज से ही आप अपने अन्दर दूसरों के प्रति सहानुभूति की आदत डालना शुरू कर दीजिए। इससे आपका स्वभाव कोमल बनेगा। तब आप दूसरों की त्रुटियों और कमजोरियों को ओझल करके उसकी सहायता किया करेंगे। तब आपका हृदय विशाल और उदार बनने लगेगा। सबका भला हो, यह भावना मनुष्य को सर्वप्रिय बना देती है। इससे मनुष्य प्रसन्नचित्त, आकर्षक और सहायक बन जाता है। हर एक के लिए उदारता, स्नेह, सद्भावना और सहृदयता कितनी अच्छी बातें हैं! मनुष्य जहां जाए प्रसन्नता का प्रकाश फैलाता जाए, इससे अच्छी चीज और क्या हो सकती है! जीवन है ही कितना? फिर क्यों न हम फूल ही बिखेरते जाएं? हम दूसरों के मार्ग में कांटे क्यों

बिछाएं? कबीर ने कहा है : "जो तेरे लिए कांटे बोता है, उसके लिए भी तू फूल ही बो। इससे तुझे सन्तोष मिलेगा।"

स्वार्थी और नीच बनने की अपेक्षा दूसरों के सहायक और विशाल-हृदय बनना कितना अच्छा है! दूसरों का हित करो और अपने मन का संतोष प्राप्त करो। इससे बढ़कर लाभ और क्या हो सकता है!

हम सब लोग, चाहे धनी हों या निर्धन, चाहे अपने धन्धों में सफल हों या असफल, परन्तु एक बात में हम सब सफल हो सकते हैं। वह है - दूसरों की सहायता करना, दूसरों से सद्व्यवहार, दूसरों से सहानुभूति प्रकट करना, दूसरों को उत्साहित करना।

हर एक के कुशल-मंगल की कामना करो। हर एक के प्रति शुभकामनाएं प्रकट करो। हर एक की अधिक से अधिक उन्नति की कामना करो। हर एक के चरित्र को उदार, ऊंचा, सुन्दर और निर्मल बनाने का प्रयत्न करो। जब सर्वोदय की कामना करोगे तो इससे तुम्हारी भी शक्ति, योग्यता तथा सामर्थ्य बढ़ेंगी। इससे तुम्हारी शारीरिक तथा मानसिक शक्तियां बढ़ेंगी।

भगवान ने मनुष्य की रचना की है। वह इसे उदात्त, महान, उदार, और विशाल देखना चाहता है। व्यक्ति के स्वार्थ की भावना ही उसे तुच्छ, क्षुद्र, तंगदिल और कठोर बनाती है। दया-भावना ही मनुष्य का जन्मसिद्ध अधिकार है। दया ही सबसे बड़ी मानवता है।

प्रेम का रसायन

सायन वह औषध है जिससे मनुष्य की आयु लम्बी होती है। मनुष्य मात्र से प्रेम की भावना रखने से मनुष्य की दीर्घ आयु

होती है। प्रेम सबसे बड़ा रसायन है। भगवान अपार दयालु है। वह अपनी रचना 'मनुष्य' से प्रेम करता है। जब कोई मनुष्य, मनुष्य-मात्र से स्नेह करता है, तब उसमें भगवान की शक्ति आ जाती है। प्रेम एक ऐसा रसायन या पौष्टिक टॉनिक है जिससे मनुष्य की आयु बढ़ती है। भय, ईर्ष्या, जलन, कुढ़न और विरोध से आयु घटती है।

बहुत से लोग जो निर्दय और कठोर समझे जाते हैं, विवाह के बाद कोमल और सहृदय बन जाते हैं, प्रेम का जादू उन्हें सुधार देता है।

जो लोग अपने प्रेम को व्यापक और विशाल बना देते हैं उनका प्रेम बड़ा पवित्र बन जाता है। वह सम्बन्धियों और मित्रों तक ही सीमित नहीं रहता। वे लोग सारी मानवता को ही अपना परिवार मानने लगते हैं। ऐसे लोगों के जीवन पाप-रहित हो जाते हैं, उनकी आयु लम्बी होती है। जो लोग स्वार्थी होते हैं, निराशावादी होते हैं, जो अपने ही मतलब की बात ही देखते हैं, उनका जीवन कम हो जाता है। दूसरों का उपकार करने से जो आनन्द तथा बल मिलता है वह तंगदिल लोगों को नहीं मिलता।

एक माता सर्दी-गर्मी, भूख-प्यास और नींद-आराम की परवाह न करके बच्चे को पालती है। उसमें शक्ति कहां से आती है? - प्रेम से ही तो। कई माताएं बड़े-बड़े कष्ट और कठिनाइयों को झेलकर विस्तृत परिवार का पालन करती हैं। उनमें इतनी महान सहनशीलता और सहनशक्ति कहां से आती है - प्रेम से ही तो। प्रेम ही वह जादू-भरी शक्ति है जिससे माता सब कष्टों को सहन कर लेती है।

माता निर्धनता, निराशा, कष्ट और दुःख को भी हंसते-हंसते सह जाती है, क्योंकि उसे बच्चे से प्रेम होता है। माता का स्नेह संसार में प्रेम का आदर्श माना जाता है। विश्व-प्रेम को यदि हम समझना चाहें

तो मां के प्रेम के समान कहकर उसे समझाया जाएगा। मानवता के सब प्रकार के दुख और संकट दूर करने की एकमात्र दवा यह है कि मनुष्य में मनुष्य मात्र के प्रति प्रेम किया जाए।

मनुष्य प्रेम तब करता है जब वह उसे कर्त्तव्य समझता है। पति अपनी पत्नी से प्रेम करता है तो प्रेम को कर्त्तव्य समझता है। माता संतान पर स्नेह उंडेलती है, तो कर्त्तव्य समझकर ही।

कर्त्तव्य और उद्देश्य को समझाने के लिए दूर जाने की आवश्यकता नहीं। आपका कर्त्तव्य क्या है? आप अपने हृदय को टटोलें तो वहां आप को मिल जाएगा। मैं तनिक अपने अन्दर झांककर देखूं तो मुझे अपने कर्त्तव्य का पता चल जाएगा। मनुष्य के अन्दर शक्तियों का असीम भंडार छिपा रहता है। जरा परदा हटाते ही वे शक्तियां सामने आ जाती हैं। जब मनुष्य को अपने कर्तव्य का ज्ञान हो जाता है, तो उसके अन्तःकरण की शक्तियों पर से परदा हट जाता है।

हमारे मन में जो इच्छाएं उठती हैं, वे ही हमारे रचनात्मक सिद्धान्त हैं। हमारे अन्दर जो इच्छाएं पैदा होती हैं उनके बराबर काम करने की शक्ति भी हमारे अन्दर विद्यमान होती है। यदि हम इन शक्तियों को जगाकर अपनी इच्छा को पूर्ण करने में नहीं लगाते, तो वे शक्तियां बेकार चली जाती हैं।

यदि आप में स्वतंत्रता की भावना है, तो स्वतंत्रता को पाने और उसकी रक्षा करने की शक्ति भी आप में अवश्य है। यह दूसरी बात है कि किसी समय वह शक्ति सुस्त हो गई हो और आपने उसे जगाने का प्रयत्न न किया हो। वह शक्ति जब जागृत हो जाती है तब आपको बन्धन में रखने की किसी की भी शक्ति नहीं रहती।

शुभ इच्छा को पूर्ण करने के लिए बाहरी साधन ही पर्याप्त नहीं हैं। उसके लिए आपको किसी-न-किसी अमर सिद्धांत का पल्ला पकड़ना

होगा। सिद्धांत के बिना आप कभी भी अपने उद्देश्य को नहीं पा सकते। सिद्धांत पर आप तभी दृढ़ हो सकते हैं, जब आप में आत्मविश्वास हो। संसार के कर्ता ने आपको इच्छाशक्ति इसलिए दी है कि आप परिस्थितियों को अपनी इच्छा के अनुसार मोड़ सकें और अपनी दृष्टि के अनुसार उद्देश्य को प्राप्त कर सकें।

जब हम केवल इच्छा करते हैं और उसके लिए प्रयत्न नहीं करते, तब हमारी शक्तियां बेकार जाती हैं। हमें अभ्यास द्वारा लगातार अपने अन्दर की शक्तियों का विकास करते रहना चाहिए। हमारे अन्तःकरण में जो शक्तियों का भंडार जमा है, हमें उनका प्रयोग अवश्य करना चाहिए। हमें उन शक्तियों को संगठित करना चाहिए; उनमें तालमेल या समन्वय भी स्थापित करना चाहिए। फिर उनका समझदारी से प्रयोग करना चाहिए। तभी हम अपने लक्ष्य पर निशाना लगा सकेंगे। तभी हम अपने उद्देश्य को प्राप्त कर सकेंगे।

अपने लक्ष्य पर दृष्टि एकटक गड़ाए रखिए। अपने हृदय, हाथ और मस्तिष्क को काम में लाइए। अपने विश्वास को दृढ़ रखिए। अपने निश्चय में कमी मत आने दीजिए। धैर्य को हाथ से मत छोड़िए। विशेष बुद्धि वालों का यही गुण है। अन्त तक बिना थके अपने पथ पर चलते जाइए।

हर जगह लोग प्यार के भूखे और स्नेह के प्यासे हैं। वे आपसे उल्लास और प्रेरणा पाने को उत्सुक हैं। उन्हें निराश मत कोजिए।

संसार में धनी बहुत हैं। उनके पास सब कुछ है, पर वे भी आपके प्यार के भूखे मिलेंगे। वे भी आपसे स्नेह पाना चाहेंगे। बड़ी-बड़ी जमीनों से, महलों से, मोटरों और कोठियों से स्नेह की भूख नहीं मिटती। पैसे से आप सब कुछ खरीद सकते हैं, पर प्यार नहीं। प्रेम सबसे ऊंची वस्तु है।

प्रेम की कोई सीमा नहीं। वह असीम है। यदि वह संबंधियों और मित्रों तक ही सीमित है, तो वह सच्चा प्रेम नहीं। वह तो स्वार्थ है। ईसामसीह का प्रेम सीमित न था। गांधीजी का प्रेम सीमा से बंधा हुआ न था। सच्चा प्रेमी जितना अपने बच्चे पर दयालु होता है, उतना ही गली के भिखारी पर भी दयालु होता है। सच्चा प्रेमी आंधी की तरह नहीं आता, मूसलाधार की तरह नहीं बरसता। वह तो शीत में सुखदायी धूप की तरह या घास में रिमझिम की तरह आनन्दमयी होता है। सच्चा प्रेम शब्दों तक सीमित नहीं रहता, बल्कि वह कर्म में प्रकट होता है।

प्रेम के द्वारा बुरे-से-बुरे मनुष्य के हृदय को बदला जा सकता है। दण्ड, क्रूरता, धमकियां और अत्याचार जो काम नहीं करवा सकते, वह प्रेम करवा सकता है।

अपने आपको भूल जाइए। जब तक आप अपने अहंकार को नहीं भूलते, तब आप सच्चा प्रेम नहीं कर सकते और न कोई बड़ा काम ही कर सकते हैं। बहुत से लोग आत्माभिमान का अर्थ अहंकार समझते हैं और उनसे अहंकार एक रोग की तरह चिपट जाता है। वे अपने व्यक्तित्व के सिवा, स्वार्थ के सिवा और कुछ सोच नहीं सकते। वे अपने पर ही मुग्ध हो जाते हैं। वे यही सोचते रहते हैं कि उनका स्वार्थ कैसे पूरा हो।

जब तक मनुष्य के विचार अपने तक ही सीमित हैं तब तक वह कभी उन्नति नहीं कर सकता। जो सदा स्वार्थ की बात सोचता है, वह शीघ्र ही सूख जाता है। स्वार्थी कभी नहीं बढ़ते, कभी नहीं उन्नति करते, कभी विकास को प्राप्त नहीं करते।

अहंकार को त्याग कर ही मनुष्य ने अमर कार्य किए हैं। सबसे उत्तम प्रार्थना-मौन प्रार्थना है, जो अंतःकरण से की जाती है। वह अहं से रहित होती है! वह अवश्य सुनी जाती है।

मानव की सफलता की कसौटी है उसका दैनिक जीवन। क्या वह वास्तव में जीवित है? अथवा क्या उसके व्यक्तित्व का प्रत्येक अंश प्रयोग न होने से मृत की तरह हो चुका है?

यदि मनुष्य के पास लाखों रुपए हों, परन्तु उसमें मनुष्यता का अधिकांश मर चुका हो, तो उसे जीवित नहीं कह सकते। यदि मनुष्य के अन्दर अच्छे व्यक्तियों तथा अच्छे पदार्थों के प्रति प्रेम न रहा हो यदि उसमें सभ्यता और संस्कृति के प्रति प्रेम न रहा हो, तो उसे आप जीवित कैसे कहेंगे?

अपने बच्चों का ध्यान रखिए कि वे सत्य से प्रेम करना सीखें। वे आत्मविश्वासी, दृढ़, उत्साही एवं स्वतंत्र बनें। यदि उनमें ये गुण होंगे तो वे न केवल अपनी सहायता करेंगे, बल्कि औरों की भी सहायता करेंगे।

कुछ धनी लोग अपने बच्चों को शिक्षा दिलाने और उन्हें गुणी बनाने की आवश्यकता नहीं समझते, पर उनको विदित नहीं कि उनके लाखों रुपए भी उनके बच्चों का जीवन नहीं बना सकते। स्थिरता, धैर्य, चरित्र, उत्साह और प्रेम के अभाव में करोड़ों रुपए होने पर किसी का जीवन कभी उत्तम नहीं बन सका।

इसका अर्थ धन की निन्दा करना नहीं है। इसका तात्पर्य यह है कि हमें अन्य गुणों के विकास पर भी पूरा बल देना चाहिए।

मस्तिष्क का संतुलन

अपना दिमाग ठीक रखिए। अपना मस्तिष्क सन्तुलित रखिए। प्रायः बहुत से लोग तनिक-सी बात पर अपने मस्तिष्क का सन्तुलन खो बैठते हैं। जब दूसरे मनुष्य भड़क उठें, अपने मस्तिष्क की

क्षमता और स्थिरता खो बैठें, उस समय जो अपने मस्तिष्क का ठीक सन्तुलन रखता है, वह श्रेष्ठ मनुष्य है। विपत्ति और संकट ही तो मस्तिष्क के संतुलन की कसौटी है। ऐसे अवसर पर जो शान्त चित्त से और स्थिर मन से चिन्तन और कार्य करता है, वह संकट से जूझने में सफल होता है। वह विपत्ति के समुद्र को हंसते मुसकराते पार कर जाता है। उस व्यक्ति पर आप बड़ी से बड़ी जिम्मेदारी का काम डाल दें, उसे वह पूरा निभा जाएगा।

सन्तुलित मस्तिष्क वाले व्यक्ति में कुछ ऐसी श्रेष्ठता और उत्तमत्ता होती है कि उसके सम्मुख हमारा सिर अपने-आप झुक जाता है। कारण यह है कि वह विपत्ति के समय शान्त रहता है। वह स्थिर रहता है। वह गर्म नहीं होता। वह क्रोध या उत्तेजना में नहीं आता। उसमें जोश का उबाल नहीं आता।

हर प्रकार की परिस्थितियों में मस्तिष्क का सन्तुलग रखना एक भारी गुण है। इससे प्रकट होता है कि उस व्यक्ति में सुरक्षित शक्ति कितनी अधिक है। उसमें आत्मसंयम कितना अधिक है। उसका अंग-अंग उसके वश में है।

सर्दी-गर्मी और आंधी पानी में जो स्थिर रहता है, वह हिमालय के समान महान है। उसके गौरव के आगे सब नमस्कार करते हैं। कहा भी है, "सम्पत्ति और विपत्ति में महान लोग एकरूप रहते हैं।" नवयुवकों के लिए शान्तचित्त होना एक कठिन बात है, और कई बार इसे यौवन का चिन्ह समझा जाता है। परन्तु बददिमाग होना या जल्दी उत्तेजित होना कोई अच्छी बात नहीं है।

जिस समय भड़काने के साधन हों, उत्तेजना के कारण हों, आर्थिक कठिनाइयां आ पड़ी हों, या कोई हानि हो गई हो, उस समय शान्तचित्त रहना कठिन है। ऐसे समय कोई विरला ही स्थिर रह पाता है। परन्तु

जो ऐसे समय धैर्य रखता है, उसकी बड़ी प्रशंसा होती है। पंचतन्त्र में लिखा है : "सम्पत्ति मिलने पर जो हर्ष में आपे से बाहर नहीं हो जाता, विपत्ति आने पर जो विकल होकर रोने नहीं लगता, युद्ध आ पड़ने पर जो कायर नहीं हो जाता, ऐसे त्रिलोक में, शिरोमणि, पुत्र को पैदा करके माता धन्य हो जाती है।"

महान पुरुष परिस्थितियों के अनुकूल तुरन्त ही अपने आपको ढाल लेता है। घाटा पड़ जाना, उद्योग में असफल हो जाना, परीक्षा में फेल हो जाना, या कोई संकट आ पड़ना - इन सब बातों से महान पुरुष का मन विचलित नहीं होता। वह अपने पैरों पर खड़ा रहता है, वह भागता नहीं। वह पलायन में विश्वास नहीं रखता। वह परिस्थिति का डटकर मुकाबला करता है। वह अपने मस्तिष्क का सन्तुलन नहीं गंवा बैठता। अन्त में वह विजयी होता है। सन्तुलित मस्तिष्क वाला व्यक्ति अच्छा निर्णय करता है। उसके भिन्न-भिन्न गुणों में ऐसा तालमेल होता है कि वे आपस में मिल-जुलकर उसकी सहायता करते हैं। उसका यह गुण उसके जोश और उत्साह की शक्ति को बढ़ाता है। वह उसे क्रोधित अधीर या हताश नहीं होने देता।

जिस तरह एक उत्तम यन्त्र में हर एक पुर्जे का आकार उचित है, उसी तरह एक सन्तुलित मस्तिष्क वाले व्यक्ति का हर एक गुण उचित मात्रा में विकसित हुआ होता है। उसकी शक्ति यदि सेर-भर होगी, तो उसका जोश भी सेर-भर होगा।

युवकों में व्यापार के लिए मस्तिष्क वाला युवक प्राप्त करना बड़ा कठिन है - ऐसे मस्तिष्क वाला युवक, जो किसी भी बात की ऊंच-नीच को भली भांति तोलकर फिर कोई निर्णय करता है, हर जगह सम्मान पाता है।

जब मस्तिष्क सन्तुलित होता है, जब चित एकाग्र होता है, तब

निर्णय स्पष्ट होता है। तब निर्णय एक तरफ को झुका हुआ नहीं होगा। तब तस्तिष्क कोई भी निर्णय - दुर्बलता, हठ, दुराग्रह, पूर्वाग्रह या अन्धविश्वास से नहीं करता।

बहुत-से व्यक्तियों को ऐसा प्रशिक्षण नहीं मिला हुआ होता। उन्हें इस बात की ट्रेनिंग देनी पड़ती है कि मनुष्य अपने मस्तिष्क का सन्तुलन कैसे रखे। और यह ट्रेनिंग छोटी आयु में ही शुरू होनी चाहिए।

मस्तिष्क की स्थिरता और शान्तता शक्ति का चिन्ह है। यह मानसिक समरसता का परिणाम है। जिसका मन समरस है, उसे बड़ी-से-बड़ी विपत्ति भी डावांडोल नहीं कर सकती। उसके कदम मजबूत होते हैं। उसे आंधी का एक ही झोंका उड़ाकर नहीं ले जाता। एक अच्छे विकसित पेड़ की सभी शाखाएं समान रूप से पुष्ट होंगी। उनमें एक समान फूल और फल लगेंगे। इसी प्रकार सन्तुलित मस्तिष्क वाले व्यक्ति के हर एक गुण का विकास एक दूसरे के तालमेल से होगा।

एक समरस, ,शशान्त, स्थिरचित्त डाक्टर या सर्जन अधिक सफल होता है। एक सन्तुलित मस्तिष्क वाला विद्यार्थी, अध्यापक और नेता अधिक सफल होता है। समरस मन वाला अपने मस्तिष्क को सन्तुलित रखता है। वह अपनी योग्यताओं और गुणों को एक समान बढ़ाता है। मान लीजिए, कि मनुष्य का सिर उसके और अंगों के अनुपात से बहुत बड़ा हो तो, क्या उसे आप सुन्दर कहेंगे? इसी तरह जिसका मस्तिष्क जल्दी गर्म हो जाता है, उसे श्रेष्ठ नहीं कह सकते!

शान्त मस्तिष्क ठीक अनुमान करता है। वह सही अन्दाज लगा लेता है कि आगे क्या होगा। फिर वह उसका उपाय करने में जुट जाता है। उसकी योग्यताओं में आपस में समरूपता होती है।

अधिक बोलना, अधिक गर्व करना, ज्यादा जोश दिखलाना कोई ताकत की निशानी नहीं है। वैज्ञानिकों का कहना हैं कि संसार की

सर्वोत्तम शक्तियां शब्दहीन हैं। जो ध्यान से सुनता है, वह गलत नहीं सुनता। जो एक ही शब्द सुनकर मशीन की तरह बोलने लगता है, वह गलत काम करता है। कहावत है - 'थोथा चना बाजे घना।'

जो सबल है, गुणी है, योग्य है, वह सागर की तरह गंभीर होता है। वह छोटी-छोटी बातों से नहीं भड़क उठता। वह जल्दी जोश या क्रोध में नहीं आता। उसके चिन्तन में स्थिरता होती है। इसी तरह उसके यत्न, चेष्टा और असके कार्य में भी स्थिरता होती है।

यदि आप अपने समाज में श्रेष्ठ पुरुषों का निर्माण करना चाहते हैं तो आपको हर एक व्यक्ति को यह सिखलाना होगा कि वह अपनी शक्तियों को सुरक्षित रखे। जो व्यक्ति अपनी शक्तियों को व्यर्थ नहीं बह जाने देता, वह हर बात की ठीक नाप-तोल करता है। उसके हर एक काम में तालमेल होता है। उसकी चेष्टाओं में समरसता होती है। उसकी चाल में लय-ताल होती है। उसे जिस तरफ से देखो, वह सुन्दर दिखाई देगा। वह पूर्ण दिखाई देगा। वह महान दिखाई देगा। वह विराट दिखाई देगा।

हमारा उद्देश्य यह न होना चाहिए कि हम अपने को सर्वोत्तम कलाकार या राजनीतिज्ञ बनाएं। हमारा उद्देश्य यह होना चाहिए कि हम अपने को सर्वोत्तम मानव बनाएं।

मस्तिष्क का सन्तुलन प्रतिभा या विशेष बुद्धि से भी बढ़कर गुण है। यह गुण अन्य सब गुणों को बढ़ाता है, उनमें समन्वय लाता है और समय-समय पर उनसे ठीक काम लेकर मनुष्य को सच्चे अर्थों में महान बनाता है।

हमारी सभी योग्यताओं का आपस में बड़ा घनिष्ठ सम्बन्ध है। यदि हम मस्तिष्क की निर्माण-शक्ति को बढ़ाते हैं तो हमारे अन्य सभी गुणों और कार्यशक्तियों को उससे बल मिलता है।

संसार भर में सन्तुलित मस्तिष्क वाले लोग बहुत कम मिलते हैं। वे सदा ही किसी समाज की विभूति होते हैं। बहुत से महान लोगों का जीवन इसलिए बिगड़ जाता है कि उनमें विवेक-शक्ति नहीं होती। उनमें स्थिरता और धीरता का अभाव होता है।

जिसकी यह प्रसिद्धि हो कि वह तनिक-सी बात से चिढ़ जाता हैं। या जोश में आ जाता है, तो उसका भरोसा लोग कम ही करते हैं। इससे उस व्यक्ति की उन्नति में भारी बाधा आ जाती है।

आपके देश में ऐसे बहुत से लोग दिखाई देंगे, जिनकी महान आकांक्षाएं थीं; परन्तु कार्य में नियम और क्रम न रखने के कारण उनकी सारी योजनाएं नष्ट हो गईं। आज उन्हें हम गिरी-पड़ी हालत में देखते हैं।

कर्मचारी जब अपने में से किसी को एकदम बहुत ऊंचे पद पर पहुंचते हुए देखते हैं तो आश्चर्य से कहा करते हैं- “उसमें योग्यता तो हम से कम ही है।” परन्तु उन्हें पता नहीं कि उस व्यक्ति की उन्नति का कारण है- उसकी समझदारी, विवेक, निर्णय करने की योग्यता, और सन्तुलित मस्तिष्क। व्यावहारिक जीवन में समझदारी और सन्तुलन का बड़ा महत्त्व है।

जो मनुष्य जरा-सी बात पर चिन्ता करने लगता है, कुढ़ने लगता है, या क्रोध में आ जाता है, वह अपनी ही दुर्बलता प्रकट करता है। इससे स्पष्ट हो जाता है कि उस मनुष्य को न तो अपनी शक्तियों का ज्ञान है और न उसमें आत्मसंयम है। जों मनुष्य अपने-आपको वश में नहीं रख सकता। उसे किसी भी क्षेत्र में नेता नहीं बनाया जा सकता।

एक सन्तुलित मस्तिष्क वाले व्यक्ति में आत्मसम्मान अवश्य होगा। वह अस्थिर नहीं होगा। सन्देह, चिन्ता, भय आदि में नहीं फंसेगा। उसमें आत्मविश्वास होगा कि मैं अवसर की आवश्यकताओं के अनुसार अपने आपको ढालकर काम को अवश्य पूरा करूंगा। उस व्यक्ति में मानसिक

सन्तुलन होगा। वह हर बात की और हर काम की नाप-तौल करके परख कर लेगा।

मस्तिष्क का सन्तुलग और ईमानदारी - इन दो गुणों के आधार पर ही व्यापार में या कार्यालय में आपका दर्जा निश्चित होता है। इन्हीं गुणों के आधार पर ही आपकी तरक्की होती है। ये दोनों गुण आप में जब बहुत उन्नत दशा में होंगे, तो आप अवश्य ही अधिकारी, अफसर, नेता या महान पुरुष बन जाएंगे।

हर एक बात को बारीकी से देखो, परखो उसकी छानबीन करो, उसकी परीक्षा करो, उसे समझो। उस बात की अच्छाई-बुराई पर विचार-विमर्श करो। इससे निर्णय-शक्ति हजारों गुना बढ़ जाएगी। इससे आपकी कार्यशक्ति बढ़ जाएगी।

हर साल हजारों छात्रों की भीड़ स्कूल और कालेजों से बाहर आती है। उनमें से अधिकांश केवल पुस्तकों का ही ज्ञान रखते हैं। व्यवहार में उस ज्ञान का प्रयोग करना कम लोगों को ही आता है। शिक्षा में इस प्रकार का परिवर्तन होना चाहिए जिससे बालक शुरू से ही जो कुछ पढ़े उसका व्यावहारिक प्रयोग प्रैक्टिकल करता जाए।

सन्तुलित मस्तिष्क वाला व्यक्ति कभी असफल नहीं होता। यदि कभी उससे भूल भी हो जाती है, तो वह तुरन्त संभल जाता है, परन्तु अच्छी से अच्छी प्रतिभा वाला व्यक्ति भी निर्णय की शक्ति या विवेक न होने से गढ़े में जा गिरता है। वह फिर उठ नहीं सकता, क्योंकि उसके पास अपने आपको सुधारने की शक्ति नहीं होती।

जो मनुष्य अपने निश्चित किए काम को अवश्य करता है, मन में आए आलस्य को ठुकरा देता है, लगातार अपना काम करता चला जाता है, वह अवश्य सफल होता है। वह काम को प्रधान समझता है, न कि अपने सुख और आराम को।

उपनिषदों में कहा है कि काम दो प्रकार के होते हैं - श्रेय और प्रेय। श्रेय काम श्रेष्ठ होते हैं और उनसे उन्नति होती है। प्रेय काम मन को प्रिय लगते हैं, परन्तु उनसे भविष्य बिगड़ जाता है। एक उदाहरण लीजिए। एक विद्यार्थी की परीक्षा सिर पर आ गई है। परीक्षा में सम्मान सहित उत्तीर्ण होना उसका श्रेय है और आराम से सोना उसका प्रेय। यदि वह प्रेय के पीछे लगता है तो वह असफल हो जाता है। उस असफलता के कारण न केवल उसे निराश होना पड़ता है, बल्कि अपमानित और लांछित भी होना पड़ता है।

मनुष्य की सफलता के लिए उत्साह एक आवश्यक बात है। इसके बिना सफलता नहीं मिलती। पर यदि उत्साह सन्तुलित न हो उसे अंधा जोश कहेंगे। उत्साह यदि नियम और अनुशासन में बंधा हुआ हो, तो वह कार्यकारी होता है। वीरता एक महान गुण है, परन्तु उसकी विजय तभी हो सकती है जब उसका सूझ-बूझ और अनुशासन से प्रयोग किया जाए।

ऊंचे दर्जे की योग्यताएं भी, सन्तुलन न होने से, मनुष्य के जीवन को नष्ट कर सकती हैं। उदाहरणतया, बहुत अधिक दान करने से मनुष्य आप दरिद्र हो जाता है। उद्दण्ड व्यक्ति संकीर्ण हृदय होते हैं। उनमें विशालता नहीं होती। उनमें सहानुभूति नहीं होती। उनमें उदारता नहीं होती। उनमें दूसरे का दृष्टिकोण समझने का धैर्य नहीं होता। वे यह कभी मान ही नहीं सकते कि उनसे भूल भी हो सकती है। सत्य जानिए, संसार की अधिकतर दुर्घटनाएं ऐसे लोगों के ही हाथों होती हैं।

बहुत से लोग अपने किसी विचार या मत को सदा दूसरों पर ठूंसने का यत्न किया करते हैं। दूसरे चाहें या न चाहें, वे अपने विचार का बखान अवश्य करेंगे। वे हठ करेंगे कि उनका मत ही ठीक है। वे कहेंगे कि उनके मत से अच्छा मत और हो ही नहीं सकता। वे अपने मत

को बदलने के लिए या उसमें थोड़ा-बहुत परिवर्तन करने के लिए कभी तैयार न होंगे। ऐसे हठधर्मी व्यक्तियों से लोग दूर भाग जाते हैं।

मनुष्य में समझदारी की आवश्यता है। साधारण ज्ञान की आवश्यकता है। निर्णय करने की शक्ति की आवश्यकता है। इस बात की भी आवश्यकता है कि वह जल्दी न भड़क उठे, शीघ्र उत्तेजना या क्रोध में न आ जाए। इस बात की नितान्त आवश्यकता है कि वह संकट आने पर घबरा न जाए, और अपने विवेक से काम ले। किसी ने ठीक ही कहा है : "विवेकी मनुष्य कर्म और अकर्म, कर्तव्य और अकर्तव्य के निर्णय में कभी आलस्य नहीं करता, जैसे दूध और पानी को अलग-अलग करने में हंस कभी आलस्य नहीं करता।"

कर्मचारियों से काम लेने का ढंग

कुछ पौधे इस तरह के होते हैं जो पड़ोस में अन्य किसी प्रकार के पौधों को नहीं उगने देते। वे जहां उगते हैं, उस जमीन को इस तरह विषैली बना देते हैं कि वहां पर जो पौधे पहले से उगे हुए हों, वे भी ढूंठ हो जाते हैं।

इसी प्रकार कुछ मालिक या अफसर अपने आसपास का वातावरण इस तरह का बना डालते हैं कि उनके अधीन काम करने वाले अन्य लोग निकम्मे बन जाते हैं। उन्हें देखते ही कर्मचारियों के प्राण सूखने लगते हैं। कर्मचारियों को ऐसा प्रतीत होने लगता है कि उनका दम घुटा जा रहा है, उन्हें कुचला जा रहा है। इस प्रकार के मालिक या अधिकारी अपने अधीन कर्मचारियों को डरा-धमका सकते हैं, परन्तु उनसे अच्छा काम कभी नहीं ले सकते, और न ही सच्चा सम्मान प्राप्त कर सकते हैं।

बहुत-से मालिक या अधिकारी अपने कर्मचारियों का उत्साह नष्ट करने में बड़े कुशल होते हैं। उनको दूर से देखते ही कर्मचारी त्रस्त हो जाते हैं और अपनी सारी कार्यकुशलता भूल जाते हैं। ऐसे मालिकों या अधिकारियों की उपस्थिति में काम करना कर्मचारियों के लिए बड़ा कठिन हो जाता है।

कुछ लोग काम लेने का यही तरीका उचित समझते हैं कि कर्मचारियों से कठोर बर्ताव किया जाए; परन्तु उन्हें पता नहीं कि कठोर व्यवहार, डांट-डपट और अकारण दोष निकालते रहने से कर्मचारियों के व्यक्तिगत गुण, आशा और उत्साह नष्ट हो जाते हैं, उनकी उमंग ठण्डी हो जाती है।

बहुत से स्वामी और अधिकारी यह समझते हैं कि कर्मचारियों की प्रशंसा कभी नहीं करनी चाहिए। वे इसे सिद्धान्त बना लेते हैं। प्रशंसा का अवसर होने पर भी प्रशंसा नहीं करते। वे दोष ढूंढ निकालने में ही अपनी खूबी समझते हैं। लेकिन इस तरीके से बढ़कर काम लेने का दूसरा बुरा तरीका नहीं है। काम लेने वालों को समझना चाहिए कि कुछ लोग केवल सराहना के लिए ही जीते हैं। उचित और सामयिक सराहना के बिना वे अच्छा काम कर ही नहीं सकते। सराहना से उन्हें काम के लिए प्रेरणा और उत्साह प्राप्त होता है।

जब एक कर्मचारी अपने अधिक-से-अधिक प्रयत्न द्वारा अच्छे-से-अच्छा काम कर रहा हो, तब उसकी सराहना न करना अनुदारता है। इससे काम अवश्य ही बिगड़ता है।

बहुत से लोग जरा सी सराहना पाकर ही सर्वोत्तम कार्यकर्ता बन गए। जरा-सी प्रशंसा से अनेकों के जीवन बदल गए। यदि आप अपने मधुर शब्द या छोटे-से पत्र द्वारा किसी के हृदय को ऊंचा उठाते हैं या उसे कार्य के लिए प्रोत्साहन देते हैं, तो आप निस्सन्देह

अच्छा काम लेने की योग्यता रखते हैं। आपको काम समय पर और सही मिलेगा।

जब हमारी योग्यता, कार्यशक्ति या कार्यकुशलता की कोई बड़ाई करता है तो हमें बड़ा सुख मिलता है। तब हमें अपने बारे में और अपने काम के बारे में सोचने का मौका मिलता है। उस समय हमें अपने भविष्य के बारे में, अपनी सफलता के बारे में आशा हो जाती है। तब हम और भी अच्छा काम करके दिखाने का प्रयत्न करते हैं।

कर्मचारियों की कार्यकुशलता का आधार उत्साह है। उत्साह से ही काम की लगन लगती है। जब लगन लगती है तो मनुष्य उसके उपाय सोचता है। इससे उसमें मौलिकता आती है। तब वह रचना कुशल बन जाता है। वह उस काम में विशेषता प्राप्त करने का प्रयत्न करता है। अनुचित रूप में दबाने और कुचलने से कर्मचारी की मौलिकता मारी जाती है। उसकी लगन उखड़ जाती है। वह निरन्तर काम में न लगा रहकर एक घबराहट की दशा में रहता है। फिर उसकी सफलता कठिन को जाती है। चाहे खेत की उपज का काम हो, या कारखाने के उत्पादन का, सेना का काम हो या कार्यालय का, मण्डी का काम हो या दूकान का, सब जगह अपने अधीन काम करने वालों का उत्साह बढ़ाइए। उत्साह और आशा से ही सब प्रकार का उत्पादन बढ़ता है।

कार्यकर्ताओं के दोष ही देखते रहने की नीति से कभी लाभ नहीं होता। इसमें आपकी शक्ति ही नष्ट होती है।

त्रास्त करने, डांटने, त्रुटियां निकालने और दोष ढूंढने की आवश्यकता नहीं। यदि आप उनके व्यक्तित्व का उचित सम्मान करते हुए उन्हें ठीक तरीका बतलाते हैं और साथ ही उनको उत्साह देते हैं, तो कर्मचारी आपको अच्छा काम देंगे और आपका सम्मान करेंगे।

बीते दिनों का भूत

बीते दिनों का भूत कइयों के जीवन की शक्ति को खाता रहता है। उस भूत को निकट मत आने दो। 'हाय, वह मौका चूक गया,' 'यह करता तो आज न जाने कहां होता', आदि निराशा की बातें बेकार हैं। मनहूस बनने से कभी कोई लाभ न होगा। कहा भी है :

'बीती ताहि बिसारि दे
आगे की सुध लेय।'

गड़े मुदे उखाड़ने से क्या बनेगा? जो बीत गई, सो बीत गई। उसकी छाया मस्तिष्क पर मत रखो। उसका बोझ मन पर मत पड़ने दो। बीती हुई बुरी घटनाओं की छाया भी अपने आज के काम पर मत पड़ने दो। उसे भूल जाओ। नये और ताजे होकर उत्साह से अपने वर्तमान काम में लग जाओ।

बहुत-से लोग सदा दुर्भाग्य का ही रोना लेकर बैठे रहते हैं। वे अपने साथ भारी शत्रुता करते हैं। यदि दूध उबलकर निकल गया है, तो उठकर और दूध लाइए; ओह-आह करते रहने से क्या मिलेगा?

निराशा में पड़े रहने से वह बड़ी बलवान हो जाती है। वह फिर रोम-रोम से, सांस-सांस से प्रकट होने लगती है। इसके भंवर में पड़ा मनुष्य काम करने योग्य नहीं रहता। निराशा की मांद में घुसकर आप काम नहीं कर सकते, क्योंकि वहां प्रकाश या आशा की एक किरन भी नहीं घुस सकती।

संसार-भर में कहीं भी चले जाइए, आप जैसा बीज बोएंगे, वैसा ही फल पाएंगे। इसी प्रकार जैसे आप अपने मन में विचार बोएंगे, आपके कार्य भी वैसे ही होंगे और फल भी वैसे ही होंगे। अपने अन्तःकरण में शुभ आशा के बीज बोइए।

जो स्त्री-पुरुष अपनी शक्तियों को शिकायतों में, परिस्थितियों को कोसने में, भाग्य को बुरा कहने में खर्च कर डालते हैं, वे अपने साथ न्याय नहीं करते। वे कहते हैं, "संसार में कहीं न्याय नही; योग्यता की कहीं कद्र नहीं; जमाना खराब है; संसार का ढंग बहुत बुरा है - आदि।" ये सारी बातें छोटे मम और अविकसित मस्तिष्क की हैं। विशाल मन वाले और विकसित मस्तिष्क वाले लोग इस प्रकार की तुच्छ और व्यर्थ बातों में अपना समय नहीं गंवाते। उनके कार्य में यदि कोई बाधा आती है, तो वे अपने प्रयत्न को दोगुना कर देते हैं। बस, वे बाधा को पार कर जाते हैं। संकट उनका कुछ नहीं बिगाड़ सकता। उनके काम कभी नहीं रुकते।

जो मनुष्य सदा ही भाग्य को कोसता रहता है, लोग उसकी सहायता बन्द कर देते हैं। जो सदा निराश होकर रोता रहता है, लोग उसके पीछे उपहास करने लगते हैं। बहुत से मालिक या अधिकारी ऐसे निराशावादी आदमी को काम पर नहीं रखते। कम योग्यता वाले व्यक्ति को भी काम जल्दी मिल जाता है, पर निराश को काम मिलना कठिन हो जाता है। लोगों के पास व्यर्थ का रुदन सुनने का समय नहीं है। जो अपने को दुर्भाग्य का शिकार कहकर काम पाना चाहता है, उसे बहुत कम सफलता मिलती है।

मनुष्य जब बहुत प्रसन्नता से काम करता है, तब वह सर्वोत्तम काम कर पाता है। मानव का यही स्वभाव है। दुःखी, चिड़चिड़ा, निराश और भाग्य को कोसने वाला अच्छा काम नहीं कर सकता। उसके रास्ते में भूतकाल का भूत रुकावट डालता है।

जब मन प्रसन्न हो, सौम्य हो, स्थिर हो, चिन्ता रहित हो, निर्भय हो - तब मनुष्य अपनी सर्वोत्तम अवस्था में होता है और उसका काम भी सर्वोत्तम होता है।

यदि एक मनुष्य अपनी बरसों की कमाई को बैंक से निकालकर सड़क पर फेंक दे, तो क्या आप उसे समझदार कहेंगे? इसी प्रकार जो मनुष्य वर्षों की आशा और प्रयत्न को निराशा की बहक में छोड़ देता है, उसे समझदार कैसे कहा जा सकता है? पंचतन्त्र में कहा है :

"निम्न कोटि के निराशावादी लोग काम को आरम्भ ही नहीं करते; वे सोचते हैं कि विघ्न आ पड़ेंगे। मध्यम कोटि के लोग काम करते रहते हैं, परन्तु विघ्न आने पर बीच में छोड़ देते हैं। उत्तम कोटि के लोग काम को आरम्भ करते हैं, बाधा आने पर उसका मुकाबला डटकर करते हैं और अन्त तक उत्साह से कार्य करते हैं। दृढ़ आशा के बल पर वे विजयी होते हैं।"

निराशा की बात छोड़िए। दुर्भाग्य की कहानियां बन्द कर दीजिए। अपने भाग्य को कोसना त्याग दीजिए। फिर आपके जीवन के सितार से मधुर, सुन्दर और मनमोहक राग निकलने लगेगा। उस राग में ईश्वरीय संगीत प्रकट होगा। तब आपकी प्रत्येक काम में सफलता होगी।

सफलता और असफलता

बहुत से लोग सफलता के पास पहुंचकर काम छोड़ देते हैं। यदि वे जरा-सा और धैर्य रखकर कार्य करते, तो अवश्य सफल हो जाते। उन्होंने महान उत्साह से काम शुरू किया था, पर सफल होने के कुछ ही समय पहले उन्होंने काम छोड़ दिया। ऐसे लोग परिश्रमी, ईमानदार, उत्साही और कुशल तो होते हैं, उन्हें अवसर भी अच्छे मिलते हैं, फिर वे सफल क्यों नहीं होते? उनमें निरन्तर काम करने की लगन और साहस की कमी होती है। वे काम करते-करते सफलता के द्वार

तक पहुंचकर आगे बढ़ना बन्द कर देते हैं। वे पीछे लौट आते हैं। वे अपने लक्ष्य तक नहीं पहुंच पाते। वे अपने उद्देश्य को नहीं प्राप्त कर सकते। यदि वे कुछ पग आगे बढ़ाते, थोड़ा-सा प्रयत्त और करते तो अवश्य सफल हो जाते।

जीवन में जिसे आप सबसे सफल मनुष्य समझते हैं, उससे प्रश्न पूछिए। वह आपको बताएगा कि काम करते हुए उसने कभी भी यह अनुभव न किया था कि 'मैं बहुत काम कर चुका हूं।' वह तो लगातार काम में लगन से जुटा रहा। बाधाएं आईं। वह और भी तेजी से पग आगे बढ़ाता हुआ निरन्तर चलता रहा। बस, एक दिन उसे स्वयं आश्चर्य हुआ कि अकस्मात् उसने अपना लक्ष्य पा लिया। किसी कवि ने ठीक ही कहा है: "सिद्धि तो है चरणदासी।" जो लगातार आगे ही चरण बढ़ाता चलता है, सिद्धि अर्थात् सफलता उसके चरणों को पूजती है।

योग्यता या गुणों के कारण अधिक लोग असफल नहीं होते। अधिक लोग काम न करने से असफल होते हैं। जब बाधाएं आती हैं, तो बड़ी सामर्थ्य वाले भी काम बीच में ही छोड़ देते हैं और असफल हो जाते हैं।

बहुत-से लोग कहा करते हैं : "उस काम के लिए मैं सब कुछ लगाने को तैयार हूं।" वे बड़े जोश और उत्साह से काम भी आरम्भ कर देते हैं, पर वे निरन्तर तन-मन से लीन होकर काम करने का महत्त्व नहीं जानते। वे जल्दी का और निकट मार्ग ढूंढते रहते हैं। वे मेहनत से, प्रयत्न से, उद्योग से कतराते हैं। वे अपने आराम में कमी नहीं करना चाहते। वे भाग्य खुलने की - लाटरी निकलने की प्रतीक्षा करते रहते हैं। वे इस प्रकार जीवन के बहुमूल्य वर्ष यों ही गंवा देते हैं।

कुछ लोग ऐसे होते हैं जो काम करने का ढंग जानते हैं। वे इस तरह की कठिनाइयों और बाधाओं से निकलकर अपने काम को पूर्णता

तक पहुंचाकर ही दम लेते हैं। यह गुण उनकी दृढ़ता का चिन्ह है। यह उनकी रचनात्मक योग्यता का प्रतीक है। वे जिस काम में हाथ डालते हैं, उसमें ऐसे तन-मन से जुट जाते हैं कि सफलता उनके चरणों को पूजने लगती है।

जन्म से ही नेता

अब आप किसी कारखाने या मिल में जाते हैं, जहां हजारों लोग काम करते हैं, तो वहां की हलचल देखकर आपको अचम्भा होता है। आप सोचेंगे कि ये हजारों मनुष्य किस तरह आपस में तालमेल से काम करते हैं? इसका उत्तर आपको तब मिलता है जब आप कार्यालय में बैठे उनके नेता को देखते हैं। वह अपनी कुर्सी पर बैठा होगा। वह चुपचाप, शांत बैठा होगा। वह सन्तुलित मस्तिष्क का व्यक्ति होगा। वह कम से कम बोलेगा। जब बोलेगा, काम की बात बोलेगा। यही वह व्यक्ति है, जो हजारों को अनुशासन में चलाता है। वह सब कर्मचारियों का प्रधान है। वह केन्द्र या धुरी है, जिसके चारों ओर काम का चक्र घूमता है।

नेता में सबसे बड़ा गुण संगठन का गुण होता है। वह मनुष्यों को देखते ही उनके बारे में सब कुछ जान लेता है। वह यथार्थ रूप में जान लेता है कि किससे क्या काम लेना है। वह कार्यकर्ताओं की सही नाप-तौल और परख कर लेता है। वह उनके उचित स्थान का शीघ्र ही निश्चय कर लेता है।

कुछ लोगों के स्वभाव में ही नेतृत्व होता है। वे बचपन से ही लीडर होते हैं। वे जानते हैं कि आज्ञा कैसे देनी है, दूसरों को वश में कैसे

रख़ना है, अनुशासन कैसे रखना है, और सब से तालमेल कैसे रखना है। ऐसे व्यक्ति के व्यक्तित्व में ही कुछ ऐसी विशेषता होती है कि उसके आगे दूसरे झुकने लगते हैं। लोग उनकी आज्ञा मानने में गर्व महसूस करते हैं। ऐसे लोग जन्मजात नेता होते हैं। दूसरों से ठीक-ठीक काम लेना उनके लिए ऐसा सहज होता है जैसे सांस लेना। ऐसे व्यक्तियों को इच्छा-शक्ति के प्रयोग की आवश्यकता ही नहीं पड़ती। वे जहां जाते हैं, विजय पाते हैं। उनके चरित्र के सामने ही लोग झुक जाते हैं। वे महान होते हैं। उनका व्यक्तित्व विशाल होता है। कैसी भी स्थिति हो, वे शासन ही करते हैं।

नेता के कुछ विशिष्ट गुण होते हैं वह उत्साही और आशावादी होता है। उसमें निराशा लेश मात्र भी नहीं होती। वह किसी रचनात्मक काम के लिए 'न' नहीं करना जानता। वह सदा 'हां' ही करेगा, चाहे काम कितना ही कठिन हो। वह सदा प्रभावशाली होगा। वह संकोची नहीं होगा। वह प्रतीक्षा नहीं करता कि दूसरा कोई आकर उत्तरदायित्व संभाले। वह सहज स्वभाव से जिम्मेदारी संभाल लेता है। उसे अपने साथियों से बात जोर देकर नहीं करनी पड़ती। उसके साथ काम करने वाले उसके संकेत पर आंखें बिछाते हैं। वह जहां जाता है, उसके साथी उसका अनुसरण करते हैं; वे उसकी इच्छा को ईश्वरीय इच्छा मानते लगते हैं।

नेता सदा दूरदर्शी होता है। जिन बातों का किसी को ध्यान भी नहीं होता, वे उसके मस्तिष्क में पहले ही झलक जाती हैं। अचानक आ पड़े संकट में ऐसा व्यक्ति ही काम आता है। वही नेतृत्व करता है। वह अनागतविधाता होता है। वह विपत्ति के विरुद्ध पहले से ही प्रबन्ध कर लेता है। हितोपदेश में लिखा है, "तीन तरह के मनुष्य होते हैं अनागतविधाता, जो न आई मुसीबत को दूरदृष्टि से देख लेते हैं; प्रत्युत्पन्नमति, जो संकट आ पड़ने पर तुरन्त बुद्धि से काम लेकर बचाव

करते हैं; और यद्भविष्य, जो कहा करते हैं 'जो होगा देखा जाएगा।' इनमें से अनागतविधाता उत्तम होते हैं, प्रत्युत्पन्नमति मध्यम होते हैं, यद्भविष्य मारा जाता है।"

सदा दूरदर्शी लोग ही नेता बनते हैं। केवल पुस्तकों के पढ़ने से ही कोई नेता नहीं बन जाता। नेतृत्व के लिए दूरदर्शिता है, आप भविष्य की बात पहले ही अनुमान कर लेते हैं, तो आप सेनापति बन सकते हैं। यदि आपमें यह गुण नहीं है तो आप साधारण सैनिक बन सकते हैं। जब तक आपमें मनुष्य को वश में करने और उनसे काम लेने की योग्यता नहीं आती, तब तक आप संसार में कोई बड़ा काम नहीं कर सकते।

यदि सेनापति स्वयं और तुरन्त निर्णय नहीं कर सकता कि आगे क्या करना है, तो सैनिकों के मन से उसका सम्मान उठ जाता है। सबसे बड़े नेता या सेनापति वे ही बनते हैं, जिनमें लोगों से काम लेने के लिए उत्तम प्रबन्ध करने की शक्ति होती है, साथ ही जिनमें अपने अधीन काम करने वालों के प्रति सहानुभूति और सहृदयता की भावना होती है। आप अपने आदमी का जितना अधिक ध्यान रखेंगे, वह आपके काम का उतना ही ध्यान रखेगा। यदि आप उसके प्रति दयालु होंगे, तो वह आपके कारखाने और आपके माल के प्रति दयालु होगा। दया और सहानुभूति से भरे मालिक या नेता की आज्ञा का कर्मचारी तुरन्त पालन करते हैं। यदि नेता अपने अनुयायी की कद्र नहीं करता, उचित सराहना नहीं करता, तो वे उसकी आज्ञा का पालन धर्म मानकार नहीं करते। वे बाध्य होकर काम भले ही करें, पर उसमें उनका हृदय लगा हुआ नहीं होगा।

सहृदय नेता के साथ काम करने में अनुयायी प्रसन्नता का अनुभव करते हैं। वे उसके साथ उत्साह से काम करते हैं। वे काम में दिन-रात एक कर देते हैं, छुट्टी की भी परवाह नहीं करते।

ऐसी कोई विधि नहीं है, ऐसा कोई नियम नहीं है, ऐसा कोई जादू नहीं है, जिससे कर्मचारियों को स्वामीभक्त बनाया जा सके। बस, एक ही बात है, जिसंसे वे पूर्ण स्वामिभक्त बन जाते हैं। यदि स्वामी कर्मचारियों की भलाई का पूरा ख्याल रखता है, तो वे पूरे स्वामीभक्त बन जाते हैं।

यदि आप नेता हैं, तो आप तुच्छ विचार मन में न आने दें, हृदय को विशाल बनाएं। आप स्वामी बनें। स्वामी के सबसे उत्तम गुणों को यदि आप प्रकट करेंगे, तो आपके कार्यकर्ता भी अपने सबसे उत्तम गुणों को प्रकट किए बिना न रहेंगे। यदि आप में चरित्र की दृढ़ता, काम को आगे बढ़ाने की लगन, योजना बनाने की योग्यता और साथियों से काम लेने की क्षमता होगी, तो आप अवश्य नेता सिद्ध होंगे।

ज्योंही आप भीड़ में से निकलकर आगे बढ़ते हैं, नेता बनते हैं, त्योंही आप अपनी मौलिकता या नई सूझ-बूझ दिखलाते हैं। उसी समय आपकी आलोचना या निन्दा प्रारम्भ हो जाती है। भीड़ से आगे निकले हुए सिर पर ढेले मारना लोगों का स्वभाव ही है। निन्दा और आलोचना होने पर यदि आप अपने दिमाग को ठिकाने रख सकेंगे तो आप नेतृत्व को संभाल सकेंगे।

एक नेता का मस्तिष्क रचना करने को उत्सुक होता है। वह काम में पहल करता है। वह पराक्रमी होता है। उसकी इच्छा-शक्ति फौलाद की तरह या चट्टान की तरह दृढ़ होती है। उसका उद्देश्य अटल होता है। वह गम्भीरता में सागर जैसा और गौरव में पर्वत जैसा होता है। वह आलोचना से चिढ़ता नहीं, बल्कि उसका उत्तर देकर आलोचकों को शान्त कर देता है। वह आलोचना के प्रति उपेक्षा या लापरवाही नहीं दिखाता। वह लोगों की शंका दूर करके उन्हें अपने साथ मिला लेता है।

बहुत-से लोग आलोचना का सामना नहीं कर सकते। उनका हृदय इतना कोमल और भावुक होता है कि आलोचना से घबराकर या दुःखी होकर उद्देश्य को बीच में ही छोड़ देते हैं। वे नेतृत्व से जल्दी पीछे हट जाते हैं। उनका जीवन बिगड़ जाता है। वे दोबारा उठने के योग्य नहीं रहते।

महान नेता बनने के लिए विशाल दृष्टिकोण की आवश्यकता होती है। उनके लिए भिन्न-भिन्न रुचियों और स्वार्थों को समंझने और उनको साथ लेकर चलने की योग्यता आवश्यक होती है।

बहुत से लोग आयु-भर पिछलग्गू बने रहते हैं। वे सदा दूसरों के पीछे चलते हैं। वे दूसरों की छाया या प्रतिध्वनित होते हैं। उनमें मौलिकता नहीं होती है। वे पूर्ण विकसित नहीं होते। वे दूसरों का अनुसरण करते हैं। दूसरों के निर्णय पर आश्रित रहते हैं। उनके स्वतन्त्र विचार दबे रहते हैं। उनकी मौलिक प्रतिभा प्रकट ही नहीं होने पाती। उनकी महान योग्यताओं का विकास रुक गया होता है। इसका कारण यह होता है कि उनके व्यक्तित्व को पूरा प्रशिक्षण नहीं मिला होता।

आज हमें भिन्न-भिनन क्षेत्रों में अच्छे नेताओं की अत्यन्त आवश्यकता है। हम चाहते हैं कि हमारे युवक ऐसी शिक्षा लें कि वे नेता बन सकें। इसके लिए उनकी मौलिकता, उनके व्यक्तित्व और उनकी योग्यताओं का विकास करना आवश्यक है।

केवल स्कूल या कालेज में पढ़कर कोई नेता नहीं बन सकता। नेता वह बन सकता है, जिसे केवल किताबी ज्ञान नहीं बल्कि व्यावहारिक या अमली ज्ञान हो जो परिस्थितियों को पहचानता हो और उनसे निपटना जानता हो, वही अच्छे परिणाम दिखला सकता है। वही नेता बन सकता है। कहा भी गया है : "जिस प्रकार एक गधा चन्दन के बोझ को ढोता है, वह चन्दन के प्रयोग को नहीं जानता, उसी प्रकार एक मूढ़

बहुत से शास्त्रों को पढ़कर भी लोकव्यवहार को और अपनी विद्या के प्रयोग को नहीं जानता, वह भार ही ढोता है।"

महान काम करने की इच्छा

योग्यता होते हुए भी कुछ लोग 'दास' ही बने रहते हैं? क्या महान बनने की इच्छा स्वार्थ भावना है? इस प्रकार के प्रश्न हमारे सामने आते रहते हैं।

विजय पाने की कामना, शक्ति और सत्ता प्राप्त करने आकांक्षा कोई महान काम करने की चाह - ये मनुष्य-स्वभाव की स्वाभाविक बातें हैं। बहुत से लोगों के लिए रोटी, कपडा, मकान और नौकरी ही जीवन का सब कुछ है। परन्तु मनुष्य को समझना चाहिए कि उसे जिस परमेश्वर ने संसार में भेजा है, वह महान है। वह मनुष्य से महान काम करवाना चाहता है। उसे इससे सन्तोष नहीं होता कि आहार, निद्रा, भय और कामवासना तक ही सीमित रहे। यदि यही मनुष्य जीवन का उद्देश्य है, तो मनुष्य और पशु में भेद ही क्या है?

हमारे अन्तःकरण में अदृश्य शक्ति विराजमान है। वह हमें प्रेरणा देती है कि हम सुस्त न बैठें, आलसी न बनें, कर्महीन और उद्देश्यरहित न बनें। वह अदृश्य शक्ति हमें बतलाती रहती है कि जिस समाज में हमने जन्म लिया है, उसका हम पर ऋण है। हर एक व्यक्ति को वह ऋण अवश्य चुकाना है। जिस काम के लिए हम चुने गए हैं, उसे कोई दूसरा नहीं कर सकता। भले ही हमारे पास बहुत धन हो, परन्तु हमारे अन्तःकरण को तब तक चैन नहीं मिल सकता, जब तक कि हम अपने कर्तव्य को पूरा न करें। "खाओ, पिओ और मौज करो," यह मनुष्य

जीवन का लक्ष्य कदापि नहीं हो सकता। इसलिए प्रत्येक मनुष्य का कर्तव्य है कि वह अपने लिए महान काम की खोज करे। वह अपने जीवन का लक्ष्य ढूंढ़े। वह अपने जीवन की पूर्णता को प्राप्त करने का यत्न करे। विस्तार के लिए इच्छा, विकास के लिए कामना, जीवन के विस्तृत दृष्टिकोण को प्राप्त करने की आकांक्षा मनुष्य में स्वाभाविक है, परन्तु मनुष्य उसे दबा देता है।

जो मनुष्य अपनी कला को, अपने कौशल को, अपनी निर्माण योग्यता को, अपनी प्रतिभा को विस्तार देता है, वह उसे प्रकट किए बिना नहीं रहता। गुणी आदमी सात परदों में भी नहीं छिपता। वह अपना संदेश मानवता तक पहुंचाकर ही चैन लेता है। कला, राजनीति, विज्ञान या व्यापार में जितने भी नेता हैं, वे ऐसे ही व्यक्ति हैं जिन्होंने अपने जीवन का विकास किया है।

मनुष्य परिश्रम और संघर्ष के बल पर ही इतनी उन्नति नहीं करता, जितनी अपने जीवन का सही लक्ष्य पाकर करता है।

जो अपने जीवन के लक्ष्य को नहीं खोज पाता- वह दब्बू, डरपोक, कायर, ओछा और तुच्छ रह जाता है। जो जीवन के महान उद्देश्य को निश्चित नहीं करता, वह कोई भी महान काम नहीं कर पाता।

हमें बड़ा आश्चर्य होता है जब हम किसी महान संगीतकार, कलाकार, अभिनेता, लेखक, कवि या व्यापारी तथा नेता को वृद्ध अवस्था में भी काम पर डटे हुए देखते हैं। वे रिटायर क्यों नहीं होते? कारण यह है कि उन्होंने इतने ऊंचे दर्जे की कार्यकुशलता प्राप्त कर ली होती है कि वे काम करते हुए जरा भी कष्ट या संघर्ष का अनुभव नहीं करते। उनके लिए बड़े-से-बड़ा काम भी एक मनोरंजक खेल की तरह हो जाता है। उनके अन्तःकरण में विजय की जो आकांक्षा होती है, वह उन्हें उत्तम से और उत्तम काम करने के लिए निरन्तर प्रेरित करती रहती है।

एक सफलता दूसरी बड़ी सफलता के लिए प्रेरणा देती है। एक विजय दूसरी महत्तर विजय के लिए उत्साहित करती है। लगातार की सफलता से सफलता की आदत पड़ जाती है। निरन्तर की विजय से विजय का स्वभाव ही बन जाता है।

कर्महीन, प्रयत्नहीन, चेष्टाहीन जीवन से जीवन सिकुड़ता है। अकर्मण्यता एक मन्द विष है, जो धीरे-धीरे मारता रहता है। कर्महीनता से मनुष्य की प्रतिभा नष्ट हो जाती है। उसकी विशेष बुद्धि, उसकी कार्यकुशलता और उसकी गरिमा नष्ट हो जाती है।

आज जो लोग हमें ऊंचे-से-ऊंचे पद पर दिखाई देते हैं, या जो व्यापार में सबसे आगे बढ़े हुए हैं, वे निरन्तर आगे बढ़ते रहने से ही इतने महान बन सके हैं। उन्होंने महान बनने के लिए खूब संघर्ष किया और–आगे, और आगे बढ़ते जाने की तीव्र इच्छा ने ही उन्हें इतना आगे बढ़ाया है। किसी काम में ऊंचे दर्जे की खूबी प्राप्त करने का प्रयत्न कीजिए। किसी काम को सबसे अच्छा करने की विशेषता बना पाने का निश्चय कीजिए। अपने क्षेत्र में अपनी मौलिकता के द्वारा सबसे उत्तम कार्यकर्ता बनने का फैसला कीजिए। असानी और आराम उस सुख के सामने तुच्छ होता है, जो सुख किसी महान काम को करने से प्राप्त होता है। एक कलाकार को अपनी कलाकृति को पूर्ण करने से जो आनन्द प्राप्त होता है, संसार का कोई सुख उसकी बराबरी नहीं कर सकता।

सबसे उत्तम बनने की आकांक्षा, सबसे आगे बढ़ने की चाह, बाधाओं पर विजय पाने की कामना और शरीर को वश में करके उद्देश्य को विजयी बनाने की इच्छा – इन्हीं बातों से मनुष्य का विकास होता है। उसी से मनुष्य प्रगति या उन्नति करता है।

मनुष्य ज्यों-ज्यों और जितनी-जितनी बाधाओं पर विजय पाता जाता है, त्यों-त्यों और उतना-उतना ही वह ऊंचा चढ़ता जाता है। दृढ़

और उत्साही चरित्र इसी तरह बनता है। रुकावटों को दूर करने की जितनी ही शक्ति बढ़ती जाती है, उतना ही मनुष्य ऊंचा उठता जाता है। विजय का ज्यों-ज्यों अभ्यास हो जाता है, त्यों-त्यों विजय महान से महान होती जाती है।

देवदार का पेड़ जितना ऊंचा चढ़ता जाता है, उतनी उसकी लकड़ी मजबूत होती जाती है। मनुष्य जितनी ही बड़ी जिम्मेदारी संभालता जाता है, वह उतना ही महान बनता जाता है। जो मनुष्य सुस्त है, उद्देश्यहीन है, वह अवसर पर कभी सामने बाण सहने को तैयार नहीं होता। वह आलोचना को सह नहीं सकता। वह मैदान छोड़कर भाग खड़ा होता है। वह उत्तरदायित्व को नहीं संभाल सकता, इसलिए अपने पद से गिर जाता है।

घर में मनोरंजन

आज के जीवन में तेजी है, त्वरा है, एक दौड़-सी मची हुई है। काम के बिना मनुष्य कौड़ी का नहीं है। परन्तु काम के बाद विश्राम और मनोरंजन भी आवश्यक है। मनोरंजन और खेल से मनुष्य चिन्ता और भय को दूर भगाता है।

खेल के लिए वन-उपवन में जाना बहुत अच्छा है; क्योंकि वहां खुली हवा और धूप प्राप्त होती है। उससे जीवन में नयापन आता है, ताजगी आती है। परन्तु बड़े शहरों में रहने वाले लोगों के लिए वन या उपवन में जाना बड़ा कठिन होता है। उन्हें महीने में किसी दिन या अधिक-से-अधिक सप्ताह में एक दिन ही ऐसा मिल पाता है, जब वे बाहर जाएं। अतः अपने घर में ही मनोरंजन का प्रबन्ध करना एक सराहनीय बात है।

हंसी-ठट्ठा, नाच-गाना, ताश-शतरंज और टेबिल-टेनिस आदि ऐसी चीजें हैं, जिनसे मनोरंजन किया जा सकता है। कुछ बड़े-बड़े लोग इन चीजों से घृणा करते हैं, पर उनकी बात ठीक नहीं। मनोरंजन को दोष न गिनना चाहिए। इसकी इच्छा मनुष्य में स्वाभाविक है। मनोरंजक खेलों में मनुष्य अपना हृदय खोलता है। इससे उसके मन की संकीर्णता दूर हो जाती है। खुलकर हंसने से उसका मनहूसपन दूर हो जाता है। इससे उसका बनावटीपन दूर हो जाता है। इससे वह प्रसन्नमन और हंसमुख बनता है। इससे विपत्ति में भी हंसते-मुस्कराते उद्यम, उद्योग और प्रयत्न करने की शक्ति आ जाती है।

हास्य-विनोद से और कथा-वार्तालाप से मनुष्य की थकावट ही दूर नहीं होती, बल्कि उसका बूढ़ापन भी दूर होता है। अनावश्यक और अतिगम्भीरता से जो मनुष्य के मुख पर झुर्रियां पड़ने लगती हैं, वे मुसकराने और हंसने से दूर हो जाती हैं। जो हंसी-मजाक नहीं कर सकता या नहीं सह सकता, वह जल्दी ही बूढ़ा हो जाता है। हां. इसमें संदेह नहीं कि हंसी-मजाक अनुचित और सीमा से बाहर न होना चाहिए।

स्वभाव की मधुरता मनुष्य के अपने लिए अमृत है। इससे उसकी आयु बढ़ती है और मनोरंजन से स्वभाव में मधुरता आती है।

आपका कोई भी धन्धा हो, कैसा भी जीवन हो, प्रसन्न रहिए। प्रसन्नता से तन-मन के घाव तुरन्त भर जाते हैं। खेद, पछतावा, चिन्ता, भय, ईर्ष्या, जलन, कुढ़न, चिड़चिड़ापन इनसे मनुष्य का विरोध बढ़ता है। ये बातें हड्डियों तक चोट करती हैं। इनको दूर ही रहने दीजिए। मनोरंजन में नित्य ही कुछ-न-कुछ समय लगाइए और उससे आनन्द प्राप्त कीजिए।

हंसी जीवन का प्रभात है। वह शीतकाल की मधुर धूप है और ग्रीष्म की तपती दोपहरी में सघन छाया है। हंसी से आत्मा खिल

उठती है। इससे आप स्वयं आनन्द पाते हैं, साथ ही दूसरों में थी आनन्द बांटते हैं।

निराशा का स्वभाव अच्छा नहीं होता। दूसरे के दोष देखते रहना, दूसरों का विरोध करते रहना, ईर्ष्या-द्वेष करते रहना अच्छी बातें नहीं। इनसे जीवन की मधुरता नष्ट होती है। निराशावाद अंधकार है। अंधकार में पौधों पर न फूल खिलते हैं, न फल लगते हैं। धूप लगने पर ही पुष्पों में मधुर मधु पड़ता है। हंसना जीवन की धूप है।

जब हम बहुत प्रसन्न होते हैं, तब हमारी कार्यशक्ति अपनी सबसे उत्तम अवस्था में होती है। जिस तरह पहिए में चिकनाई देने से उसका चीखना बन्द हो जाता है, उसी प्रकार हंसी और मनोरंजन से मनुष्य का हाहाकार मिट जाता है। हंसी और विनोद से मनुष्य का मस्तिष्क साफ हो जाता है। वह तरोताजा हो जाता है। हंसी से बहुत-से रोग दूर होते हैं। इससे कार्यशक्ति कई गुना बढ़ती है।

हास-परिहास पीड़ा का शत्रु है। वह निराशा और चिन्ता का शर्तिया इलाज है। वह दुःख के लिए रामबाण है।

अपना सुधार और अपनी उन्नति

उन्नति कहीं आकाश से नहीं टपकती। मनुष्य धीर-धीरे और लगातार अपने आपको सुधारता-संवारता रहता है और एक दिन उन्नति को प्राप्त करता है। हम एकदम अचानक उन्नति कर जाना चाहते हैं, यही हमारी भूल है। हम अपने अज्ञान के परदे को हटाना नहीं चाहते, हम आगे सीखने से इनकार कर देते हैं, इसलिए हमारी उन्नति रुक जाती है।

यदि हम आगे सीखने-पढ़ने को तैयार रहते हैं, तो कोई कारण नहीं कि हमारा अज्ञान टिक सके। अज्ञान के हटने पर उन्नति अपने आप होकर रहती है।

जो नवयुवक आंखों को खोलकर हर एक बात को देखता है, अध्ययन के लिए सदा तैयार रहता है, वह अवश्य उन्नति करता है। जो सीखने की इच्छा रखता है, उसे समय भी मिल जाता है। वह काम से छुट्टी पाकर भी पढ़ता है और लगातार अपने आपको आगे-ही-आगे बढ़ाता चला जाता है।

फुर्सत के समय में अध्ययन करके बहुत से लोग मैट्रिक से ग्रेजुएट बन गए। बहुत से ग्रेजुएट अपने खाली समय में पढ़ते-पढ़ते एम.ए. और एल.एल.बी. करके ऊंचे उठने में सफल हो गए। बहुत से क्लर्क रात्रि कक्षाओं में पढ़ते-पढ़ते अफसर बन गए।

एक व्यक्ति का हमें पता है, जो साधारण मुनीम था। उसे पढ़ने की ऐसी लगन थी कि वह काम से छुट्टी पाते ही पढ़ने चला जाता था। वह प्रत्येक परीक्षा में प्रथम रहा और अन्त में विदेश जाकर प्रोफेसर बन गया।

यदि आप उन्नति चाहते हैं, तो आपको अधिक अध्ययन करना पड़ेगा और इसके लिए आपको अपने आराम और मनबहलाव के समय को कम करना होगा। आपको आलस्य और नींद में कटौती करनी होगी, तब आप अध्ययन कर सकेंगे।

आप जहां आज हैं यदि वहीं रहना नहीं चाहते, तो आगे पढ़िए, अध्ययन कीजिए। प्राइवेट रूप में परीक्षाएं देकर बहुत से नवयुवक बड़ी तरक्की कर गए हैं। आपके लिए धन कमाना आवश्यक हो गया है, तो इसका यह अर्थ नहीं कि आप आगे उन्नति नहीं कर सकते। आपके उन्नति के द्वार अब भी खुले हैं। आप कहीं भी काम करते हों या कोई

भी धन्धा करते हों, यदि आप में आगे बढ़ने की आकांक्षा है तो आपको कोई नहीं रोक सकता।

जिन व्यक्तियों को पुस्तकों से सार निकालने का अभ्यास हो जाता है, जिन्हें जीवन के अनुभवों से शिक्षा लेने की आदत हो जाती है, वे निरंतर उन्नति करते चले जाते हैं। यदि आप आत्म-सुधार करते चले जाएं, तो लगातार अपने आप उन्नति करते चले जाएंगे। आप अपने काम में सहायक, उपयोगी और ऊंचे दर्जे का ज्ञान प्राप्त करने का निरंतर प्रयत्न करते रहिए। आपकी उन्नति स्वाभाविक रूप से होती चली जाएगी।

आप जितना अध्ययन करते हैं, उतना आपका ज्ञान बढ़ता है। जितना आपका ज्ञान बढ़ता है, उतनी आपकी कार्य-कुशलता बढ़ती है। धीरे-धीरे ज्ञान का संचय करते जाइए। एक दिन आप आश्चर्य से देखेंगे कि आपके पास ज्ञान का विशाल भण्डार हो गया है। फिर कोई-न-कोई पहचान वाला आपके उस ज्ञान का लाभ उठाने आ जाएगा और आप खूब ऊंचे पद पर पहुंच जाएंगे। अध्ययन के लिए जो आप पैसा लगाते हैं, उससे अच्छा पैसा लगाने का और कोई काम नहीं है। पुस्तकों पर जो आप व्यय करते हैं, उसका कई गुना लाभ आपको मिलता है। दूसरी जगह रकम लगाने से इतना लाभ कभी नहीं मिल सकता, जितना शिक्षा पर खर्च करने से होता है।

जब आपकी जानकारी बढ़ती है, तो आपका अपने ऊपर भरोसा बढ़ता है। यदि आप उस जानकारी को भरोसे से अमल में लाते हैं, उसका प्रयोग करते हैं, तो आपका व्यक्तित्व ऊंचे दर्जे के कार्यकर्ता के रूप में प्रकट हो जाता है।

मानव के इतिहास में शिक्षा का इतना महत्त्व नहीं रहा, जितना आज है। आज यदि आपका अध्ययन बढ़ता है, तो साथ ही आपकी तरक्की भी होती है। आपकी जानकारी बढ़ती है, तो आपकी शक्ति भी बढ़ जाती है। तब आपके हाथ में सत्ता भी आ जाती है। जब आपकी

जानकारी अपने साथियों से अधिक हो जाती है, तो आप स्वयं ही उन सबसे उत्तम हो जाते हैं। आज के जीवन में संघर्ष बहुत है, मुकाबला बहुत है। आज योग्यतम ही विजय प्राप्त करता है। सिफारिशों के दिन लद गए। यदि आपको संसार में अपना मूल्य बढ़ाना है, तो अपनी योग्यता बढ़ाइए। यदि आप उत्तम मनुष्य या नेता बनना चाहते हैं, तो ऊंची-से-ऊंची जानकारी प्राप्त कीजिए।

आपके सामने स्वर्ण अवसर है। आप अपने फालतू समय को धन और हीरे-मोती में बदल सकते हैं।

आज समय का बड़ा मूल्य है। अवसर आपकी बाट देख रहा है। उठो और आज से ही आगे बढ़ना शुरू कर दो। सच जानिए इससे आपको लाभ ही लाभ होगा। आज मुकाबले या कंप्टीशन का युग है। यदि आप आगे न बढ़े तो पीछे छूट जाएंगे। आज के युग में आपको किसी-न-किसी विषय में विशेषज्ञ या स्पेशलिस्ट अवश्य बनना चाहिए। आज विशाल योजनाएं बनती हैं। बड़े-बड़े कारखाने खुलते हैं। उनके लिए विशेषज्ञों की अत्यन्त आवश्यकता है। अपने अध्ययन के मार्ग की सभी बाधाओं को दूर कर दीजिए। अध्ययन कीजिए, और आगे अध्ययन कीजिए। ऊंची-से-ऊंची योग्यता को अपने हाथ में कीजिए। साहित्य हो या कला, निर्माण हो या विज्ञान-सभी क्षेत्रों में आज विशेष अध्ययन वालों की विशेष आवश्यकता है। विशेष अध्ययन वालों का सब जगह सम्मान होता है।

बहुत-से नवयुवक जब नौकरी या व्यापार करने पर विवश हो जाते हैं, तब वे निराश हो जाते हैं। वे समझते हैं कि अब आगे नहीं पढ़ सकते। परन्तु उन्हें पता नहीं होता कि पढ़े बिना उनका वहां पर भी टिकना कठिन है। आज के संघर्षमय जीवन में अधिक योग्यता वाला कम योग्यता वाले को पछाड़ देता है। आज के मुकाबले के संसार में अधिक जानकारी वाला कम जानकारी वाले को परास्त कर देता है।

रेल, मोटर और वायुयान की स्पीड प्रतिदिन अधिक होती जा रही है। आज वह इंजन काम नहीं दे सकता, जो पहले-पहल बना था। गति ही प्रगति का नियम है। यदि आप रुक गए तो हार गए। आज की दौड़ में यदि मनुष्य पुरानी दकियानूसी मोटर लेकर जाए तो उसकी बड़ी हंसी होगी। इसी तरह आज के जीवन संघर्ष में बिना अध्ययन किए जो उन्नति करना चाहता है, उसकी भी बड़ी हंसी होती है।

शिक्षा शक्ति है। चाहे आपका वेतन कितना ही कम क्यों न हो, आप अपने ज्ञान को बढ़ाते चले जाएं। आप निरन्तर अध्ययन करके अपने विषय के बारे में ऊंची-से-ऊंची विद्या प्राप्त करते चले जाएं। जितना ही आप अपने को विशाल और पूर्ण बनाते चले जाएंगे, उतने ही आप उन्नत होते जाएंगे।

हमें एक व्यक्ति के बारे में पता है जो बहुत-ही साधारण नौकरी पर लगा हुआ था। वह 150 रुपये में परिवार का कठिनता से निर्वाह करता था। फिर भी उसने यत्न करके परीक्षाएं पास करना शुरू किया और एक दिन सीधा 500 रुपए मासिक का पद पा गया। उसके साथी उसके भाग्य खुलने से चकित रह गए। परन्तु यह कहे बिना भी न रह सके कि वह उन्नति करने के योग्य ही था। उसके साथियों ने अपने सायंकाल खेलकूद और गपशप में या घूमने-फिरने में खो दिये थे। उस समय वह सायंकालीन कक्षाओं में दत्तचित्त होकर अध्ययन किया करता था। चार वर्ष के निरन्तर अध्ययन से वह फर्स्टक्लास ग्रेजुएट बन गया था - और वह पद उसकी प्रतीक्षा कर रहा था।

बहुत-से नवयुवकों को यह पता नहीं कि ऊंचे दर्जे की शिक्षा उनके लिए क्या कर सकती है। यदि उन्हें इस बात की समझ हो तो वे अध्ययन में अधिक उत्सुकता दिखाएं। यदि उन्हें उच्च-शिक्षा के लाभ मालूम हों, तो वे तन-मन से जुटकर अध्ययन के लिए प्रयत्न करने लगें।

प्रौढ़ शिक्षा के प्रबन्ध की भी बड़ी भारी आवश्यकता है। विज्ञान

और तकनीकी क्षेत्र में नित्य नई प्रगति हो रही है। वर्षों पहले का पढ़ा हुआ ही काफी नहीं हो सकता। ज्ञान-विज्ञान के नवीन चरणों का अध्ययन प्रौढ़ों के लिए आवश्यक है। यदि प्रौढ़ लोग नित्य नियम से थोड़ा समय भी अध्ययन में लगाने लग जाएं, तो कुछ वर्षों बाद वे भी कुछ उन्नति कर सकेंगे।

बहुत-से लोग भेंट होने पर यही कहते मिलेंगे :

"खेद है, मैं आगे न पढ़ सका। मुझे जल्दी ही नौकरी करनी पड़ गई" ये लोग नहीं जानते की अब भी कुछ नहीं बिगड़ा है : कहा भी है : "जब तू जागे तभी सवेरा।"

जिस दिन आप आगे अध्ययन शुरू कर देंगे, वही दिन आपके जीवन का सुप्रभात होगा। बहुत से लोगों ने अपने आप एकान्त में पढ़कर ही अपना जीवन सुधार-संवार लिया है। अनेकों लोग प्राइवेट परीक्षाएं पास कर उन्नति कर गए हैं। सहस्रों लोग संध्याकालीन कक्षाओं में पढ़कर अफसर बन गए हैं। हजारों लोग अपने आप पढ़कर साधारण दूकानदार से महान व्यापारी बन बैठे हैं।

विस्तृत जानकारी और ऊंची शिक्षा कभी खाली नहीं जाती। कभी-न-कभी वह फल लाती ही है। तब सबको अचम्भा होता है।

जिसे ज्ञान पाने की प्यास है, वह अध्ययन किए बिना नहीं रहता। वह सौ बाधाओं को पार करके भी अपने अध्ययन का रास्ता निकाल ही लेता है। उत्तम और ऊंचे अध्ययन से हृदय विशाल हो जाता है। इससे मस्तिष्क का क्षितिज विस्तीर्ण हो जाता है। इससे दृष्टिकोण विस्तृत हो जाता है। इससे मनुष्य तंग-दिल, छोटा और ओछा नहीं रहता। विस्तृत दृष्टिकोण पाने से उन्नति के सैकड़ों मार्ग सूझने लगते हैं। उनमें से किसी मार्ग को अपनाकर मनुष्य आश्चर्यजनक उन्नति कर जाता है।

●●●